Martin Meyer-Pyritz
Feuerwache 7

Martin Meyer-Pyritz
im Droste Verlag

Brandgefährlich 1
ISBN 978-3-7700-1171-1

Brandgefährlich 2
ISBN 978-3-7700-1172-8

Löschzug 7
ISBN 978-3-7700-1170-4

Der Feuerwehrmann
ISBN 978-3-7700-1169-8

Feuer und Rauch
ISBN 978-3-7700-1212-1

Martin Meyer-Pyritz

Feuerwache 7

Droste Verlag

Für Eva-Maria, meine geduldige Frau, die mir,
genau wie schon bei meinen vorherigen Büchern,
Mut gemacht hat, wenn mich Selbstzweifel geplagt haben,
sodass zu guter Letzt doch noch etwas Vernünftiges
dabei herausgekommen ist.
Und natürlich für euch, meine Feuerwehrkameraden,
denn ohne euch und euren unermüdlichen Einsatz
wäre dieses Buch nie entstanden!

Bibliografische Informationen der Deutschen Nationalbibliothek
Die Deutsche Nationalbibliothek verzeichnet diese Publikation in der
Deutschen Nationalbibliografie; detaillierte bibliografische Daten
sind im Internet über http://dnb.ddb.de abrufbar.

Umschlag: Droste Verlag, unter Verwendung eines Fotos der
Brandübungsanlage HEAT Düsseldorf, Christiane Wirtz, Bonn
Satz: TypoForum GmbH, Seelbach
Druck und Bindung: CPI – Clausen & Bosse, Leck
ISBN 978-3-7700-1304-3

www.drosteverlag.de

Inhalt

Vorwort

Liebe Leserinnen und Leser!

2005 erschien mein letztes Feuerwehrbuch mit dem Titel »Feuer und Rauch«. Immer wieder wurde ich seither gefragt, wann denn endlich das nächste Buch erscheinen würde. Nun, jetzt ist die lange Zeit des Wartens vorüber, und wie immer berichte ich auch dieses Mal wieder über reale Feuerwehreinsätze, also über Einsätze, die es wirklich gegeben hat!

Die Namen der in diesem Buch genannten Feuerwehrmänner wurden nicht geändert. Es sind die Namen von Kollegen, die gemeinsam mit mir tagtäglich in der Landeshauptstadt Düsseldorf zum Wohle und Schutz der Bevölkerung ihren Dienst verrichten. Lediglich die Daten und Namen aller anderen Personen sowie die Örtlichkeiten innerhalb dieser Einsätze wurden aus datenschutzrechtlichen Gründen abgeändert.

Das Leben in den Industrienationen der sogenannten westlichen Gesellschaft verläuft in mehr oder weniger geordneten Bahnen mit weitgehend überschaubaren Ereignissen, welche in der Kindheit noch von Wünschen, im Erwachsenenalter jedoch überwiegend von Sachzwängen geprägt werden. Darüber hinaus können nicht vorhersehbare Ereignisse den Lebensrhythmus eines jeden Menschen aus dem Takt bringen. Jeder Unfall stellt solch ein einschneidendes Ereignis dar. Meist handelt es sich dabei um Einzelschicksale, welche unsere Gesellschaft in ihrer Gesamtheit für gewöhnlich nur am Rande berühren. Die unmittelbar Betroffenen empfinden dies jedoch, ebenso wie die indirekt beteiligten Personen, naturgemäß völlig anders, denn *sie* trifft ja die volle Härte eines bisweilen grausam empfundenen Schicksals. Oft finden sich Menschen durch solche einschneidenden Ereignisse in für sie unlösbaren Situationen wieder. Dabei ist die persönliche Wahrnehmung in der jeweiligen Notsituation maßgeblich von Angst, Schmerz und Schreck beeinflusst. Daneben spielen das Alter, die momentane physische Konstitution, das soziales Umfeld, ja sogar der Bildungsstand eine nicht unerhebliche Rolle. Auffällig ist in diesem Zusammenhang, dass selbst Fachleute, die in Ausübung ihres Berufes für gewöhnlich souverän agieren, außerhalb ihres vertrauten Arbeitsumfeldes mit den gleichen Schwierigkeiten zu kämpfen haben wie Laien. Das trifft besonders dann zu, wenn Familienangehörige oder nahestehende Personen betroffen sind.

Meistens kommt es nach einem solchen Ereignis zur Notfallmeldung. Unter der bundeseinheitlichen Notrufnummer 112 melden sich die Rettungsleitstellen der Feuerwehren. Oft ist der Anrufer aufgrund seiner eigenen Stresssituation nicht in der Lage, eine qualitative Aussage bezüglich des Notfallgeschehens zu machen. Dann liegt es im Geschick des Leitstellenpersonals, das Maximum an verwertbaren Informationen in minimaler Zeit zu erhalten. Einer der wichtigsten Sätze lautet deshalb: »Bleiben Sie am Telefon, legen Sie bitte nicht auf.« Leider geschieht genau das immer wieder, sodass die Hilfeleistung wegen fehlender Informationen vielfach verzögert oder in extremen Fällen gar nicht erbracht werden kann. Heutige Rettungsleitstellen sind in der Lage, unmittelbar, das heißt, noch während das Gespräch mit dem Anrufer stattfindet, die ersten Einsatzkräfte zu alarmieren. Die Landeshauptstadt Düsseldorf verfügt über eine der modernsten Leitstellen Europas. Hier im Nervenzentrum an der Hüttenstraße werden sämtliche Notfallmeldungen von qualifizierten Feuerwehrmännern, sogenannten Leitstellendisponenten, entgegengenommen und innerhalb kürzester Zeit an die entsprechenden Einsatzkräfte weitergeleitet.

800 Feuerwehrleute teilen sich in einem Zweischichtensys-

tem ihren anstrengenden Dienst. Jeden Tag sind die zehn Feuerwachen der Berufsfeuerwehr rund um die Uhr besetzt. Zusätzlich gibt es an der Peripherie Düsseldorfs hoch motivierte freiwillige Löschgruppen, die unverzichtbar in das Sicherheitssystem der Großstadt integriert sind. Darüber hinaus unterhalten mehrere große Werke eigene Feuerwehren, welche sich auf die Sicherheitsbelange ihres Betriebes spezialisiert haben.

Meine eigene Geschichte beginnt 1975. In diesem Jahr hatte die Berufsfeuerwehr Düsseldorf bereits 600 Feuerwehrmänner im 24-Stunden-Dienst. Mit dem 50. und 51. Grundausbildungslehrgang traten 40 weitere Anwärter der Berufsfeuerwehr Düsseldorf die Ausbildung zum Feuerwehrmann an. Einer von ihnen war ich selber. Viele meiner Erlebnisse als Feuerwehrmann habe ich in meinen Büchern aufgeschrieben.

Drei lange Jahre sind seit dem Erscheinen meines letzten Feuerwehrromans vergangen. Drei Jahre, in denen ich als Dienstgruppenleiter weiterhin an der Feuerwache 7 der Landeshauptstadt Düsseldorf im 24-Stunden-Dienst tätig war. Drei Jahre, in denen Sie, meine treuen Leserinnen und Leser, immer wieder nachgefragt haben: »Wann kommt das nächste Buch?«

An der Menge der Einsätze hat es nicht gelegen, dass Sie so lange warten mussten. Aber Hand aufs Herz – wer von Ihnen möchte schon ein Buch lesen, in dem der dritte Küchenbrand oder gar der vierte Kellerbrand geschildert wird? Und weil ich vorwiegend über Einsätze schreibe, die mit *meiner* Feuerwache zu tun haben, hieß es: warten.

Aber bitte leiten Sie aus dieser Erklärung nicht ab, dass in Düsseldorf drei Jahre lang nichts Gravierendes passiert sei. Das war, weiß Gott, nicht der Fall! Auch wir, die Männer der Feuerwache 7, hatten unsere Einsätze. Wir haben gekämpft und geschwitzt, und einige dieser Einsätze und Geschehnisse erschienen mir würdig, ein neues Buch zu füllen.

Darüber hinaus hat es in unserer Mannschaft große personelle Veränderungen gegeben. Manuel Schmitz, vielen von Ihnen besser bekannt unter seinem Spitznamen Bütterchen, hat uns leider verlassen. Genau wie Michael Sondermann und Jörg Aust hat er eine Anstellung bei einer heimatnahen Feuerwehr erhalten. Wir haben uns zwar für die Kollegen gefreut, weil ihr Weg zur Arbeit nun nicht mehr so weit war, aber dennoch ließen wir sie nur ungerne ziehen. Der freundschaftliche Kontakt zu ihnen ist jedoch trotz der Entfernung weiterhin geblieben. Ingo Lork wurde innerhalb Düsseldorfs an meine ehemalige, langjährige Wirkungsstätte, die Feuerwache 6, versetzt, und Thorsten Fuchs, sicher allen noch bestens als Tofu bekannt, hat die Auswahlprüfung für den gehobenen Dienst bestanden und befindet sich zurzeit in seinem ersten Ausbildungsabschnitt.

Da unsere Wachmannschaft durch die vielen Abgänge geschwächt war, erhielten wir im Gegenzug die Feuerwehrmänner Thomas Küppers und Ingo Wening. Dazu Christoph Basting und Immanuel Medek, die frisch vom Grundausbildungslehrgang zu uns kamen. Michael Gross und Andreas Bothe hingegen waren bereits erfahrene, langjährige Kollegen, die von anderen Feuerwachen zu unserer Truppe stießen. Später sollten sich auch noch Udo Karis und Karl-Heinz Halbekann von der Umweltschutzwache dazugesellen.

Aber das vorerst bedeutendste Ereignis war der anstehende Wechsel an der Führungsspitze unserer Feuerwache. Klaus Wloka, unser langjähriger Wachführer, ging in den Vorruhestand, was für reichlich Unruhe in der Mannschaft sorgte. Alle fragten sich, wer seine Stelle einnehmen würde und mit welchen Veränderungen zu rechnen war. Diese Wachführerstelle war heiß begehrt. Immerhin handelt es sich bei unserer Feuerwache um eine der vier großen Zugwachen der Landeshauptstadt, und natürlich kursierten längst diverse Gerüchte. Diese »Buschtrommeln« verkündeten die abenteuerlichsten Nachrichten. Meines Erachtens war Jürgen Leineweber, mein ehemaliger Wachführer der Feuerwache 6, der aussichtsreichste Kandidat in diesem Personalkarussell.

Aber lesen Sie selbst!

Keine Gnade den Brandstiftern

Die Geschichte der Feuerwehr ist auch eine Geschichte der Brandstiftungen. Feuer als lebenswichtiges Element hat die Menschheit zu allen Zeiten fasziniert. Leider weckt das flackernde Licht der Flammen auch die dunklen Leidenschaften in einigen Mitmenschen. Von Anbeginn der Zeit bis heute wurde gezündelt und gebrandschatzt.

So auch zu Beginn der christlichen Zeitrechnung. Im antiken Rom lebten damals schon fast zwei Millionen Menschen. Gaius Julius Caesar (100-44 v. Chr.) hatte mit der Eroberung Galliens die Rheingrenze erreicht, und sein Nachfolger Octavianus, der später den Beinamen Augustus erhielt, gelangte nach ihm an die Macht. Im Jahre 9 nach Christus scheiterte einer seiner Heerführer in der berühmten Varusschlacht im Teutoburger Wald bei dem Versuch, die Grenze des Imperium Romanum über den Rhein hinaus zu erweitern. Diese kriegerische Unternehmung kostete die Römer drei Legionen. Infolgedessen verzichtete Octavianus darauf, das Reich noch weiter nach Osten auszudehnen, und ließ das Grenzgebiet durch den Limes sichern. Dieses gigantische Bollwerk, teils als Mauer mit Türmen aus Stein, teils als befestigter Wall mit Holzpfählen errichtet, erstreckte sich von Regensburg an der Donau bis hoch zum Rhein nach Remagen. Das heutige linksrheinische Nordrhein-Westfalen gehörte zum großen römischen Reich und war in die beiden Provinzen Germania inferior und Germania superior unterteilt. Mit den römischen Legionen kamen auch die lateinische Sprache und Verwaltung, das römische Recht, der Straßenbau und nicht zuletzt die Religionen des Römerreichs ins Rheinland.

Während das römische Imperium sich außenpolitisch mehr und mehr ausweitete, gab es innenpolitisch handfeste Probleme, die dem Kaiser zu schaffen machten. Nachdem zwei riesige Feuersbrünste in Rom gewütet hatten, gründete Augustus eine nächtliche Brandwache aus 600 Sklaven. Als er feststellen musste, dass diese Einrichtung nicht seinen Erwartungen entsprach, bildete er aus sieben Kohorten mit einer Stärke von 1000 Mann eine Art erste militärisch organisierte Feuerwehr, die gleichzeitig als Schutzmannschaft gegen Diebe und Räuber eingesetzt wurde. Das war auch dringend nötig, denn Brandstiftungen waren trotz drakonischer Strafen an der Tagesordnung.

Nach ihrer Verurteilung wurden Brandstifter seinerzeit unter großer Anteilnahme der Bevölkerung auf den Hinrichtungsplatz geführt. Dort steckte man die Delinquenten in die Tunica molesta, einen mit Wachs, Harz oder Pech bestrichenen Mantel aus grob gewebtem Flachs, und verbrannte sie darin bei lebendigem Leibe. Nachdem die Massen diesem grausamen Schauspiel gleichermaßen fasziniert wie entsetzt zugesehen hatten, lag ein durchdringender Geruch nach verbranntem menschlichem Fleisch über dem Hinrichtungsplatz. Später wurden gefasste Brandstifter zwar nicht mehr verbrannt, doch verfuhren die Römer nicht minder zimperlich ihnen: Sie wurden als öffentliches Spektakel den Raubtieren zum Fraß vorgeworfen.

Mit dem Untergang des römischen Reiches gerieten die positiven wie die negativen Einrichtungen der damaligen Brandbekämpfung allerdings in Vergessenheit.

Als nach der großen Völkerwanderung im 7. Jahrhundert im heutigen Europa die Städte entstanden, war Brandschutz immer noch ein Fremdwort, und so loderten überall fürchterliche Feuer auf, die alles in Schutt und Asche legten und Abertausende Menschen das Leben kosteten.

Einige gut gemeinte Versuche, die Brände zu bekämpfen, waren indes zum Scheitern verurteilt, weil der Aberglaube in jenen Zeiten jegliche Aktivitäten verbot. Selbst hochgestellte Persönlichkeiten vertraten die Meinung, dass die Ausdehnung eines Feuers nur durch Beschreien oder Umreiten verhindert werden könne. Andere glaubten gar, man könnte ihm nur Einhalt gebieten, indem man geweihte hölzerne Teller ins Feuer warf. Natürlich war das alles Humbug, aber so verhinderte der weit verbreitete Aberglaube ein wirksames Einschreiten gegen die mehrere Jahrhunderte andauernde Macht der Flammen.

Erst gegen Ende des 12. Jahrhunderts gab es in London eine Bestimmung zum Schutz seiner Bewohner gegen das Feuer. Im deutschen Sprachraum ist die Zwickauer »Fewersnothordnung« von 1348 eine der ältesten des Mittelalters. Erstmalig wurde hierin der Gebrauch von Feuerhaken zum Einreißen der Gebäude, die Verpflichtung von Mannschaften und das Sicherstellen von Wasser festgelegt. Bei der im Mittelalter typischen Holzbauweise, kombiniert mit den engen Gassen und einer die gesamte Stadt umschließenden Mauer, waren die hilflos anmutetenden Löschversuche jedoch meistens zum Scheitern verurteilt. Oft gelang es den Menschen nicht einmal, ihre wenigen Habseligkeiten zu retten. Die Angst vor dem Ausbruch eines Feuers war daher in der Bevölkerung allgegenwärtig. Wenn die Nachtwächter die Stunden ankündigten, drang daher auch ihr mahnender Ruf zur Wachsamkeit durch die Nacht: »Hört ihr Leut und lasst euch sagen, die Uhr hat gerade zwölf geschlagen. Verlöscht das Feuer und das Licht, damit kein Unglück euch gebricht!«

Allerorts gab es jetzt ernsthafte Bestrebungen, Feuer und Flammen zu bekämpfen. Allerdings wurde das Löschen mittels Ledereimern und Eimerkette erst nach der Erfindung der Druckschläuche durch den Holländer van der Heyde und die ersten noch mit Muskelkraft betriebenen Feuerspritzen revolutioniert.

Die Angaben in der Literatur über die Gründung der ersten Freiwilligen Feuerwehr in Deutschland gehen auseinander. Die einen sagen, dass dies 1841 in Meißen geschehen sei, die anderen behaupten, dass die Gründung 1846 anlässlich der Übergabe einer neuen Feuerspritze durch den Heidelberger Fabrikanten Carl Metz in Durlach bei Karlsruhe stattgefunden habe. Sicher ist nur eins: Der Siegeszug der Feuerspritze von Carl Metz war nicht mehr aufzuhalten. Überall im Land formierten sich jetzt Feuerwehren. Im Juli 1849 zog Prinz Wilhelm von Preußen in die gefallene badische Festung Rastatt ein. Nachdem er von deren erfolgreicher Brandbekämpfung während der Beschießung erfahren hatte, besichtigte er die neu gegründete Karlsruher Feuerwehr und schickte daraufhin einen Brief an den preußischen Staatsminister Freiherr von Manteuffel.

Eurer Exzellenz übersende Ich die Anlagen, die hier in Süddeutschland fast überall mit großem Erfolge eingeführte Feuerwehr nebst deren Lösch- und Rettungs-Gerätschaften betreffend. Da Ich Mich bei den von Mir in Karlsruhe angestellten Versuchen von der Wichtigkeit dieser Einrichtungen überzeugt habe, und da bei Uns, wie es die Erfahrung bewiesen, die Löschapparate und deren Bedienung noch ziemlich unvollkommen sind, so halte Ich es für Meine Pflicht, Eurer Exzellenz die Anlagen zur weiteren Prüfung zu übersenden und Ihnen anheimzugeben, Sich zu diesem Zwecke mit dem Erfinder, dem Mechanikus Metz zu Heidelberg, gefälligst in Verbindung setzen zu wollen.
Frankfurt a. Main, den 3. September 1849
gez.: Prinz von Preußen

Daraufhin wurde das Königliche Polizeipräsidium zu Berlin auf dem Erlasswege angewiesen, die Zweckmäßigkeit und Einführbarkeit dieser Geräte und Einrichtungen zu überprüfen. Dieser Erlass beschleunigte vermutlich die Gründung der Berufsfeuerwehr im Jahre 1851. In dieser Zeit entwickelten sich in Norddeutschland die Freiwilligen Feuerwehren, und 1862 schlossen sich auf dem 5. Deutschen Feuerwehrtag in Augsburg 135 Freiwillige Feuerwehren zu Landes- und Provinzialfeuerwehrverbänden zusammen.

Dennoch lag da, wo keine Berufsfeuerwehr vorhanden war,

vieles im Argen. Immer wieder gab es Differenzen zwischen den Freiwilligen Feuerwehren und den behördlich angeordneten Pflichtfeuerwehren sowie den sogenannten Turnerfeuerwehren. Letztere waren aus den Turnvereinen hervorgegangen, die von den Behörden ohnehin nicht sehr geschätzt wurden.

Trotz all dieser Schwierigkeiten entwickelte sich das Feuerlöschwesen rasch weiter. 1863 wurde in Deutschland die erste Dampfspritze bei der Hamburger Feuerwehr in Dienst genommen, und 1872 stellte Conrad-Dietrich Magirus aus Ulm eine Zweiradschiebeleiter mit einer Steighöhe von 14 Metern vor, die im Freistand bestiegen werden konnte.

1888 erhielten Gottlieb Daimler und Heinrich Kurtz aus Stuttgart ein Patent für eine Feuerspritze mit Motorantrieb. 1902 stellte die Feuerwehr Hannover den ersten automobilen Drei-Fahrzeug-Löschzug in Dienst. Neue Feuerlöschmittel kamen auf den Markt. In den 1920er-Jahren war der Siegeszug des Automobils bei den Feuerwehren nicht mehr zu bremsen und verdrängte die bis dato überall noch eingesetzten Pferdegespanne.

Die älteste Feuerordnung Düsseldorfs stammt aus dem Jahr 1706. Darin stand unter anderem, dass die Turm- und Nachtwächter, von denen zwei die ganze Nacht bis zum Morgen durch die Straßen gehen mussten, »fleißig acht auf den Ausbruch eines Brandes geben, den sie sofort durch ungewöhnliches Blasen mit ihren Hörnern anzuzeigen haben«. Danach sollten sie an den Türen der benachbarten Häuser anklopfen und »Alarm machen« und die Brandglocke ziehen.

Die männliche Bürgerschaft, so wurde bestimmt, hatte sich unverzüglich auf dem Rathausplatz einzufinden, um nach Empfang der Löschgerätschaften an den Brandherd zu eilen. Demjenigen Pferdehalter, der mit einer »Brandsprütze« als Erster auf der Brandstelle ankam, wurden als Belohnung zwei Reichstaler zugesichert, dem Zweiten immerhin noch einer. Der Stadtschultheiß, aber auch der Bürgermeister und der Rat hatten sich beim Brand einzufinden und die Leute beim Löschen und Herbeitragen des nötigen Wassers anzuweisen.

Räubern und Dieben wurde in schweren Fällen – ohne ihnen Gnade zu gewähren! – die Todesstrafe angedroht, und der Kommandant der Garnison hatte sofort dafür zu sorgen, dass die Stadttore bewacht wurden und die Soldaten mit ihren Gewehren die angewiesenen Sammelplätze aufsuchten. Raub und Plünderung waren in jener Zeit an der Tagesordnung, sodass derlei Maßnahmen unerlässlich waren.

Den Abschluss dieser Brandordnung bildet die folgende Bestimmung:

Diese nun höchstnöthige Brandt-Ordnung bey männiglichen in frischer Gedächnüß zu erhalten, sollen an Mittwochen nach Osteren alle Bürgere auff hiesigem Rath-Hauß citiret, selbe ihnen deutlich vorgelesen und ein jeglicher dabey seiner ihme angewiesenen Function, Verrichtung und Pflichten erinnert, die Brandt-Sprützen, Lederen Eymeren und Leiteren, ob selbe in gutem Standt oder mangelhafft, fleißig visitiret und befindenden Dingen nach verbessert und in brauchbarem Standt gehalten werden.

1865 wurde die erste Freiwillige Feuerwehr Düsseldorfs in einer Mechanikerwerkstatt und Eisenhandlung am Wehrhahn gegründet. Die Männer trugen ein Blechschild mit der Aufschrift »1. Freiwillige Feuerwehr-Companie Wehrhahn«.

Einige Jahre danach, am 1. Oktober 1872, nahm die Berufsfeuerwehr Düsseldorf ihren Dienst in der Akademiestraße auf, und sie bestand zu Anfang aus einem Brandmeister und zwölf Mann.

Mittlerweile befinden wir uns im einundzwanzigsten Jahrhundert. Obwohl die Frühstückspause schon vorüber war, standen die Feuerwehrmänner der ersten Tour der Feuerwache 7 immer noch heftig debattierend zusammen. Der Anlass unseres hitzigen Wortgefechts war ein Artikel in der heutigen Tageszeitung, dessen Ursache uns vor Monaten mächtig Arbeit beschert hatte. So war in der Ausgabe der WZ vom 19. Februar 2005 unter einer fetten Überschrift Folgendes zu lesen:

Feuer in Eller gelegt

Muss der mutmaßliche Täter in die Psychiatrie?

(kaha) Für den Mieter, der im März vergangenen Jahres den Speicher seines Hauses in der Kirchstraße in Brand gesetzt haben soll, hat der Staatsanwalt Ralph Herrenbrück gestern die Einweisung in ein psychiatrisches Krankenhaus gefordert. »Er ist eine Gefahr für die Allgemeinheit«, begründete Herrenbrück seinen Antrag. Die Staatsanwaltschaft geht davon aus, dass der 34-Jährige zum Tatzeitpunkt schuldunfähig war. Er soll an einer schizophrenen Psychose und an Wahnvorstellungen leiden. Die Verteidigerin des Beschuldigten plädierte, den Antrag abzulehnen. »Mein Mandant hat die Tat nicht begangen«, sagte sie. Der Beschuldigte hat die Brandstiftung im Prozess abgestritten. Gestern zeigte er vor den Worten des Staatsanwalts wenig Respekt: »Wenn ich drei Jahre lang eine Ausbildung machen würde, wäre ich ein besserer Staatsanwalt als Sie. Und ein besserer Richter sowieso.« Das Urteil wird die Kammer am Freitag verkünden.

Unsere Gemüter waren mächtig erhitzt. Natürlich wollte niemand von uns mehr Brandstifter brennen sehen, und die Lösung mit den wilden Tieren war selbstverständlich genauso indiskutabel, aber das »Anfassen mit Samthandschuhen«, wie wir es nannten, widersprach ebenfalls unserem gesunden Rechtsempfinden. Einen Vorschlag, wie man besser Recht sprechen konnte, hatte jedoch auch keiner von uns.

Eines war jedenfalls offensichtlich: Vom Beginn der christlichen Zeitrechnung bis heute hatte die Rechtsprechung einen gewaltigen Wandlungsprozess durchlaufen, und dieser Prozess war genauso langwierig und wechselhaft wie die Entstehung des Feuerlöschwesens.

Gefahr – ätzend

Der leichte Regen hatte bereits in der Nacht eingesetzt. Von kräftigen Nordostwinden getrieben, erreichte die dunkle Front eines angekündigten mächtigen Tiefausläufers gegen Morgen die Landeshauptstadt, sodass es überhaupt nicht hell werden wollte. Im Moment entluden sich die tief hängenden Regenwolken sintflutartig über unseren Köpfen. Es war Februar und mit Temperaturen knapp über dem Gefrierpunkt saukalt.

»Dichtet endlich die Gullys ab! Die Suppe läuft uns sonst noch in die Kanalisation!«

Die Stimme von C-Dienst Peter Küpperbusch dröhnte aus meinem Handsprechfunkgerät, und ich versuchte ihn quer über die Einsatzstelle hinweg auszumachen. Durch den dichten Regenschleier war mir das jedoch unmöglich. Allerdings ließen seine Stimme und seine Wortwahl um so weniger Zweifel daran, dass er mit dem bisherigen Verlauf meiner Maßnahmen nicht zufrieden war.

Ich suchte vergeblich nach einer besseren Lösung, aber die Einsatzsituation gestaltete sich höchst kompliziert. Der Container, ein Gefahrguttransporter mit orangefarbenen Warntafeln und dem unschönen Gefahrgutsymbol für ätzende Stoffe, war eine tickende Zeitbombe. Aus einem von uns bislang noch nicht identifizierten Leck rann diese verdammte wasserklare Brühe unablässig auf den schwarzen Asphalt und vermischte sich mit den herunterprasselnden Regenfluten zu einer hochbrisanten Mischung. Mit jeder Sekunde, die verstrich, breitete sich diese gefährliche Lache immer weiter aus.

Ich hatte einen Trupp unter Atemschutz zur Erkundung

vorgeschickt. Das war vor gut zwei Minuten gewesen. Seither hatte ich noch keine konkrete Rückmeldung erhalten, und von dem Fahrer des verunfallten Lkw fehlte bislang auch noch jede Spur. Trotz dieser widrigen Umstände lief der Einsatz routinemäßig ab – aber was hieß schon Routine bei einem leckgeschlagenen Gefahrguttransporter?

Wir taten, was wir konnten, aber mir war klar: Eigentlich benötigte ich dringend weiteres Personal für die Bewältigung dieser arbeitsintensiven Einsatzstelle. Dabei konnte ich mich noch glücklich schätzen, dass mir hier zumindest die gesamte Zugbesatzung zur Verfügung stand, denn somit hatte ich zwei komplette Löschgruppenfahrzeuge und eine Drehleiterbesatzung. Die mitgenommene Rettungswagenbesatzung nicht eingerechnet, waren zwölf bestens ausgebildete Feuerwehrmänner mit mir im Einsatz. Eine Gruppenwache, die an unserer Stelle als Erste mit dieser Einsatzlage konfrontiert worden wäre, hätte ein Löschfahrzeug und damit sechs Mann weniger gehabt! Von dieser Überlegung ausgehend durfte ich mich also nicht beklagen.

Aber bei der arbeitsintensiven und hochgefährlichen Einsatzlage waren selbst zwölf Mann noch zu wenig. Natürlich hatte ich über die Leitstelle sofort die Umweltschutzwache und weitere Einsatzkräfte nachgefordert, aber von meinem C-Dienst kam die ernüchternde Rückmeldung, dass ich in absehbarer Zeit nicht mit Verstärkung rechnen durfte. Das hieß, hoffen durfte ich schon, aber kommen würde trotzdem niemand, denn die Feuerwache U war zu einer Schiffshavarie auf dem Rhein ausgerückt. Und als wäre das noch nicht genug, gab es im Düsseldorfer Norden ein weiteres großes Schadenereignis, bei dem gleich mehrere Wachen gebunden waren. Im Klartext bedeutete das: Zumindest für die nächste Zeit waren wir auf uns allein gestellt.

Erneut tönte die fordernde Stimme von Peter Küpperbusch aus dem Funkgerät: »Gruppenführer 7-1 für C-Dienst kommen!«

»7-1 hört«, antwortete ich.

»Wird das heute noch was mit den Gullyabdichtungen? Die

untere Wasserbehörde reißt uns den Arsch auf, wenn die Brühe in die Kanalisation gelangt!«

Mann, Pitter, du nervst, dachte ich.

Doch leider musste ich erkennen, dass er nur allzu recht hatte. Die Sache wurde langsam kritisch. In spätestens zwei Minuten würde die ätzende Brühe den ersten Kanaleinlauf erreicht haben.

Und wenn schon längst was von dem Zeug reingelaufen war? Sicher war ich mir da nicht. Bei den Regenmengen? Auf jeden Fall musste ich unbedingt etwas unternehmen, bevor sich die Lage unkontrolliert ausdehnte und möglicherweise eskalierte.

Ich drückte die Sprechtaste meines Funkgerätes und verkündete vollmundig: »Keine Sorge, Pitter, ich habe alles im Griff. Wir arbeiten daran.«

In Wirklichkeit war das mächtig übertrieben. Aber ich sagte mir, wenn meine Einsatzbewältigung schon Schwachstellen aufwies, wollte ich wenigstens vor meinem Vorgesetzten positiven Aktionismus verbreiten. Im Übrigen war mir natürlich klar, dass ich Peter Küpperbusch nichts vormachen konnte. Der Mann war schließlich kein Neuling, sondern ein ausgebuffter Profi. Wahrscheinlich würde er mir eh ein paar Takte sagen, wenn das hier alles vorüber war. Aber bis es dazu kam, hatten wir noch alle Hände voll zu tun.

Hinter mir baute Michael Krug an der Seite mit der Mannschaft des zweiten LF den Dekontaminationsplatz auf. Spätestens wenn ich die ersten Männer mit CSA zur Leckabdichtung losschickte, mussten sie den Dekonplatz fertig haben. Von Michaels Truppe konnte ich daher unmöglich jemanden abziehen.

Der Angriffstrupp erkundete noch immer die Lage, und mein zweiter Trupp stieg gerade in den Chemikalienschutzanzug. Die Besatzung der Drehleiter half ihnen dabei. Für den Träger dieses hermetisch abdichtenden Vollschutzanzugs ist es so gut wie unmöglich, sich alleine anzuziehen.

Ich schob den Handschuh zurück und schaute auf die Uhr.

So langsam wurde es eng. Jetzt zählte wirklich jede Sekunde. Kurzerhand entschied ich mich, die Leiterbesatzung für die Gullyabdichtung einzusetzen. Mario Schneider und Heiner Schröer trugen wie alle, die sich im inneren Absperrbereich der Einsatzstelle aufhalten durften, aber nicht unbedingt einen Pressluftatmer benötigten, die schwarze Atemschutzmaske, die das ganze Gesicht bedeckte, mit einem angeschraubten Partikelfilter daran. Statt der üblichen Feuerwehrsicherheitsschuhe hatten wir uns säureresistente Gummistiefel angezogen.

Es war schwer, sich mit der Atemschutzmaske zu verständigen, aber noch schwerer war es, damit zu funken, weshalb ich die wenigen Meter zu der Vierergruppe hinüberlief. Das Regenwasser spritzte unter meinen Schritten zu allen Seiten hoch auf. Jörg Aust und Markus Beuke standen vor den hochgeschobenen Rollos unseres LF 24. Mit den Beinen steckten sie bereits in dem gummiartigen Vollschutzanzug. Der obere Teil mit dem im Kopfbereich integrierten Sichtfenster hing den beiden wie eine dicke Pelle über die Hüfte hinab. Auf dem Rücken trugen sie bereits ihr Atemschutzgerät.

»Ihr …«, ich deutete auf Jörg und Markus im CSA, »… wartet hier. Und ihr zwei …«, jetzt sprach ich die Leiterbesatzung an, »… bekommt eine neue Aufgabe. Ihr müsst sofort die Gullys abdichten.«

Stefan Wagner und Bernd Busch brauchte ich nichts weiter zu erklären, denn sie waren erfahren genug. Sie wussten, was zu tun war, und winkten Jochen Mass, unseren Maschinisten, heran: »Jochen! Gullyeier, Dichtkissen und einmal Hacke und Schaufel.«

Sehr gut, die Sache lief, aber was war mit meinem Angriffstrupp? Ich wurde ungeduldig. Deren Rückmeldung war längst überfällig.

Als ich gerade darüber nachdachte, ob ich mir vielleicht Sorgen machen musste, quäkte mein Funkgerät: »7-1 für Angriffstrupp, kommen.«

»7-1 hört, kommen.«

»Das Zeug, das der geladen hat, ist auf jeden Fall ätzend. Ich gebe dir jetzt die Gefahrnummer und die UN-Nummer durch. Schreib mal mit.«

Ich zückte Kuli und Notizbuch. »Okay, ich bin so weit, schieß los.«

Nachdem ich alles empfangen und aufgeschrieben hatte, wiederholte ich die durchgegebenen Daten zur Sicherheit noch einmal laut und erhielt die Durchsage bestätigt.

»Sag mal was zu dem Leck!«

»Sieht nicht gut aus. Ein Flansch ist abgerissen. Grob geschätzt, laufen da pro Minute mindestens 300 Liter raus.«

»Meinst du, wir können das Leck abdichten?«

»Wird schwer werden ... Vielleicht mit Holzkeilen oder einem aufblasbaren Dichtkissen. Aber ohne CSA geht hier sowieso nichts.«

»Okay, dann kommt wieder zurück.«

Während ich anhand der mir durchgegebenen Daten im Dr. Nüssler, dem Standardnachschlagewerk, blätterte, um mir alle wichtigen Informationen zu diesem Gefahrgut anzulesen, eilte die Leiterbesatzung schwer bepackt an mir vorbei. Ich warf einen raschen Blick zum Dekonplatz hinüber. Die Gruppe um Manfred Krug kam gut voran.

Erneut meldete sich der C-Dienst. »Wie sieht es aus?«

Froh, endlich Fortschritte verkünden zu können, gab ich meine frisch erworbenen Informationen weiter: »Der Stoff ist identifiziert. Es handelt sich um eine 50-prozentige Natriumhydroxidlösung, besser bekannt unter dem Namen Ätznatron. Wenn der Erkundungstrupp zurück ist, hilft er dem ersten Trupp in den CSA und rüstet sich danach ebenfalls aus. Spätestens dann dürften die mit dem Dekonplatz auch so weit sein.«

»Sehr gut. Was ist mit den Gullys?«

»Die dichtet die Leiterbesatzung gerade ab.«

»Na bitte, es geht doch. Und? Schon eine Idee, wie du das Leck zubekommst?«

»Ich habe mich für die Plane entschieden. Laut Erkundungstrupp ist ein Flansch abgerissen. Es laufen circa 300 Liter pro Minute aus. Wenn wir die Plane untergezogen haben, werden wir versuchen, das Leck mit Keilen oder einem Rohrdichtkissen abzudichten.«

»Und was ist mit dem Fahrer?«

»Negativ. Das Führerhaus ist leer.«

»Woher weißt du das?«

»Ähm ... vom Erkundungstrupp.«

»Eh du, verarschen kann ich mich alleine. Ich hab die Rückmeldung über Funk mitgehört, und da war keine Rede von einem leeren Führerhaus.«

»Mensch, Pitter, jetzt mach's doch nicht so spannend. Ist doch eh nur 'ne Übung.«

Pause. Dann: »Hör mal, du Frettchen, die Spielregeln bestimme immer noch ich. Und jetzt mach endlich deinen Kram! Die Uhr läuft.«

Ich lachte. »Aber nur bis zur Frühstückspause!«

»Von wegen Frühstückspause! Bevor ihr das Ding nicht dicht habt, breche ich die Übung nicht ab, also haut rein.«

Scheiße! Ich wusste genau, dass der Pitter das ernst meinte, und spürte missmutig, wie mir der Dauerregen langsam vom Helm unter den Kragen tropfte und in kleinen eisigen Rinnsalen den Rücken hinunterlief. Da kam der Erkundungstrupp zurück. Die beiden waren ebenfalls triefnass.

Nachdem ich meine nächsten Anweisungen erteilt hatte, funkte ich die Leiterbesatzung an. »Na, wie sieht es aus an der Gullyfront? Bekommt ihr die Dinger dicht?«

»Die Gullys rechts und links der Einsatzstelle haben wir verschlossen. Aber die Suppe läuft natürlich weiter. Sollen wir die nächsten auch ...?«

»Nein. Das reicht für hier, kommt zurück.«

»Okay, sind schon auf dem Weg. Übrigens ... was ist eigentlich mit Kaffee?«

»Kaffee kannst du erst mal vergessen. Der Pitter will, dass wir zuerst das Leck abdichten.«

Funkstille.

Dann, nach einer Weile, meldete sich Michael Krug, der Gruppenführer des LF 16. »He, Chef, und was ist mit Frühstück? Guck mal auf den Tacho. Es ist gleich neun Uhr!«

Ehe ich darauf antworten konnte, schaltete sich Peter Küpperbusch ein. »Hier spricht der C-Dienst. Seid ihr Männer oder Mürbchen? Wir ziehen das Ding hier durch und machen danach Frühstück. Je schneller ihr arbeitet, desto eher gibt es was zu beißen. Also haut rein, ich hab schließlich auch Hunger.«

Schon lag mir eine Erwiderung auf der Zunge, aber ich hielt mich dann doch zurück. Die ganze Rumfapperei führte schließlich zu nichts. Und auch wenn das hier nur eine Übung war, so mussten wir die Sache doch mit dem nötigen Ernst angehen.

Bei einem richtigen Gefahrguteinsatz würde sowieso alles noch viel schwieriger werden. Denn dann würde nicht nur Wasser aus dem Leck laufen, wie jetzt bei uns, sondern tatsächlich eine Säure oder irgendeine andere gefährliche Substanz. Wenn uns hier ein Fehler unterlief – na und, was sollte es? Aber in der Realität? Bei Einsätzen mit Gefahrguttransportern konnte jeder Fehler tödlich sein. Ein winziges Loch, ein noch so kleiner Riss im CSA, und das war's.

Unser Ausbilder wusste von einem Unfall zu berichten, bei dem sich ein Feuerwehrmann während eines Einsatzes eine gerade mal zwei Euro große Stelle der Hand mit Flusssäure benetzt hatte – wenige Stunden später war der Mann tot! Manche Chemikalien verzeihen nicht, da darfst du dir einfach keinen Fehler erlauben.

Es ging also weiter. Nachdem der erste Trupp unter CSA mächtig Mühe hatte, die riesige Kunststoffplane mehr schlecht als recht unter dem Gefahrgutcontainer zu befestigen, musste ich die Männer auch schon wieder aus der Einsatzstelle nehmen.

Der Maschinist, der die Atemschutzüberwachungstafel neben seinem Pumpenbedienstand hängen hatte, funkte mich an: »7-1 für Maschinist, kommen.«

»Was gibt es, Jochen?«

»Die Zeit ist um. Wenn die Jungs noch über den Dekonplatz sollen, musst du sie jetzt rausnehmen.«

»Okay. Schick mir den nächsten Trupp. Trupp 1, habt ihr mitgehört? Ihr geht raus.«

»Trupp 1 mitgehört, wir gehen raus.«

Jetzt meldete sich wieder Peter Küpperbusch. »C-Dienst an alle! Die Dekontamination könnt ihr euch heute sparen. Wir machen hier jetzt einen Schnitt. Wenn ihr den CSA ausgezogen habt, treffen wir uns alle an der Leckagestelle.«

»Was ist mit dem zweiten Trupp? Soll der auch ablegen?«

»Nein, der bleibt weiter ausgerüstet.«

Zwei Minuten später hatten wir uns um die Leckagestelle versammelt. Das Wasser sprudelte immer noch aus dem abgerissenen Flansch, nur lief es nicht mehr auf den Feuerwehrhof, sondern in die Plane, die wie eine Wanne untergezogen war. Lange würde sie die Menge der fiktiven Natronlauge allerdings nicht mehr auffangen können. Es wurde daher höchste Zeit, die schwierigste Aufgabe anzugehen und das Leck abzudichten.

Die Einzigen, die jetzt noch unter Atemschutz arbeiteten, waren die Kollegen im CSA. Wir anderen hatten die Atemschutzmasken abgezogen und verfolgten gespannt, wie die zwei sich abmühten, das Rohrdichtkissen gegen den entgegenströmenden Wasserfluss in das Rohr hineinzuschieben.

Jeder, der schon einmal versucht hatte, mit seinem Finger einen aufgedrehten Wasserschlauch zuzudrücken, wusste, wie schwer das war. Um wie viel schwieriger die momentane Aufgabe war, konnte jemand, der noch nie unter Atemschutz und in einem hermetisch abschließenden Chemikalienschutzanzug gesteckt hatte, kaum nachvollziehen. Trotz der eisigen Kälte, die draußen herrschte, schwitzten die beiden Kollegen in dieser elenden »Gummihülle« wie in einer Sauna. Der Schweiß brach ihnen aus allen Poren. Das Schwitzwasser sammelte sich in der Innenmaske ihrer Atemschutzmaske, und sie schmeckten den eigenen warmen, salzigen Schweiß. Die Luft wurde immer stickiger, wobei die bruchfeste Scheibe ihres ohnehin schon schmalen Gesichtsfelds mehr und mehr beschlug. Zudem standen sie in einer Flüssigkeit auf einer rutschenden Kunststoffplane. Und obwohl sie wussten, dass das hier nur eine Übung war und es sich bei der auslaufenden Flüssigkeit lediglich um Wasser handelte, waren sie aufs Höchste angespannt.

Im Ernstfall würden andere Kollegen, die ebenfalls im CSA steckten, die nötigen Gerätschaften anreichen. Funken sprühende Werkzeuge waren dabei tabu! Wir verwendeten ausschließlich Werkzeuge aus Bronze. Für die unterschiedlichsten Leckagen gab es auch die unterschiedlichsten Dichtmaterialien, aber es war jedes Mal ein erneutes Improvisieren, denn die Unfälle richteten sich leider nie nach unseren Wünschen.

Kurz gesagt: Solche Einsätze unter CSA waren unwahrscheinlich belastend und, je nachdem mit welchen Stoffen wir es zu tun hatten, auch saugefährlich!

Nach einigen vergeblichen Versuchen war es dem Trupp endlich gelungen, das Dichtkissen in das Leckagerohr hineinzuschieben, und die Männer drehten die angeschlossene Pressluftflasche auf. Unter lautem Zischen strömte der Flaschendruck in den elastischen zylindrischen Hohlkörper und blies ihn wie einen Luftballon auf. Mit 200 Bar wurde das gummiartige Material des Rohrdichtkissens gegen die Innenwand gepresst und – die Leckage war gestoppt.

»Okay, Männer! Abbauen! Nach dem Frühstück treffen wir uns im Nichtraucherraum zu einer Übungsbesprechung.«

Die lange Eckbank füllte sich. Da auch die Rettungswagenbesatzungen beider RTW gerade nicht im Einsatz waren, drängten sich 20 Männer im Tagesraum. Nachdem die Übung vorbei war und wir jetzt hier im Trockenen saßen, hatte es auch draußen aufgehört zu regnen. Wie zum Hohn ließ sich sogar kurz die Sonne sehen.

»Hört zu«, begann Peter Küpperbusch und blickte in die

Runde. »Zu der Übung ist eigentlich nicht viel zu sagen, außer dass wir noch schneller werden müssen.«

Die Männer sahen sich erstaunt an, entgegneten aber nichts. Schließlich fasste sich der Gruppenführer des zweiten LF ein Herz und sagte: »Also, wenn du meine Meinung hören willst – ich kann mir nicht vorstellen, dass eine andere Truppe das schneller hinbekommen hätte.«

Das allgemeine beifällige Gemurmel und Kopfnicken zeigte, dass Manfred Krug der Mannschaft aus dem Herzen gesprochen hatte.

Trotzdem hob Peter die Hand und deutete an, dass er etwas dazu sagen wollte. »Ruhig, Leute, ganz ruhig. Ich hab ja nicht gesagt, dass ihr schlecht wart, sondern nur, dass wir schneller werden müssen.« Er sah noch einmal in die Runde. »Kapiert? Schneller, nur schneller. Und ich hab auch nicht gesagt *ihr* sollt schneller werden, sondern *wir*. Ich schließe mich da also mit ein.«

»Wie stellst du dir das vor? Ich wüsste nicht, wie ich zum Beispiel so ein Dichtkissen noch schneller in ein leckgeschlagenes Rohr kriegen kann. Weißt du überhaupt, wie beschissen das ist? Unter CSA, und dann noch gegen den Wasserdruck?«

»Weiß ich, weiß ich doch alles, Mario. Darum geht es auch gar nicht. Versteht mich bitte nicht falsch. Ihr habt alle eure Aufgabe sauber erledigt, aber es gibt Bereiche, da könnten wir noch besser werden.«

»Und die wären?«, schaltete ich mich ein.

»Zum Beispiel beim Anziehen der Chemikalienschutzanzüge.«

»Eh, Pitter, das kannst du ja wohl knicken. Erstens kommst du da nicht alleine rein und ...«

Peter wehrte ab. »Dass das nicht so einfach ist, ist unbestritten. Aber ich habe mal auf die Uhr gesehen. Ihr habt teilweise ganz schön rumgetrödelt. Das muss einfach schneller gehen.«

»Und wie stellst du dir das vor? Sollen die Leute etwa mit 'ner Hechtrolle in den CSA springen?«

»Quatsch! Aber wir können das trainieren, und das müssen

wir auch. Ihr wisst ja, dass wir ab sofort *die* Wache sind, die für sämtliche ABC-Alarme im Stadtgebiet zuständig ist. Wenn es also irgendwo rumst, wenn irgendwo ein Gefahrgutunfall passiert – egal ob in Kaiserswerth oder in Hellerhof, und egal ob es sich dabei um einen Tanklastzug auf der Autobahn, einen Stückguttransporter in der Innenstadt, einen Kesselwagen der Deutschen Bahn oder um irgendein Fass im Frachtraum eines Fliegers handelt –, dann sind wir dabei. Wir sind ab sofort die Spezialtruppe. Dafür seid ihr trainiert und geschult worden. Und dass das ein Scheißjob ist, braucht ihr mir auch nicht zu sagen. Nur – einer muss es ja schließlich machen.«

Schweigen.

»Und warum immer wir? Immer die Feuerwehr?« Die Arme vor der Brust verschränkt und die Beine lang ausgestreckt, meldete sich Bernd etwas missmutig zu Wort.

»Das kann ich dir sagen«, antwortete Peter. »Wir machen das, weil es niemanden sonst gibt, der dazu in der Lage wäre. Nur die Feuerwehr verfügt heute über das Personal und die nötige Ausrüstung für solche Einsätze. Früher gab es den Katastrophenschutz. Das war zu der Zeit, als noch überall die alten Sirenen auf den Dächern montiert waren. Allerdings war der mehr für den K-Fall gedacht. Nur weil niemand mehr so recht an einen Krieg glaubte, verkümmerte der Katastrophenschutz so nach und nach und verschwand schließlich völlig in der Versenkung. Außerdem war die Ausrüstung im Laufe der Jahre völlig veraltert. Ich weiß nicht mehr genau wann, aber auf jeden Fall gab es mal eine Konferenz der Innenminister, auf der beschlossen wurde, dass ab dem … keine Ahnung …« Er sah mich Hilfe suchend an. »Martin, das müsstest du doch eigentlich wissen.«

»Danke. Du meinst, weil ich schon etwas reifer und erfahrener bin als die meisten, müsste ich auch wissen, wann …?«

»Genau, du alter Sack. Also, wann war das? In welchem Jahr haben die Feuerwehren den Katastrophenschutz übernommen?«

»Eh, Pitter, jetzt kommst du aber mit Fragen. Ich weiß nur, dass wir, als ich noch auf der Feuerwache in Oberkassel meinen Dienst gemacht habe, immer zu so einem nahe gelegenen Bunker gefahren sind, um die Batterien der ZS-Fahrzeuge zu warten.«

»Ja, richtig! An diesen alten Zivilschutzfahrzeugen. Standen da in dem Bunker nicht auch die VW-Busse und die Unimogs?«

Ich nickte. »Und von den Unimogs hieß es doch immer, dass man die nicht umschmeißen könne.«

Peter lachte. »Genau. Bis dieser eine Kollege ... Warte, ich komm gleich auf den Namen.« Peter kratzte sich den Kopf, als könnte er den Namen so hervorzaubern. »Oh Mann! Wie hieß der denn noch gleich?«

Ich zuckte mit den Schultern: »Keine Ahnung, wen du meinst.«

»Na der, der auf dem Hof von Wache 2 so einen Unimog auf die Seite gelegt hat. Mensch, Martin, den Typ musst du doch auch kennen.«

»War das vor oder nach 1975?«

»Hallo! Ihr da vorne!«, rief jemand aus der Mannschaft. »Ist ja ganz nett, wenn ihr von euren alten Vorkriegsgeschichten erzählt, aber könntet ihr vielleicht mal wieder zur Sache kommen? Falls es euch entgangen sein sollte: Wir haben inzwischen 2007! Schon vergessen?«

Bevor wir uns zu einer emotionalen Diskussion über die Gratwanderung zwischen Alzheimer und Lebenserfahrung hinreißen ließen, holte uns die Leitstelle mit einem Gong in die Feuerwehrwirklichkeit zurück: »Einsatz für 7-83-1, gestürzte Person, Friedhof Eller, Werstener Feld.«

Holger Kather und Thomas Küppers schoben sich aus der Eckbank. Ich saß mit Peter ihnen gegenüber an einem Einzeltisch. Die beiden grinsten uns dreist an.

»Möchte vielleicht einer der älteren Herren mitkommen?«

»Seht lieber zu, dass ihr vom Hof kommt!«, rief ich ihnen

nach, aber sie waren schon aus dem Raum und eilten über den langen Gang zu ihrem RTW.

»Ganz schön frech«, meinte Peter und sah mich provozierend an. »Ich würde mir das jedenfalls nicht bieten lassen.«

»Die haben dich aber auch gemeint«, entgegnete ich mit schelmischem Grinsen.

»Ja, von wegen.« Er schüttelte den Kopf. »Die können nur dich gemeint haben. Seit Theo weg ist, bist du immerhin der dienstälteste DGL.«

»Und dafür sollte er mal langsam einen ausgeben!«, rief Ugü.

»Ihr habt sie wohl nicht mehr alle!«, entrüstete ich mich. »Und überhaupt ... Wir sollten jetzt lieber wieder zur Sache kommen!«

»Nicht kneifen, du. Ich hab auch für mein neues Motorrad einen ausgegeben.«

»Toll, Pitter, jetzt fällst du mir auch noch in den Rücken.«

Ehe wir uns weiter in einer unseligen Kuchendebatte verlieren konnten, löste die Leitstelle den nächsten Alarm aus. Aber diesmal war es der Vierfachgong – Zugalarm!

»Einsatz für Zug 7, den C-Dienst 7 und das LF der Feuerwache 6! Telegrafische Feuermeldung Stora Enso, Bonner Straße, Objekt Nummer xxx.«

Die Firma Stora Enso war eine Papierfabrik, älteren Düsseldorfern besser bekannt unter dem Namen Feldmühle. Sie hatte der Feuerwehr Düsseldorf in der Vergangenheit schon so manchen Einsatz beschert. An einen gewaltigen Brand, der durch Schleifarbeiten entstanden war, konnte ich mich besonders gut erinnern. Damals war eine komplette Produktionshalle niedergebrannt. Die Temperaturen waren so enorm, dass sich massive Stahlträger wie Korkenzieher verdreht hatten.

Die Nachfolgefirma Stora Enso produzierte, genau wie die damalige Feldmühle, Papier. Solch ein Betrieb war immer potenziell gefährdet. Allerdings galten aus genau diesem Grund auch sehr hohe Sicherheitsstandards. Die hauseigene Feuermeldeanlage reagierte hochsensibel und war leider etwas störanfällig, was immer wieder zu Fehlalarmen führte. Welche Ursache auch dahintersteckte – jedes Mal kam es zu einer automatischen Alarmierung der Feuerwehr, und dann waren wir von der Feuerwache 7 mit im Geschäft.

Stora Enso lag ziemlich genau auf einer gedachten Grenze zwischen der Feuerwache 6 und der Feuerwache 7. Mal war die Wache 6 schneller vor Ort, mal waren wir es, je nachdem wie der Verkehr es gerade zuließ. An diesem Tag sollten wir nur Zweiter werden. In der klassischen Formation des Löschzugs verließen unsere Großfahrzeuge den Hof der Wache. Vorweg das LF 24, dann folgte die Drehleiter, dahinter kam das LF 16. Peter Küpperbusch fuhr im C-Dienst-Wagen, einem VW-Bus, natürlich schon wieder weit voraus. Obwohl sein fester Fahrer, der für seinen rasanten Fahrstil bekannt war, zurzeit krank das Bett hütete, schien Uli Hein, der heute für ihn einsprang, ebenfalls einen »schnellen Gasfuß« zu besitzen. Auf jeden Fall sah ich die Blaulichter des C-Dienst-Wagens nur noch ab und zu weit voraus zwischen anderen Fahrzeugen aufblitzen.

Es ging immer geradeaus. Zuerst über die Kölner Landstraße, dann in deren Verlängerung über die Bonner Straße. An der Kreuzung Henkel-, Ecke Bahlenstraße staute sich der Verkehr. Seit Monaten schon wurde der Kreuzungsbereich inklusive der Gleisanlage für die Straßenbahn komplett umgebaut. Vor uns hielt auf der rechten Seite ein Bus der Rheinbahn, und dahinter knubbelten sich einige Pkw. Normalerweise lief es hier trotz Baustelle immer noch relativ gut, aber jetzt parkte ein großer Lieferwagen in der zweiten Reihe. Das war dreist!

Jochen, mein Maschinist, musste zwangsläufig abbremsen und anhalten. Trotz laufenden Martinshorns und zuckenden Blaulichtern steckten wir fest.

Ich deutete mit dem Kopf nach links. »Kannst du nicht über die Gleise?«

Jochen sah mich vorwurfsvoll an. »Nee! Auf keinen Fall. Nicht solange die hier noch bauen. Nachher geht es uns noch wie dem Kleffi. Willst du das riskieren?«

Ich schüttelte den Kopf. Nein, ich wollte natürlich nicht mit der Vorderachse in ein Baustellenloch im Bahngleis krachen. Damals hatten die Kollegen verdammtes Glück gehabt. Das Loch war genauso tief wie breit, und die Nacht war dunkel gewesen. Der Regen hatte das Loch volllaufen lassen, und irgendwelche hirnlosen »Scherzbolde« hatten die Baustellenschilder beiseitegeschafft, sodass unser Maschinist, der alarmmäßig hier entlangfuhr, keine Chance gehabt hatte. Mit einem mordsmäßigen Krachen war der linke Vorderreifen in das Loch gedonnert. Das sechzehn Tonnen schwere Löschgruppenfahrzeug wurde brutal ausgebremst. Dass es unter meinen Kollegen keine ernsten Verletzungen gegeben hatte, grenzte schon fast an ein Wunder. Das Löschgruppenfahrzeug war danach jedenfalls erst einmal Schrott.

Jochen tat also gut daran, zu warten und nicht den riskanten Weg über die Gleise zu nehmen – zumindest nicht, wie er richtig erkannte, solange hier noch gebaut wurde.

Endlich kam der Fahrer des Lieferwagens angelaufen. Er machte einen leicht gehetzten Eindruck. Als er zu unseren Einsatzfahrzeugen herüberschaute, begegneten sich für einen kurzen Moment unsere Blicke. Ich wedelte mit der rechten Hand unmissverständlich vor meiner Stirne. Der Mann verzog das Gesicht, sprang in seinen Wagen und ließ den Motor aufheulen. Nachdem er weggefahren war, löste sich der Ministau schnell auf. Endlich ging es weiter.

Kurz bevor wir die Einfahrt zum Werkgelände erreichten, hörte ich über Funk, wie sich das LF der Feuerwache 6 einmeldete. Unmittelbar darauf folgte die erste Rückmeldung vom C-Dienst.

»Fehler in der Anlage. Keine weitere Hilfe erforderlich. Alle Einsatzkräfte können einrücken.«

Ich drehte mich sofort nach hinten um und rief laut, um das Motorengeräusch zu übertönen: »Ihr könnt ablegen! Fehler in der Anlage!«

Der Angriffstrupp saß während der Fahrt statt an eine bequeme Rückenlehne gegen sein Atemschutzgerät gelehnt, das in einer Halterung befestigt war. Wie gewohnt, hatten sich die Männer auf der Fahrt ausgerüstet, weil das eine Menge Zeit sparte und Zeit etwas war, von dem wir in unserem Beruf am wenigsten hatten. Nach meiner Entwarnung nahmen sie die fluoreszierenden Helme ab, lösten die Gummibänder der stramm vor den Gesichtern sitzenden Atemschutzmasken und entspannten sich wieder.

Telegrafische Feuermeldungen waren bei uns fast an der Tagesordnung. Die elektronischen Anlagen waren sehr störanfällig. Mal flog ein Vogel gegen eine Scheibe, mal wirbelten Bauarbeiter Staub auf, oder die Anlage spielte einfach nur verrückt. Und dann gab es auch noch Raucher, die natürlich genau dort paffen mussten, wo es verboten war, und schon haute der nächste Alarm rein. Meistens war es also nichts Ernstes, wenn wir zu diesen Telegrafischen ausrückten, aber wer konnte das schon vorher beurteilen? Wirklich sicher konnten wir uns daher nie sein, und deshalb lief alles wie bei jedem anderen Einsatz in gewohnter Routine ab.

Bei dieser Alarmierung wurden wir jedenfalls nicht mehr gebraucht. Trotzdem bog der komplette Löschzug durch das breite Rolltor auf das Firmengelände der Stora Enso ein. Nach einer Ehrenrunde auf dem großen Platz mit der Lkw-Waage, wo wir gefahrloser wenden konnten als auf der viel befahrenen Bonner Straße, ging es auf direktem Weg zurück zur Wache.

An diesem Tag geschah für die Mannschaft des Löschzugs nichts Außergewöhnliches mehr, sodass wir den restlichen Tag mit all jenen alltäglichen Routinearbeiten verbrachten, die eine große Feuerwache so mit sich brachte. Anders erging es jedoch unseren beiden RTW-Besatzungen, denn sie »schrubbten« die ganze Nacht hindurch und erschienen am nächsten Morgen mit geröteten Augen im Tagesraum.

Mich erwarteten jetzt drei freie Tage.

Zwischen Leben und Sterben

Mario Schneider, seines Zeichens Hauptbrandmeister auf der ersten Tour der Feuerwache 7 und hier insbesondere zuständig für den Rettungsdienst, schlürfte behaglich seinen dampfenden Kaffee. Der sympathische Mann mit dem schwarzen Haar war schon seit vielen Jahren an unserer Wache tätig und ein erfahrener Feuerwehrmann. Im Moment lehnte er an der weiß gefliesten Wand der Fahrzeughalle und blickte aufmerksam durch die seitlich geöffnete Schiebetür in das Innere eines hochmodern eingerichteten Rettungswagens. Erst vor Kurzem hatte die Landeshauptstadt diese Fahrzeuge neu beschafft, und unsere Wache hatte zwei davon erhalten. In den nächsten Dienstschichten wollte Mario nach und nach jedem Kollegen eine spezielle Einweisung geben.

Christoph Basting, der heute mit ihm das Team auf diesem RTW mit dem Funkrufnamen 7-83-1 bildete, war zwar schon ein fertig ausgebildeter Feuerwehrmann und Rettungsassistent, aber der sportlich durchtrainierte Mann mit dem freundlichen Gesicht und dem offenen Blick war noch recht jung und gehörte erst seit Kurzem zur Stammmannschaft unserer Wachbereitschaft. Aus diesem Grund hatte sich der Hauptbrandmeister für die heutige 24-Stunden-Schicht selber auf den RTW eingeteilt. Er nahm solche Gelegenheiten immer wieder gerne wahr, um einen noch nicht so erfahrenen Kollegen in die Besonderheiten unseres Wachbezirks einzuweisen.

Christoph stand im Inneren des hell erleuchteten RTW. Vor ihm auf dem elektrisch hochfahrbaren Behandlungstisch lag auf der Patiententrage der aufgeklappte Notfallkoffer. Christoph checkte jedes einzelne Ausrüstungsteil auf seine Funktionalität und seinen hygienisch einwandfreien Zustand, wobei er dem draußen stehenden Mario zu sämtlichen Gerätschaften fachlich korrekte Erklärungen liefern musste.

Dieser schien äußerst zufrieden zu sein. Der HBM-Rett., wie er auch genannt wurde, machte solche Lehrspielchen gerne, weil er sich dadurch einen guten Einblick in die Fachkenntnisse der neuen Kollegen verschaffen konnte.

Gerade steckte Christoph einen Spatel auf das Laryngoskop und testete die Leuchtkraft des Kaltlichts. »Laryngoskop in Ordnung«, rief er und hielt das chromglänzende Teil hoch.

Mario nickte. »Und? Selber auch schon mal intubiert?«

Christoph schüttelte den Kopf. Während er das Laryngoskop wieder verpackte, erklärte er: »Bisher nur während der Ausbildung im Krankenhaus. Und natürlich am Übungsphantom.«

»Gut, gut.« Mario nippte an seinem Kaffee und winkte mit der Linken ab. »Das Übungsphantom zählt hier nicht, das müssen wir ja alle. Ist ja auch wichtig«, fügte er gedehnt hinzu. Doch dann betonte er: »Aber glaub mir, bei einem Notfallpatienten ist das alles wesentlich schwieriger.«

Christoph blickte fragend auf. »Hast du das schon oft machen müssen? Also richtig, bei jemandem, der nicht mehr atmet?«

Mario nahm bedächtig einen Schluck Kaffee und schien nachzudenken, dann erklärte er: »Weißt du, früher, als ich noch in deinem Alter war, da durften wir überhaupt nicht intubieren. Intubieren war absolut tabu, genau wie das Legen eines venösen Zugangs oder die Gabe von Medikamenten. Im Rahmen der Notkompetenz wurden diese Vorschriften dann mehr und mehr aufgeweicht. Die Ausbildung wurde aber auch immer hochwertiger, genau wie die medizinische Ausstattung unserer Rettungsfahrzeuge. Tätigkeiten, die früher den Ärzten vorbehalten waren, müssen wir heute perfekt beherrschen. Na ja, ich hoffe allerdings, dass du nicht schon heute in so eine

Situation kommst. Schön ist das nämlich nicht. Manchmal erbrechen bewusstlose Menschen, und dann wird es kritisch. Du weißt ja, ein Atemstillstand ist lebensgefährlich. Da zählt jede Sekunde, und wenn zusätzlich noch solche Probleme wie Erbrechen auftreten, wird es verdammt schwer, den Endotrachealtubus in die Luftröhre einzuführen. Darüber hinaus gibt es noch eine Menge anderer Dinge, die dir massive Probleme bereiten können. Auf jeden Fall solltest du dir eines merken: Intubiere nie ohne den Führungsstab. Es gibt zwar auch Ärzte, die machen das ohne, aber ich kann dir nur dringend davon abraten.« Mario sah von seinem Kaffeepott hoch und lächelte beruhigend in den RTW. »Aber wie schon gesagt ... das muss ja nicht gleich heute passieren.«

Damit schien das Thema für ihn erledigt, anders als für Christoph, den die Sache sehr wohl noch beschäftigte. Im Übrigen war ihm der HBM-Rett. die Antwort auf seine Frage schuldig geblieben, ob er schon oft hatte intubieren müssen oder nicht. Aber Christoph traute sich nicht, noch einmal zu fragen.

Weder der erfahrene Hauptbrandmeister Mario noch der Neuling Christoph konnten zu diesem Zeitpunkt ahnen, dass sie schon sehr bald nach diesem Gespräch einen ihrer härtesten Einsätze erleben sollten.

Es war Mai, und Margarethe Wolter befand sich in glücklicher Stimmung. Ihre Enkelin Sabine war schon lange nicht mehr über Nacht bei ihr geblieben. Früher, vor ihrem schweren Unfall, war das anders gewesen, aber irgendwie konnte sie das Kind ja verstehen. Es war eben nicht leicht für eine 10-Jährige, die Nacht alleine mit der kranken Oma zu verbringen. Aber inzwischen führte sie wieder ein zumindest halbwegs normales Leben, wenn man unter diesen Bedingungen überhaupt von einem normalen Leben sprechen konnte. Obwohl Oma Margarethe seit dem Unfall von der Hüfte abwärts gelähmt und ans Bett gefesselt war, bewohnte sie die über 70 Quadratmeter große Wohnung auf der zweiten Etage völlig alleine. Allerdings erhielt sie qualifizierte Hilfe. So kam jeden Tag schon sehr früh am Morgen ein häuslicher Pflegedienst und half ihr bei der Körperhygiene, beim Ankleiden und beim Frühstück. Außerdem besuchte sie ein netter Zivildienstleistender, der diverse Besorgungen für sie machte und ihr auch sonst bei vielen Dingen des alltäglichen Lebens half. Und dann gab es noch Frau Köhnen, die Nachbarin, die eine Etage tiefer wohnte. Ohne deren aufopfernde Pflege hätte Oma Margarethe wohl nicht in ihren eigenen vier Wänden bleiben können. An den Wochenenden kam dann ihre Tochter.

Die ersten Monate nach dem Unfall waren besonders hart gewesen, aber nachdem sie das Schlimmste überstanden und sich mit ihrer Situation abgefunden hatte, traute sich auch ihre Enkelin wieder, sie zu besuchen. Sabine war ein aufgewecktes junges Mädchen. Recht schnell hatte sie die Scheu vor ihrer bettlägerigen Oma verloren. Die beiden spielten »Mensch ärgere dich nicht«, scherzten und hatten richtig Spaß. Oma Margarethe war selig.

Die letzten Schichten waren außergewöhnlich ruhig gewesen, und es gab kaum eine Nacht, in der wir mit dem Löschzug im Einsatz waren. Während die älteren Kollegen es keineswegs als unangenehm empfanden, nachts drinnen bleiben zu dürfen, und die Leitstelle sie wie immer mit dem Satz »Guten Morgen, es ist sechs Uhr, sechs Uhr« weckte, kam bei den Jüngeren langsam Frust auf. Klaus Denker, unser Löschzugpraktikant von der Feuerwehrschule, hatte kaum mehr als einen brennenden Müllcontainer zu Gesicht bekommen. Dabei gab es genug Brände, nur nicht in unserem Wachbezirk. Auch wenn meine eigene Ausbildungszeit schon über dreißig Jahre zurücklag, so konnte ich mich doch sehr gut in unsere frisch ausgebildeten und geradezu heißhungrigen jungen Kollegen hineindenken.

Die ersten Alarme vergaß man nie! Man war fürchterlich angespannt und fieberte dem Einsatz geradezu entgegen. Doch dann so etwas – Stunde um Stunde, Tag um Tag verstrich, und es passierte nichts! In diesen ersten Tagen zuckte man jedes Mal zusammen, wenn der Gong eine RTW-Besatzung in den Einsatz rief, denn das Ohr hatte noch nicht zu unterscheiden gelernt, ob sich lediglich ein Einzelgong oder der heiß ersehnte Vierfachgong ankündigte, der den Löschzug und damit auch einen selbst in den Einsatz rief.

»Wofür übt ihr hier eigentlich noch?«, hörte ich unlängst unseren Löschzugpraktikanten frustriert zu dem ebenfalls noch jungen Immanuel Medek sagen. »Es passiert ja doch nichts.«

Die beiden jungen Burschen standen vor dem Schwarzen Brett und besprachen den von mir gerade ausgehängten Dienstplan für die nächste Schicht. An diesem Tag war eine gemeinsame Übung mit der Werkfeuerwehr Henkel angekündigt.

Beide erschraken, als ich leise von hinten an sie herantrat und sie unvermutet ansprach. »He, Männer, ich versteh ja, dass ihr heiß seid, aber wir können unsere Einsätze nun mal nicht erzwingen. Im Übrigen sollten wir froh sein, dass nichts passiert.« Fragende Blicke. »Na ja, wenn es uns gut geht, geht es der Bevölkerung doch auch gut.«

Toll!, schienen die beiden zu denken. Die Weisheiten, die unser DGL da von sich gibt, mögen ja für alte Feuerwehrmänner zutreffen, aber wir sind noch jung. Wir wollen was erleben, wollen uns beweisen, wollen zeigen, was in uns steckt.

Ich merkte natürlich, was in ihren Köpfen vorging, und kam ihnen philosophisch. »Und zu dem Thema Werkfeuerwehr Henkel kann ich euch nur eins sagen: Unterschätzt diese Übung nicht! Nur wer ständig wachsam bleibt und sich fit hält, ist ein guter Feuerwehrmann. Und glaubt mir, irgendwann kommt eure Stunde, und dann müsst ihr in der Lage sein, all euer Können und all eure Fähigkeiten auf den Punkt genau abzurufen. Selbst wenn das nur ein einziges Mal im Leben passieren sollte, lasst nicht nach in eurem Bemühen.« Ich sah sie eindringlich an. »Auch wenn andere darüber vielleicht schmunzeln. Glaubt mir, ich weiß, wovon ich rede.« Ich ließ sie stehen und hatte den Eindruck, dass meine kurze Rede sie nicht sonderlich beeindruckt hatte. An der Tür drehte ich mich noch einmal um. »Habt ihr nächste Schicht überhaupt Dienst?«

»Ja«, riefen sie wie aus einem Mund.

»Gut, dann erwarte ich eine starke Leistung von euch, verstanden?«

Die beiden nickten eifrig, und ich setzte meinen Weg fort. Auf dem Weg zum Büro ging mir so manches durch den Kopf. Die letzte gemeinsame Übung mit der Werkfeuerwehr Henkel lag noch gar nicht so lange zurück. Das Frühstück, zu dem die Kollegen uns in ihre eigene Kantine eingeladen hatten und bei dem wir hervorragend bewirtet worden waren, war hingegen schon fast verjährt, und wir hatten es bis heute noch immer nicht geschafft, die längst fällige Gegeneinladung auszusprechen. Das war nicht nur peinlich, das war geradezu eine Schande! Ich nahm mir daher vor, unbedingt mit dem C-Dienst über diesen Missstand zu sprechen, noch bevor wir zu der Übung auf das Werkgelände von Henkel fahren würden.

Die nächste Dienstschicht stand unter keinem guten Stern. Es war Freitagmorgen um 6:05 Uhr. Ich stand auf meinem Heimatbahnhof in Ratingen-Ost und ärgerte mich wieder einmal über die Deutsche Bahn. Wenn alles richtig gelaufen wäre, hätte die S-Bahn pünktlich um 5:53 Uhr einlaufen müssen.

Einige Fahrgäste, die gleich mir hier warteten, schimpften. Andere waren anscheinend längst daran gewöhnt, die ständige Unpünktlichkeit zu ertragen, und nahmen die erneute Verspätung mit stoischer Gelassenheit hin. Nachdem gegen 6:15 Uhr eine zweite Lautsprecherdurchsage lapidar verkündete, dass auch die zweite S6, von Essen über Düsseldorf Hauptbahnhof nach Köln, wegen eines Triebwerkschadens ausfallen würde, war klar, dass ich mit dem eigenen Wagen zur Arbeit fahren musste. Wenn ich nicht zu spät kommen wollte, musste ich mich jetzt gewaltig sputen, und so legte ich einen schnellen Dauerlauf ein. Ein wenig außer Puste erreichte ich meine Garage.

Im Gegensatz zu vielen anderen hatte ich zumindest noch diese alternative Option, dennoch ärgerte ich mich wieder einmal maßlos, denn die heutige Verspätung war beileibe kein Einzelfall. Manchmal drängte sich mir der Eindruck auf, dass die Menschen, die im Nahverkehr täglich die S-Bahn nutzten, dem »Unternehmen Zukunft« einfach nur lästig waren – manövrierfähige Massen in meist überfüllten, oft verdreckten, stinkenden und von Vandalismus verunstalteten Zügen. Überspitzt ausgedrückt: Man wurde kaum besser transportiert als Vieh!

Na ja, zumindest was die ständigen Preiserhöhungen anging, war die Deutsche Bahn sehr schnell. Und egal ob der Zug kam oder nicht, das Geld für mein Monatsticket hatte das Unternehmen auf jeden Fall schon eingesackt. Mann, war ich sauer!

Wie immer, wenn mich die Bahn versetzt hatte, und das passierte verdammt oft, wurde die Zeit auch heute wieder sehr knapp. Aber ich hatte es geschafft. Exakt 6:48 Uhr lenkte ich meinen Wagen durch das offene Rolltor auf den Hof der Feuerwache 7. Die Wachablösung fand pünktlich um sieben Uhr statt, und ich musste mich noch umziehen und wenigstens ein paar Worte mit dem DGL der anderen Tour wechseln.

»Guten Morgen«, grüßte ich und machte dabei wohl einen etwas gehetzten Eindruck.

Die »Rauchergang« im Foyer sah zur Wanduhr, grinste mich an und grüßte zurück.

»Die blöde S-Bahn«, rief ich ihnen erklärend zu und hechtete die Treppe nach oben, wo unsere Umkleidespinde standen. Drei Minuten später betrat ich das Büro des Dienstgruppenleiters, also mein Büro. Frank Brozulat, einer der DGL von der zweiten Tour, erhob sich bei meinem Eintreten.

»Ich dachte schon, du kommst heute nicht.«

»Sorry, Frank, die Bahn«, entschuldigte ich mich. »Ich musste wieder mal mit dem Auto …«

Frank winkte beschwichtigend ab. »Mann, Martin, das brauchst du *mir* doch nicht zu erklären. Du weißt doch … ne.«

Bei seinem »Du weißt doch« verzog er säuerlich das Gesicht und drückte mir das dicke Schlüsselbund in die Hand.

Ja, ich wusste. Frank hatte noch größere Probleme mit der Bahn als ich, nur dass er nicht die Möglichkeit besaß, bei Ausfall eines Zuges noch pünktlich die Wache zu erreichen. Nach diversen Problemen hatte er irgendwann die Konsequenz gezogen und kam jetzt fast nur noch mit dem Auto.

Ich befestigte das Schlüsselbund an meinem Gürtel. »Und? Irgendwas Besonderes?«

Frank schüttelte den Kopf. »Das Übliche, aber du musst den V-Dienst aktivieren. Einer deiner Leute hat sich gestern krankgemeldet. Ach ja, und die Schule hat angerufen, weil sie für morgen unsere Reservedrehleiter haben möchte – Maschinistenlehrgang.«

»Ich denke, die Leiter ist in der Werkstatt?«

»War sie, Martin, aber die ist wieder repariert. Darum habe ich dir den Termin in den Kalender eingetragen. Allerdings müsst ihr sie heute noch aus der Werkstatt holen.«

Ich schüttelte den Kopf. »Glaub nicht, dass wir das schaffen werden. Wir haben nach dem Frühstück die Übung mit Henkel. Hm …« Ich dachte laut nach. »Es sei denn, ich schicke jetzt sofort zwei Mann los, die die Leiter abholen.«

Jetzt schüttelte Frank den Kopf. »Kannst du vergessen. Der Katzwinkel hat gesagt, dass die nicht vor Mittag fertig ist.«

»Tja, dann wird das wohl heute nichts mehr werden«, erklärte ich pessimistisch.

Frank lenkte ein. »Na, sieh mal, wie du das hinbekommst. Und wenn nicht, müssen wir die Leiter eben morgen früh holen. Ich weiß ja Bescheid und löse dich morgen wieder ab.«

Ich hatte den Verfügungsdienst angerufen. Kurz nach acht Uhr schneite Michael Müller in mein Büro. Noch in Motorradkluft, aber gut gelaunt wie immer, hob er grüßend die Hand. »Hi, Chef. Da bin ich. Wollt mich nur melden. Welches Flimmflämmchen hat sich denn heute geschmissen?«

»Keine Spitzfindigkeiten, Michi!«, rief ich ihm zu. »Der Kollege ist wirklich krank.«

»Wenn du es sagst.« Michael grinste spitzbübisch. »Und welchen Job hab ich?«

»Du übernimmst mit Christoph Roelofs den Angriffstrupp auf dem 7-44-1.«

»Alles klar. Und wer hat Tagesdienst?«

»Tagesdienst hat Stefan Wagner.«

»Okay, dann zieh ich mich jetzt um.«

Nachdem Michael gegangen war, dachte ich über seine flapsige Bemerkung nach. In meiner Mannschaft gab es wirklich ein, wie er sagte, »Flimmflämmchen«, der verdächtig schnell krank wurde. Allerdings musste ich mir als Dienstgruppenleiter derlei Äußerungen verkneifen, auch wenn ich seine Meinung teilte. Zu denken gaben mir diese Krankmeldungen allemal, denn sagte man nicht immer, dass die Ursache vieler Missstände in der Führung zu suchen war? Machte ich vielleicht etwas falsch? Gab es unter Umständen gravierende Fehler und Schwächen in meinem Führungsstil? Oder war ich einfach nur zu lax, wie mir mein Kollege Theo ab und zu vorgeworfen hatte?

Ich grübelte. Theo ... ja, seit seiner Pensionierung hatte ich schon oft an ihn denken müssen. Er hatte eine ganz andere Art gehabt, mit der Mannschaft umzugehen, aber war er deshalb besser gefahren? Ich schüttelte den Kopf. Nein! Außerdem: Theo war Theo!

Beim gemeinsamen Frühstück im Tagesraum traf ich Sterni, der ebenso wie Peter Küpperbusch heute wieder Dienst hatte. Wir drei saßen an einem Tisch. Vor uns dampften die Kaffeetassen, und während ich mein Mettbrötchen mit reichlich grob gehackten Zwiebeln mampfte, meinte Peter: »Hör zu, Martin. Du hast ja eben gefehlt, darum gebe ich dir in aller Kürze noch ein paar letzte Instruktionen.«

Ich warf einen Blick auf die Uhr. Es war gerade mal fünf nach neun. Ich sah ihn an. »Meinetwegen brauchst du dich nicht kurz fassen, die Pause hat ja gerade erst begonnen.«

»Ja, aber wir müssen schon um 9:20 Uhr losfahren.«

»Ach so?«

»Wusstest du das nicht? Steht doch alles in dem Schreiben.«

»Ich weiß nur was von 9:45 Uhr.«

»Ja, schon. 9:45 Uhr ist Übungsbeginn. Aber wir fahren hier schon früher ab und nehmen Position im Bereitstellungsraum Henkelstraße. Von da werden wir über Funk alarmiert.«

»Ja gut, dann muss ich eben heute etwas schneller kauen. Und wie lange soll das Ganze gehen?«

»Na, ich schätze, dass wir spätestens so gegen zwölf wieder zurück sind. Die Übung heute hat hauptsächlich den Sinn, das Funkkonzept zwischen Henkel und uns zu optimieren. Wir werden dazu eine umfangreiche Menschenrettung durchführen.«

»Also Absuchen verqualmter Räume unter PA?«

»Genau. Und dabei setzen wir auch das Leinensuchsystem ein. Aber das Besondere ist, dass wir alle Trupps unter Atemschutz nehmen, auch die Leiterbesatzung.«

Ich hätte mich beinahe verschluckt. »Sagtest du, alle?«

»Ja, alle. Du hast schon richtig verstanden. Und ihr beide, du und Sterni, dürft das dann von draußen koordinieren.«

»Na toll. Ich hoffe, du hast auch an den Atemschutzgerätewagen gedacht. Wenn wir alle PAs brauchen, sollten wir danach direkt die Geräte wechseln können, denn wenn wir anschließend was Neues kriegen …?«

Peter schüttelte den Kopf. »Ich schätze, wir werden die Geräte gar nicht anatmen. Nur anziehen und Maske auf, aber ich weiß das selber auch noch nicht so genau. Im Übrigen haben wir diesmal hochkarätige Beobachter dabei. Die Führungscrew von Henkel wird anwesend sein, und von uns kommen wahrscheinlich Gräger und Bräutigam vom Direktionsdienst, nebst einigen anderen.«

Eine halbe Stunde später stand der komplette Löschzug 7 inklusive C-Dienst-Wagen in dem uns zugewiesenen Bereitstellungsraum. In diesem Fall war das ein Straßenabschnitt außerhalb des weitläufigen Henkel-Geländes, aber dennoch in unmittelbarer Nähe zu einem der riesigen Einfahrttore.

Wir trugen HuPF-Bekleidung, also die komplette Feuerschutzbekleidung mit Helm, Flammschutzhaube und Hollandtuch, dazu die obligatorischen Sicherheitsstiefel und Handschuhe. Die Angriffstrupps der beiden Löschgruppenfahrzeuge hatten darüber hinaus, wie zu den meisten Einsätzen, schon im Fahrzeug das Atemschutzgerät, den Pressluftatmer, angelegt. Neben den fest eingebauten Funkgeräten hatten wir unsere Handsprechfunkgeräte eingeschaltet. Gerade meldete sich Peter Küpperbusch über diese sogenannten Florentinen.

»C-Dienst an alle. Die Leitstelle wird uns gleich über das Alarmierungsstichwort Ü-2006 aufrufen. Danach fahren wir in geschlossener Formation bis zum Eingang, wo uns ein Fahrzeug vom Werkschutz durch das Gelände lotsen wird. Es wird alarmmäßig gefahren. 7-1, verstanden?«

»7-1 verstanden«, bestätigte ich.

»7-2, verstanden?«

»7-2 ebenfalls verstanden«, meldete sich Sterni.

»7-3, verstanden?«

»7-3 verstanden«, erklang auch Ralfs Stimme aus der Florentine. Er war heute der Drehleiterführer.

Auch wenn dies nur eine Übung war, ein gewisses Kribbeln, eine gewisse Unruhe steckte in jedem. Immerhin fand diese Übung nicht auf heimischem Terrain statt, dafür aber unter den Augen unserer Vorgesetzten. Und die Möglichkeit, einen Fehler zu begehen, war immer vorhanden. Offen gesagt, verliefen solche Übungen nie völlig fehlerfrei! Das konnten sie aber auch gar nicht, denn genau wie bei realen Einsätzen entwickelte sich auch hier eine gewisse Eigendynamik, die nicht 100-prozentig zu steuern war. Wir warteten daher gespannt, mit welcher Aufgabe man uns gleich konfrontieren würde.

»Sabine, Schätzchen, willst du nicht mal langsam aufstehen?«

»Och, Oma, es ist doch noch so gemütlich im Bett! Außerdem liegst du ja auch noch.«

Oh, verflixt. Sabine biss sich auf die Unterlippe. Das hätte sie nicht sagen dürfen, aber es war ihr einfach so rausgerutscht. Erleichtert hörte sie, wie ihre Oma nebenan im Zimmer laut lachte.

»He, Fräuleinchen, so etwas hättest du mir vor ein paar Monaten aber noch nicht sagen können!«

»Tut mir leid, Oma, ich steh auch schon auf!«

»Schön. Auf dem Küchenschrank liegt Geld. Wenn du dich angezogen hast, kannst du uns ja ein paar Brötchen zum Frühstück holen. Was hältst du davon?«

»Mach ich!«

»Weißt du noch, wo der Bäcker ist?«

»Oma!«, erklang es jetzt vorwurfsvoll. »Ich bin doch kein kleines Kind mehr!«

»Achtung! Hier ist die Leitstelle mit einer Durchsage für die Einsatzkräfte im Bereitstellungsraum Henkelstraße. Ab sofort beginnt Ü-2006! Ich wiederhole: Ü-2006 beginnt jetzt!«

Mit eingeschalteten Martinshörnern und zuckenden Blaulichtern setzte sich der Löschzug 7 in Bewegung.

Das Geld fest in der kleinen Hand, hüpfte Sabine flink wie eine Gazelle die ausgetretenen Treppenstufen hinunter und nach draußen. Der Himmel war wolkenlos. Das Mädchen hatte seine neue Sommerjeans angezogen, dazu leichte Sandalen und ein pinkfarbenes T-Shirt, natürlich bauchfrei. Es war eigentlich noch etwas zu frisch für diese luftige Bekleidung, aber was kümmerte das schon ein junges Mädchen? Außerdem waren es bis zum Bäcker höchstens fünf oder sechs Minuten.

In ihren dicken Jacken und Hosen unterschieden sich die Kollegen der Werkfeuerwehr Henkel kaum von uns, allerdings trugen sie schon seit Längerem die modernen Drägerhelme mit den futuristisch anmutenden, goldverspiegelten Visieren.

Noch bevor ich aus dem LF stieg, sah ich Ferdi, den Dienstgruppenleiter der heutigen Henkel-Truppe. Seine riesige Gestalt überragte die kleine Gruppe, die sich in der Nähe eines einzelnen, frei stehenden Gebäudes versammelt hatte. Gemeinsam mit Sterni vom zweiten LF und Ralf von der Drehleiter gingen wir auf die Gruppe zu. Nachdem ich Ferdi todesmutig seine riesige Pranke geschüttelt hatte, erklärte er uns die angenommene Lage.

Es hieß, dass irgendwo in den weitläufigen Kellerräumen dieses bunkerähnlichen Gebäudes ein Feuer ausgebrochen war. Mehrere Arbeiter, die sich zum Zeitpunkt des Feuers dort unten befunden hatten, wurden vermisst und mussten nun von uns gesucht und gerettet werden. Da der ganze Komplex künstlich verqualmt worden war, mussten die Suchmannschaften unter Atemschutz vorgehen.

»Es gibt mehrere Eingänge«, erklärte Ferdi. »Über den hier vorne rechts und den auf der hinteren Seite sind bereits Trupps von uns zur Menschenrettung eingedrungen. Eure Aufgabe besteht darin, euch über die weiteren Eingänge Zugang zu verschaffen, mit unseren Leuten den Funkkontakt zu halten und möglichst schnell die vermissten Personen zu retten.«

»Wie viele sind es genau?«, fragte ich.

»Wir gehen von bis zu acht Vermissten aus. Exakte Zahlen haben wir selber nicht.«

»Und die Türen? Sind die offen oder verschlossen?«

»Keine Ahnung. Wie du da reinkommst, ist dein Problem.«

»Wir dürfen also auch Schlösser aufbrechen, oder?«

Ferdi zuckte nur mit den Schultern.

Peter Küpperbusch, der die Aufgabe des Abschnittsleiters zugewiesen bekommen hatte, schaltete sich ein: »Los, komm! Quatsch hier nicht so lange rum, das ist 'ne Alarmübung. Also Sterni, du nimmst den Kellerabgang da vorne, und du«, Peter sah mich eindringlich an, »du schickst deine Männer durch die

Metalltür rein. Das ist die Tür, die genau in Richtung deines LF zeigt.«

Aha, das hier sollte also kein gemütliches Kaffeekränzchen werden, sondern eher eine Übung mit Wettbewerbscharakter, getreu dem Motto: Wer die meisten Menschen in der kürzesten Zeit rettet, hat gewonnen. Na gut, das konnten sie haben. Ich brauchte mich mit meiner Mannschaft nicht verstecken. Die Jungs waren alle gut drauf und topfit.

Ich erteilte meine Einsatzbefehle: »Angriffstrupp! Unter PA mit Aufbruchwerkzeug und Leinensuchsystem zu mir! Wassertrupp! Verteiler plus zwei Schlauchtragekörbe vor das Gebäude! Drehleiterbesatzung! Mit Langzeit-PA als Sicherheitstrupp ausrüsten!«

Kaum dass ich selber die bewusste Metalltür erreicht hatte, stand der Angriffstrupp auch schon fertig ausgerüstet neben mir. Obwohl Frank Hinsen und Thorsten Heuer zu meinen erfahrensten Kollegen zählten, schärfte ich ihnen eine Warnung ein: »Denkt bitte dran: Das hier ist nur eine Übung. Es geht um nichts, also kein Risiko. Verstanden?«

Die beiden nickten stumm, dann klinkten sie problemlos die Metalltür auf. Henkel hatte also darauf verzichtet, uns den Zugang durch eine verschlossene Tür zu erschweren.

Als die beiden sie öffneten, drang ihnen sofort dichter Rauch entgegen. Frank und Thorsten hatten die Ventile ihrer Atemluftflaschen aufgedreht und schraubten sich jetzt gegenseitig die Lungenautomaten in die Anschlussgewinde ihrer Atemschutzmasken. Unter den charakteristisch zischenden Ein- und Ausatmungsgeräuschen verschwanden sie unmittelbar darauf in dem dunklen, künstlich verrauchten Gebäude.

Wer noch nie unter einem Atemschutzgerät gearbeitet hatte, konnte kaum erahnen, welch hohe physische und psychische Belastung damit verbunden war. Selbst in dieser Übungssituation waren die Trupps nicht in der Lage, sich diesen Einflüssen zu entziehen.

Ich hatte an anderer Stelle einmal geschrieben: »Wenn du in

einen Kellerbrand eindringst, wirst du schon nach wenigen Metern so von dichtem schwarzem Brandrauch eingehüllt, dass du blind bist. Die Aufgabe deiner Augen müssen jetzt deine Hände übernehmen, die in dicken Lederhandschuhen stecken, und diese Augen ›sehen‹ immer nur 20 Zentimeter weit.«

Ganz so schlimm war es hier, Gott sei Dank, nicht, aber die Sicht betrug dennoch höchstens einen bis anderthalb Meter. Für Frank und Thorsten galt es daher, sich äußerst vorsichtig voranzutasten. Überall in diesem unbekannten Gebäude lauerten Gefahren, denen man als Sehender mit Leichtigkeit ausweichen konnte. Aber die Situation des Angriffstrupps war ungleich schwerer. Jeder Stuhl, jeder Tisch, jeder Gegenstand bildete ein Hindernis, das zuerst mühsam ertastet und dann umgangen werden musste. Stufen, Treppen und Absätze stellten zudem eine hohe Sturzgefahr dar. Im Übrigen sollten die beiden ja nicht nur von Punkt A nach Punkt B gelangen, sondern die ihnen völlig unbekannten Räumlichkeiten nach vermissten Arbeitern absuchen, diese finden und auf dem schnellstmöglichen Weg nach draußen bringen. Für ihren eigenen Rückweg ließen sie deshalb eine Orientierungsleine abrollen, unser sogenanntes Leinensuchsystem. Dies war ein absolutes Muss, wenn man keinen Feuerwehrschlauch mitführte, an dem man wieder zurück ins Freie fand.

Frank und Thorsten krochen auf allen vieren und tasteten sich mühsam Meter um Meter weiter voran. Im Ernstfall bedeuteten solche Einsätze puren Stress. Nur gut, dass sich hier nicht wirklich Menschen in Gefahr befanden und die Einsatzkräfte nicht von den heißen Brandgasen und plötzlich auflodernden Flammen bedroht wurden. Hier flogen ihnen keine explodierenden Farb- oder Spraydosen um die Ohren, und es strömte auch kein Gas aus einer leckgeschlagenen Leitung. Trotzdem gerieten die zwei mächtig ins Schwitzen. Mit annähernd 40 Kilogramm Zusatzausrüstung und einem Atemschutzgerät auf dem Buckel war das kein Zuckerschlecken!

Den anderen Feuerwehrmännern, die ebenfalls truppweise in den Keller des Gebäudes eingedrungen waren, erging es ähnlich. Selbst die Kollegen der Werkfeuerwehr Henkel konnten bei diesem Gebäude keinen Vorteil für sich verbuchen, denn der Keller war den meisten genauso unbekannt wie uns.

Ich blickte zu Sterni hinüber. Er hatte seinen Trupp über den außen liegenden Treppenabgang direkt nach unten auf die erste Kellerebene geschickt. Deren Sicherungsleine war am Geländer festgebunden. Mein Angriffstruppführer rief mich. Seine Stimme klang verzerrt und undeutlich. Das konnte nicht nur an der Atemschutzmaske liegen.

»Angriffstruppführer, wiederholen Sie! Ich kann Sie nur sehr schlecht empfangen!«

»Wir haben den Raum hier oben abgesucht. Keine Feststellung. Haben eine Treppe erreicht und gehen jetzt weiter nach unten. Kommen!«

»Habe verstanden. Oberen Raum abgesucht, keine Feststellung. Melden Sie sich, wenn Sie unten sind. Kommen!«

»Geht klar, Ende!«

Liebe Leserinnen und Leser, an dieser Stelle möchte ich Ihnen eine kurze Erklärung geben: Wenn wir im Einsatz oder bei Übungen untereinander funken, sind wir grundsätzlich per Sie. Das geschieht keineswegs aus Borniertheit, sondern entspringt reiner Zweckmäßigkeit. Die Sätze werden kurz und knapp gehalten und sollen sich auf das Notwendige beschränken. Alle Funkgespräche laufen nach dem Prinzip des Gegensprechens ab. Es kann also immer nur einer sprechen. Aus diesem Grund beenden wir den Satz meist mit den Worten Kommen oder Ende. Wichtige Dinge werden von dem Angesprochenen wiederholt, sodass der Sprechende auch weiß, dass seine Nachricht verstanden wurde. Darüber hinaus verwenden wir in der Realität eine Codekennung, auf die ich in diesem Buch der Einfachheit halber aber verzichte. Ich bitte die Fachleute um Verständnis.

Sekunden später meldete sich mein Angriffstrupp ein zweites Mal. »Wir haben eine bewusstlose Person gefunden. Benötigen die Schleifkorbtrage und weitere Unterstützung.«

Ich bestätigte und winkte den bereitstehenden und fertig ausgerüsteten Schlauchtrupp heran. »Habt ihr den Funkspruch mitgehört?«

Andreas Treichel und Stefan Meyer nickten.

»Okay, dann geht ihr jetzt runter und helft denen. Ich sage dem Maschinisten Bescheid, dass er die Schleifkorbtrage bereitlegen soll.«

Die Schleifkorbtrage war ein Rettungsgerät für verunfallte oder erkrankte Menschen. Die orangefarbene Kunststoffschale mit den hochgezogenen Seitenwänden schloss mit einem umlaufenden Aluminiumrohr ab und war somit stabil genug ausgelegt, um einen Menschen darin über unwegsames Gelände, über Trümmer und sogar durch erhitzten Brandschutt zu ziehen. Sie konnte an Seilen aufgehangen in große Höhen und Tiefen auf- und abgelassen werden und war somit das optimale Rettungsgerät für die hier vorzunehmende Rettungsaktion.

Minuten später, nachdem meine eingesetzten Trupps den »Bewusstlosen« ins Freie getragen und auf dem Boden abgesetzt hatten, zog dieser sich die übergestülpte Fluchthaube vom Gesicht und entstieg zufrieden grinsend der Schleifkorbtrage.

»Danke für eure Rettung, Jungs, hat Spaß gemacht.« Der 95-Kilo-Mann klopfte sich lässig den Staub vom Overall und erklärte meinen vor Anstrengung heftig atmenden Kollegen genüsslich: »So, ich geh dann jetzt einen Kaffee trinken, und was macht ihr?«

»Die müssen da leider noch mal runter«, gab ich an ihrer Stelle zur Antwort.

»Boah, nee!«, stöhnte Thorsten, der sich vornübergebeugt mit den Händen auf seine Knie stützte. »Weißt du, was das für 'ne Maloche ist?«

Ich wusste es, aber es gab dennoch keine Gnade. »Tut mir leid, Männer, solange wir den Letzten noch nicht gerettet haben, müssen wir weitermachen. Allerdings werden wir jetzt die Trupps wechseln. Andreas und Stefan gehen als Angriffstrupp vor, und ihr beide bleibt hier oben bei mir als Sicherheitstrupp.« Bei meinen letzten Worten sah ich Frank und Thorsten versöhnlich an und erklärte: »Solange ich euch nicht mehr in das Gebäude schicken muss, könnt ihr hier draußen die Atemschutzmaske abziehen.«

Die beiden ließen sich das nicht zweimal sagen und nahmen sofort den Helm ab, lösten die Gummibänder der stramm sitzenden Atemschutzmaske, die das gesamte Gesicht bedeckte, und zogen diese von ihren verschwitzten Gesichtern.

Während wir zusammen mit den Kollegen der Werkfeuerwehr Henkel in den weitverzweigten Kellerräumen nach vermissten Arbeitern suchten, bahnte sich nur wenige Kilometer entfernt eine Katastrophe an.

In der Küche gab die elektrische Kaffeemaschine seltsame Geräusche von sich. Statt das wohlduftende Aroma von frisch gebrühtem Kaffee zu verbreiten, kräuselte sich eine übel riechende dunkle Rauchfahne aus dem Inneren des betagten Geräts hervor. Kurze Zeit danach drang der penetrante Gestank von verschmorendem Kunststoff durch die offen stehende Küchentür in das Zimmer von Margarethe Wolter.

Frau Wolter, die trotz ihrer Bettlägerigkeit dem Laster Nikotin nicht abschwören konnte, verzog angewidert das Gesicht, denn der Brandgeruch aus der Küche überlagerte den Rauch ihrer Zigarette. Missgestimmt sog sie die Luft prüfend durch die Nase ein und betrachtete zuerst verwundert den Glimmstengel in ihrer Hand, bis sie den schwarzen Rauch bemerkte, der sich langsam wie ein kriechender Nebel unter der Zimmerdecke ausbreitete. In ihrem ersten Schreck achtete sie nicht darauf, dass die brennende Zigarette ihrer Hand entglitt und zwischen die Falten der synthetischen Überdecke fiel. Sekunden später hatte die Decke Feuer gefangen. Giftige Dämpfe stiegen auf, und eine bislang nie gekannte Panik überfiel die alte Frau.

Wie jeden Tag um diese Stunde wollte Frau Köhnen auch heute ihre bettlägerige Nachbarin besuchen. Die hilfsbereite Frau besaß schon seit Langem einen eigenen Schlüssel zu der Wohnung, sodass sie im Prinzip kommen und gehen konnte, wann sie wollte. Natürlich tat sie das nicht, sondern die beiden Frauen hatten sich auf bestimmte Tageszeiten geeinigt.

An diesem Morgen kam Frau Köhnen jedoch etwas dazwischen. Immer wieder sah sie nervös zur Uhr, denn sie war heute sowieso schon etwas später dran als gewöhnlich. Allerdings konnte sie das Telefongespräch mit ihrer Verwandten, die sie gerade mit einem privaten Problem behelligte, unmöglich einfach so abbrechen. Andererseits wusste sie, dass ihre Nachbarin jetzt sicher schon sehnsüchtig auf sie wartete. Aber während sie weiter geduldig zuhörte und Minute um Minute verstrich, tröstete sie sich mit dem Gedanken, dass die alte Frau Wolter zurzeit ja ihre Enkelin zu Besuch hatte. Somit wäre sie wenigstens nicht alleine. Sie konnte ja nicht wissen, dass Sabine, bevor sie aus der Wohnung gegangen war, um beim Bäcker die Brötchen zu holen, die alte Kaffeemaschine eingeschaltet hatte. Unglücklicherweise hatte sie dabei jedoch vergessen, vorher das Wasser einzufüllen.

Während mein Schlauchtrupp den verrauchten Keller nach weiteren Vermissten absuchte, versuchte die alte Frau Wolter verzweifelt, mit den bloßen Händen die Flammen, die aus ihrer Bettdecke emporloderten, auszuschlagen – vergeblich. Die Schmerzen missachtend schlug sie dennoch immer wieder zu. Panik stand in ihrem angstverzerrten Gesicht. Mit jedem ihrer hastigen Atemzüge drangen die giftigen Dämpfe immer tiefer in ihre gequälten Lungen. Die arme Frau hustete sich die Seele aus dem Leib, und als sie um Hilfe rufen wollte, fehlte ihr einfach die Kraft dazu. Ihre geröteten Augen tränten, und das Schlagen ihrer vom Feuer verletzten Hände wurde schwächer und schwächer. Der von Beginn an hoffnungslose Kampf um ihr Leben währte nicht einmal eine Minute, aber ihr kam es vor wie eine grauenvoll quälende Ewigkeit. Schließlich hatten die giftigen Brandgase das grausame Spiel gewonnen. Mit einem letzten krampfhaften Zucken sank der Oberkörper von Frau Margarethe Wolter bewusstlos zurück, um vollends ein Raub der Flammen zu werden.

Sabine hatte auf dem Rückweg vom Bäcker ein wenig gebummelt. Jetzt eilte sie die Treppe hinauf, indem sie gleich zwei Stufen auf einmal nahm. Die Tüte mit den frisch gebackenen Brötchen verströmte einen köstlichen Duft. Aber als das Mädchen vor der Wohnungstür ihrer Oma stand, roch sie plötzlich etwas ganz anderes – etwas Unangenehmes, das ihr unwillkürlich große Angst einflößte.

Mario Schneider, der Hauptbrandmeister im Rettungsdienst der Feuerwache 7, hatte seinen Kaffee längst ausgetrunken. Er stand jetzt gemeinsam mit seinem jungen Kollegen Christoph Basting im Patientenraum des Rettungswagens.

»Sauberkeit und Hygiene ist absolute Voraussetzung in unserem Job«, erklärte er und wischte die Paddel des Defibrillators mit einer Desinfektionslösung ab. »Darauf lege ich allergrößten Wert, aber ich denke, das hat man euch auf der Rettungsassistentenschule sicher genauso beigebracht, oder?«

»Ja klar«, beeilte sich Christoph zu sagen.

Mario fügte ernst hinzu: »Du musst dir immer vorstellen, wie es wäre, wenn du selbst oder deine Freundin hier drinnen liegen würde. Du hast doch eine Freundin, oder?«

Der junge Christoph verzog das Gesicht rätselhaft wie die Sphinx und grinste vielsagend.

»Na, dann denk meinetwegen auch an deine Mutter.«

Daraufhin grinste Christoph noch mehr.

»Okay, also dann an beide?«

Christoph hatte schon eine Antwort parat, da unterbrach ihn der Alarmgong.

»Einsatz für 7-83-1 zur Feuermeldung. Zimmerbrand, Igelhofstraße 89, bei Wolter.«

Noch während die Alarmierungsdurchsage lief, hatte Mario sich den Eimer mit der Desinfektionslösung geschnappt und in die Fahrzeughalle gestellt.

»Das ist nur ein paar Straßen von unserer Wache entfernt!«, rief er und eilte die wenigen Schritte durch die nächste Tür, wo der Alarmdrucker um die Ecke stand. Mit dem DIN-A4-Papier in der Hand kam er im Laufschritt zurück. Christoph hatte sich inzwischen hinter das Lenkrad geschwungen, den Motor gestartet und das Funkgerät eingeschaltet.

Mario zog die Tür zu. »Okay, Blaulichter an und erst mal links raus. Die Igelhofstraße ist ganz in der Nähe. Kennst du den Weg?«

Christoph nickte und betätigte die beiden Kippschalter. Sofort drehten sich die Blaulichter und die neuartige Alarmtonanlage heulte auf.

»Rechts frei!«, rief Mario und Christoph gab Gas.

»Wieso schicken die denn nur uns zu dem Zimmerbrand? Das ist doch eher was für den Löschzug.«

»Ich schätze, dass die Leitstelle unsere Leute schon längst alarmiert hat«, erklärte Mario und deutete nach vorne. »Pass auf, die Nächste links rein.«

Christoph sah in den Rückspiegel, betätigte den Blinker und bog links ab.

»Aber unser Löschzug ist doch bei der Henkel-Übung.«

»Na und? Alarm ist Alarm, und ob die jetzt von der Wache losfahren oder von Henkel – so viel weiter ist das auch nicht.«

»Hm«, brummte Christoph.

»Was hm?«

»Ich dachte nur. Falls man die noch nicht …?«

Mario drehte den Kopf, sah seinen jungen Kollegen belustigt von der Seite an und lachte laut auf: »Jau, mein Freund, dann hätten wir ein ziemliches Problem! Aber ich kann dich beruhigen, so etwas kommt nicht vor.«

Und wenn doch?, dachte Christoph, aber er schwieg. Was hätte es auch für einen Sinn gehabt, weiter zu fragen. Außerdem musste er sich jetzt auf den Verkehr konzentrieren. Die Straße, in die sie gerade eingebogen, war ziemlich eng, und immer wieder kamen ihnen Autofahrer entgegen, die die Fahrbahn nicht frei machten oder wenigstens rechts ranfuhren.

Sabine hatte den Schlüssel ins Schloss gesteckt und zaghaft nach rechts gedreht. Die Tür war lediglich zugezogen, nicht verriegelt. Als sie sie aufstieß, drang ihr sofort ein unangenehm beißender Geruch in die Nase.

»Oma! Oma!«, schrie Sabine und stürzte trotz der Angst, die sie überkommen hatte, in die Wohnung.

Nachdem sie die Tür vom Flur zum Wohnzimmer geöffnet hatte, taumelte sie jedoch zu Tode erschrocken zurück. Das Bett der Großmutter brannte lichterloh, und aus der Küche schlugen ihr hellrote Flammen entgegen, die schon auf die Tapete und den Teppichboden des Wohnzimmers übergriffen. Unter der gesamten Zimmerdecke waberte eine dunkle Rauchwolke, die von Sekunde zu Sekunde weiter anschwoll, und eine unerträgliche Wärmestrahlung traf das vor Schock zitternde Mädchen. Regungslos verharrte Sabine im Türrahmen, die Brötchentüte noch immer in der Hand haltend. Plötzlich fing die Papiertüte wie aus dem Nichts Feuer. Mit einem Schmerzensschrei ließ sie die brennende Tüte fallen und schlug ihre kleinen Hände schützend vor das Gesicht. Einige Sekunden verharrte sie so, dann brach sie auf der Stelle zusammen.

Leicht genervt legte Frau Köhnen den Telefonhörer auf. Den Schlüssel zu der über ihr liegenden Wohnung der Nachbarin hatte sie schon die ganze Zeit in der Hand gehalten. Jetzt aber nichts wie los, sagte sie sich und verließ ihre eigene Wohnung, um sich nach oben zu begeben.

Kaum hatte sie das Treppenhaus betreten, stach ihr sofort der penetrante Geruch nach Verbranntem in die Nase. Den Gesetzen der Physik gehorchend, zog der meiste Brandrauch mit der Wärme weiter nach oben. Dennoch stank es schon im gesamten Treppenhaus. Als Frau Köhnen die ersten Stufen genommen hatte und um die Ecke blickte, fuhr ihr ein heilloser Schreck in die Glieder. Aus der offen stehenden Wohnungstür von Frau Wolter drang dichter schwarzer Brandrauch, der sich unter der ehemals weiß getünchten Decke bedrohlich in die darüberliegende Etage hinaufwälzte. Frau Köhnen zögerte nicht lange und tat das einzig Richtige in dieser Situation: Sie eilte zurück in ihre Wohnung und wählte die Nummer der Feuerwehr.

Weil man auf der Leitstelle der Berufsfeuerwehr Düsseldorf wusste, dass sich die Feuerwache 7 zurzeit in einer gemeinschaftlichen Übung mit der Werkfeuerwehr Henkel befand, alarmierte der Disponent umgehend die beiden nächstgelegenen Feuerwachen und bei Feuerwache 7 lediglich den Rettungswagen. So kam es, dass von der entfernter liegenden Hüttenstraße die Feuerwache 1 und von der ebenfalls weiter entfernten Behrenstraße die Feuerwache 4 mit ihren Einsatzkräften ausrückten.

Mario Schneider, der mit seinem jungen Kollegen Christoph nur eine relativ kurze Anfahrt hatte, war indessen in dem festen Glauben, dass man seine Kollegen längst von der Übung abgezogen hatte. Auf diese Annahme gründete sich auch seine Vermutung, dass sie nicht als Erste am Einsatzort eintreffen würden. Ein verhängnisvoller Irrtum, denn als sie in die Igelhofstraße einbogen, sahen sie schon von Weitem, dass aus dem Haus mit der Nummer 89 Flammen aus mehreren Fenstern der oberen Etage schlugen und sich ein gewaltiger Rauchpilz wie eine dunkle Gewitterwolke über dem lang gestreckten viergeschossigen Wohnhaus ausbreitete. Von einem Feuerwehrfahrzeug war jedoch weit und breit nichts zu sehen.

Verdammt, das gab es doch nicht! Wo waren denn bloß die Kollegen? Die mussten doch längst hier sein, dachte er.

Aber Feuerwache 7 war nicht hier. Feuerwache 7 ahnte von

alldem nichts und befand sich immer noch mitten in ihrer Übung.

Mario Schneider riss den Funkhörer aus der Halterung: »Florian Düsseldorf für 7-83-1, kommen!«

Etwas ungehalten meldete sich die Leitstelle: »7-83-1, wir haben zurzeit mehrere gleichzeitige Funkrufe. Drücken Sie die Taste Sprechwunsch, und warten Sie!«

Aber Mario Schneider konnte nicht warten. »Hören Sie, Florian Düsseldorf. Wir sind Einsatzstelle Igelhofstraße 89 eingetroffen. Vermutlich Vollbrand eines Wohnhauses auf der dritten Etage. Flammen aus mehreren Fenstern. Wir benötigen dringend Hilfe. Kommen!«

Zwei, drei Sekunden herrschte daraufhin Funkstille. Dann meldete sich der Disponent erneut: »7-83-1, Feuerwache 1 und 4 sind bereits alarmiert und zu Ihnen unterwegs. Erkunden Sie und geben Sie umgehend Rückmeldung, ob Menschenleben in Gefahr sind. Kommen!«

Du Arsch! Ich hab doch wohl klar und deutlich Wohnhaus- und Etagenbrand gesagt. Was willst du denn noch mehr?, dachte Mario grimmig. Dann sah er die Frau, die aus dem Hauseingang auf die Straße stürzte, und rief laut: »Stopp, Christoph, halt an!«

Christoph trat hart auf die Bremse. Die Reifen quietschten, der Rettungswagen kam zum Stehen, und Mario stieß die Beifahrertür auf.

»Hilfe! Hilfe! Kommen Sie schnell! Da oben sind noch Menschen drin!«

Die Frau – es war Frau Köhnen – deutete aufgeregt nach oben.

Mario sprang aus dem Wagen. »Christoph, sag der Leitstelle, die sollen sich beeilen. Da oben sind noch Menschen drin. Park den RTW so, dass die Löschzüge Platz haben, und komm mir nach. Ich gehe da rein!«

Ehe Christoph noch etwas antworten konnte, hatte sich

Mario den sechs Kilogramm schweren Handfeuerlöscher geschnappt, die Tür zugeworfen und rannte auf den Hauseingang zu. »Warten Sie hier unten!«, rief er der Frau zu, dann befand er sich schon im Treppenhaus und eilte die Stufen nach oben.

Frau Köhnen blickte sich verwirrt um. Irgendwie konnte sie das alles nicht begreifen. Der Feuerwehrmann hatte ihr am Telefon doch fest zugesagt, dass Hilfe kommen würde, und jetzt schickten die nur einen einzelnen Rettungswagen? Sie blickte verzweifelt die Straße hinunter. Wo blieben denn bloß die anderen Feuerwehrfahrzeuge?

In diesem Moment kam Christoph angerannt. »Wer ist noch alles in der Wohnung?«, rief er schon von Weitem.

Frau Köhnen war total aufgelöst. Das war ja wieder nur ein einzelner Mann. Unfähig, Auskunft zu geben, starrte sie Christoph ungläubig an, und weil der ahnte, was in ihr vorging, versuchte er sie zu beruhigen: »Hören Sie, unsere Kollegen sind schon unterwegs. Die müssen jeden Augenblick kommen. Und jetzt sagen Sie mir bitte, wer da noch in der Wohnung ist?«

Endlich hatte sich Frau Köhnen einigermaßen gefangen. »In der Etage über mir lebt nur eine alte Frau.«

»Sonst niemand?«

Sie schüttelte den Kopf, korrigierte sich dann aber eilig. »Oh, da ist doch noch jemand. Die Frau Wolter hat zurzeit ihre Enkelin zu Besuch. Sie selber ist krank und liegt immer im Bett.«

»Okay, und noch weiter oben?«

»Äh … ja, da lebt ein junges Ehepaar ohne Kinder und der Herr Franzen. Aber ich glaube, die sind alle zur Arbeit.«

»Gut.« Christoph nickte befriedigt. »Gehen Sie auf die andere Straßenseite. Es wird sich gleich jemand um Sie kümmern.«

Dann schaute er an der Hausfassade empor. Es war ein faszinierender Anblick. Aus vier zerstörten Fenstern im dritten Stock schlugen mächtige Flammen. Einige reichten gefährlich nahe an die Fenster der darüberliegenden Etage heran. Schon leckten sie gierig an deren Holzrahmen. Dem jungen Feuerwehrmann lief ein kalter Schauer über den Rücken. So ein Inferno hatte er noch nie gesehen. Doch dann riss er sich von dem faszinierenden Anblick los und stürmte auf den offen stehenden Hauseingang zu.

Während unter Christophs Stiefeln die Glassplitter der herabgestürzten Fensterscheiben knirschten, lauschte ich einige Kilometer entfernt angestrengt in mein Funkgerät.

Hatte mich da nicht gerade irgendjemand gerufen? Ich konnte es nicht genau sagen, denn der Funkspruch war ziemlich verzerrt angekommen. Möglicherweise hatte ich mich auch geirrt, und die riefen jemand anderen. Ich hielt Ausschau nach Sterni.

Anscheinend hatte er den Funkruf genauso undeutlich empfangen, denn er blickte, ähnlich unsicher wie ich selbst, zu mir herüber. Dabei hob er sein Funkgerät in die Höhe und rief: »War das für dich oder für mich?«

Wir standen höchstens zehn Meter auseinander. Ich zuckte mit den Schultern und rief zurück: »Keine Ahnung! Ich bekomme keine Verbindung!«

Plötzlich tippte mir Peter Küpperbusch auf die Schulter: »Hör mal, wenn ihr beide keine Verbindung mehr bekommt, dann ist das doch eine gute Gelegenheit, den Rettungstrupp loszuschicken.«

Frank und Thorsten standen zwar unmittelbar in der Nähe, hatten Peters Worte aber dennoch nicht mitbekommen. Ich winkte sie herbei. Die schwarzen Atemschutzmasken, die sie auf meine Anordnung hin abgezogen hatten, baumelten ihnen vor der Brust, aber die Abdrücke der stramm schließenden Dichtlippen zeichneten sich von vorhin noch deutlich auf ihren schweißnassen Gesichtern ab. Jeder Feuerwehreinsatz unter Atemschutz war eine große Anstrengung, aber bei den für die Jahreszeit ungewöhnlich hohen Außentemperaturen am heutigen Tag war es eine wahre Tortur.

Entsprechend groß fiel ihre Begeisterung aus, als sie hörten, was unser C-Dienst vorgeschlagen hatte. »Och nee, Pitter, nicht schon wieder.«

Peter winkte ab und sah mich an: »Quatsch, doch nicht die beiden. Ich dachte mehr an unseren Löschzugpraktikanten, den Klaus Denker. Das ist doch eine gute Gelegenheit für ihn, unter PA zu arbeiten.« Peter blickt sich um. »Wo steckt der Bursche überhaupt?«

»Der müsste in Sternis Gruppe sein«, erklärte ich. »Zusammen mit dem Kollegen Medek.«

»Na bitte, das passt doch, der Immanuel ist ja ebenfalls noch relativ neu und hat auch noch nicht so viel Erfahrung, also schickst du die beiden jetzt zusammen rein. Ist ja nur eine Übung.«

»Und wir?«, fragte Thorsten und deutete auf Frank und sich selbst.

»Ihr habt Schwein und könnt draußen bleiben«, lachte ich.

Wenig später verschwanden der Feuerwehrmann Immanuel Medek und der Löschzugpraktikant Klaus Denker in dem künstlich verrauchten Keller, um nach dem Trupp zu suchen, zu dem ich keinen Funkkontakt mehr bekommen hatte. Dazu orientierten sich die beiden an der abgerollten Leine ihrer Vorgänger.

Peter Küpperbusch stand immer noch neben mir und riet: »Wenn die sich nicht von alleine melden, funk die ruhig mal öfters an. Es ist wichtig, dass du in so einer Situation den Kontakt behältst.«

»Kontakt ist gut«, entgegnete ich. »Du siehst ja, wie schlecht das funktioniert. Je tiefer die in den Keller vordringen, desto mehr Stahlbeton liegt zwischen uns. Ich schätze, den Rettungstrupp werde ich funkmäßig genauso verlieren wie den ersten Trupp.«

Bevor Peter mir darauf etwas entgegnen konnte, wurde er selber über den Führungskanal seines zweiten Funkgeräts gerufen. Dieter Link, sein C-Dienst-Fahrer, der die Aufgabe hatte, während der Übung im Wagen den Funk zu überwachen, hatte die Feuermeldung mitbekommen. Jetzt informierte er umgehend seinen Chef. Er sprach zwar, wie von ihm gewohnt, sehr nüchtern, aber der Inhalt seiner Nachricht war dafür um so brisanter.

»Hör mal, Pitter, ich bekomme hier gerade eine Feuermeldung rein. Ein Etagenbrand mit Menschenrettung in der Igelhofstraße. Das ist doch unser Revier. Die haben Wache 1 und Wache 4 alarmiert und von uns nur den RTW, obwohl wir doch viel näher dran sind. Findest du das richtig?«

Nein, das fand der C-Dienst Peter Küpperbusch überhaupt nicht richtig, und er reagierte entsprechend. Nachdem er mit der Leitstelle Rücksprache gehalten hatte, tönte seine Stimme aus den Lautsprechern sämtlicher Funkgeräte. »Achtung, an alle Einsatzkräfte der BF! Realeinsatz! Übung abbrechen! Ich wiederhole. An alle Einsatzkräfte der BF, Übung sofort abbrechen und Fahrzeuge besetzen!«

Unmittelbar darauf kamen die Kollegen, die den Funkspruch gehört hatten, aus mehreren Richtungen angelaufen, aber was war mit meinen Trupps im Keller? Hatten sie die Durchsage auch empfangen?

Während ich weiter versuchte, die beiden Trupps anzufunken, riefen mir einige Kollegen, die an mir vorbeimussten, alle die gleichen Fragen zu: »Stimmt das wirklich?« Oder: »Hab ich das richtig verstanden, wir haben einen Realeinsatz?«

Ich nickte lediglich und bedeutete ihnen, weiter zu den Fahrzeugen zu laufen. Dabei versuchte ich unermüdlich, die vermissten Trupps anzufunken, und lauschte angestrengt auf eine Antwort – vergeblich. In diesem Moment schlug mein Funkmeldeempfänger Alarm.

Einsatz Igelhofstraße 89 las ich auf dem grünlich aufleuchtenden Display. Verdammt, die Zeit lief mir davon. Ich musste dringend zu meinem Fahrzeug, und von meinen Trupps kam immer noch kein Lebenszeichen!

Derweil verließ auf der Hüttenstraße der Löschzug der Feuerwache 1 in geordneter Formation das Wachgebäude. Die eigens installierte Ampel, die den Verkehr anhalten sollte, war auf Rot geschaltet, sodass die drei Großfahrzeuge ohne Zeitverzögerung in die stark frequentierte Straße einbiegen konnten. Während sich die Männer hinten im Mannschaftsraum routinemäßig ihre Atemschutzgeräte anlegten, dröhnte der Klang ihrer Fahrzeugsirenen durch die Straßen der Innenstadt.

Kurz darauf donnerte der Löschzug 1 über die Oberbilker Allee, um von dort in die Siegburger Straße einzubiegen. Vorbei ging es an der Philipshalle und weiter über die Kölner Landstraße in Richtung Wersten, dem Stadtteil, der eigentlich zum Brandschutzgebiet der Feuerwache 7 gehörte.

Zur selben Zeit verließ der Löschzug 4 von der Feuerwache an der Behrenstraße ebenfalls das Wachgelände, allerdings schlugen sie mit ihren Fahrzeugen den Weg über die Kettwiger Straße ein. Weiter ging die Alarmfahrt über die Erkrather Straße, von der sie später abbogen, um sich der Einsatzstelle aus östlicher Richtung zu nähern.

Mario hatte die dritte Etage erreicht. Aus den oberen zwei Dritteln der nach innen offen stehenden Wohnungstür quoll schwarzer Brandrauch, der sich unter der Kaminwirkung des Treppenhauses weiter nach oben in die darüberliegende Etage wälzte. Wer in diesen heißen, giftigen Brandrauch geriet, würde spätestens nach drei Atemzügen bewusstlos zusammenbrechen. Die einzige, wenn auch schwache Möglichkeit, in der brennenden Wohnung zu überleben, bestand darin, sich tief am Boden aufzuhalten. Hier gab es noch halbwegs ausreichend Sauerstoff zum Atmen.

Das galt natürlich auch für Mario, und der war sich sehr wohl darüber im Klaren, dass er ohne seine übliche Feuerschutzbekleidung und ohne das notwendige Atemschutzgerät nur eine minimale Chance hatte. Dennoch kroch er, tief gebückt wie ein Lurch, auf allen vieren in die Wohnung. Deutlich hörte er das charakteristische Prasseln und Knistern des wütenden Feuers. Dann sah er direkt vor sich einen leblosen Körper am Boden liegen.

Das Mädchen, schoss es ihm durch den Kopf, und er robbte weiter auf sie zu. Die Kleine lag genau im Eingangsbereich zum nächsten Zimmer, welches längst lichterloh in Flammen stand. Allzu weit durfte er sich nicht vorwagen, denn die Strahlungswärme wurde unerträglich.

Mario hob eine Hand vor sein Gesicht und spürte einen Schmerz, als würde ihm die hohe Temperatur die ungeschützte Haut wie Pergament zerknittern. Plötzlich schlugen aus der Kleidung der Kleinen helle Flämmchen auf, und eine Woge weiterer heißer Brandgase traf Marios Gesicht und Hände. Doch er missachtete die Schmerzen, riss mit der anderen Hand den mitgeschleiften Handfeuerlöscher nach vorne, drehte das Handrad der Treibgasflasche auf und presste den Auslösegriff des Pulverschlauchs fest zusammen. Sofort strömte das nicht brennbare Kohlendioxid aus der außen montierten Druckgasflasche in den Feuerlöscher, und eine weiße Wolke feinstaubigen Glutbrandpulvers umhüllte den leblosen Körper des Mädchens, erstickte die Flammen und bildete kurzfristig einen Schutz vor der mörderischen Strahlungswärme.

Drei, vier Sekunden hielt Mario so drauf, dann ließ er den Feuerlöscher liegen und schleifte das bewusstlose Mädchen mit sich über den Boden zurück in Richtung Eingangstür. Aber war die Kleine wirklich nur bewusstlos? Mario wusste es nicht und hatte keine Zeit mehr, ihre Vitalfunktionen zu überprüfen. Jedenfalls nicht hier oben, nicht vor dieser im Vollbrand stehenden Wohnung. Die Flammen in dem Raum schlugen hell aufleuchtend in die Höhe, und immer mehr heißer dunkler Brandrauch drang in den kleinen Flur.

Mario presste sich tiefer auf den Boden, er keuchte und hustete. Jeder Meter wurde ihm zur Qual, aber er wusste, dass es allerhöchste Zeit für ihn wurde, das rettende Treppenhaus zu erreichen, wenn er nicht selber hier oben umkommen wollte.

Immer noch auf dem Bauch robbend, gelang es ihm buchstäblich in letzter Sekunde, dem flammenden Inferno zu entkommen. Heftig atmend hievte er das Mädchen auf seine Schulter und kämpfte sich die Stufen bis zum ersten Treppenabsatz hinunter.

Erst in diesem halbwegs sicheren Bereich legte er die Kleine vorsichtig ab, um erstmals ihre Vitalfunktionen zu überprüfen. Aber seine eigenen Sinne waren von der körperlichen Anstrengung noch so benommen, dass er weder in der Lage war, die Pulse des Mädchens zu ertasten, noch eine Atmung zu erkennen.

In diesem kritischen Moment erreichte Christoph die beiden. »Was ist? Lebt sie?«

Mario schüttelte den Kopf und ließ sich erschöpft auf die Steinstufen sinken. »Ich bin zu zittrig. Kontrollier du mal. Ich hoffe, wir sind nicht zu spät gekommen.«

Während Christoph neben dem Mädchen kniete und zum ersten Mal die Angst verspürte, dass ein Mensch unter seinen Händen sterben könnte, hustete Mario sich die Seele aus dem Leib und spuckte schwarzen Schleim.

»Mario, ihr Herz schlägt noch, aber sie atmet nicht mehr!«

»Okay, Mund-zu-Mund-Beatmung, sofort!«

Christoph tat, wie ihm geheißen, beugte sich über das bleiche, rußverschmierte Gesicht des Mädchens, kontrollierte schnell ihren Mund- und Rachenraum und überstreckte den kleinen Kopf, sodass die Atemwege frei wurden. Dann drückte er mit Daumen und Zeigefinger seiner rechten Hand die Nasenflügel zu und presste seine Ausatemluft über ihren Mund in ihre Lungenflügel. Nachdem er mehrere Atemstöße getan hatte, legte ihm Mario seine Hand auf die Schulter.

»Das reicht, Christoph. Lauf zum RTW und bereite alles für die Intubation vor! Ich komme mit dem Mädchen hinterher.«

Christoph blickte Mario fragend an. »Soll ich sie nicht lieber, und du …?«

Aber Mario schüttelte energisch den Kopf. »Los, mach schon, ich pack das hier. Und bestell den Notarzt!«, rief er ihm noch hinterher, dann war sein junger Kollege auch schon nicht mehr zu sehen.

Obgleich seine Lungen immer noch nach Sauerstoff lechzten, würde er den Weg nach unten und bis zum RTW mit seiner Last schaffen, da war er sich ganz sicher. Aber auf seinen Handrücken spannte die Haut, es bildeten sich Brandblasen, und seine Hände zitterten noch von der Anstrengung – keine guten Voraussetzungen für eine Intubation, bei der man eine ruhige Hand benötigte. Mario wusste, dass seine Entscheidung, den Kollegen vorauszuschicken, um alles vorzubereiten, richtig gewesen war. Aber er durfte sich nicht länger ausruhen. Wenn sie das Leben des Mädchens retten wollten, zählte jede Sekunde.

Wie lange hatte die Kleine schon da oben gelegen? Zweifellos hatte sie wesentlich mehr von den giftigen Brandgasen eingeatmet als er selber. Hoffentlich hielt sie bis unten durch. Solche Gedanken gingen Mario durch den Kopf, als er mit dem Mädchen auf der Schulter die Treppe hinuntereilte. Hinter ihm füllte sich das Treppenhaus mit dunklem Brandrauch. Die Stelle, an der er gerade noch gesessen hatte, war bereits eingehüllt und kaum mehr zu erkennen.

Auf dem untersten Treppenabsatz kamen ihm die ersten Feuerwehrmänner entgegen. Es war der unter Pressluftatmern voll ausgerüstete und schwer bepackte Angriffstrupp der Feuerwache 1. Unter den Helmen und den schwarzen Atemschutzmasken war nicht zu erkennen, wen man vor sich hatte. Das typische Zischen ihrer Lungenautomaten eilte ihnen voraus. Den noch nicht mit Wasser gefüllten Schlauch ließen sie aus einem der beiden mitgeführten Schlauchtragekörbe hinter sich abrollen. Zwei dieser Körbe führten sie mit, jeder enthielt drei C-Schläuche von 55 Millimetern Durchmesser und 15 Metern Länge. Auf ihrem Weg nach oben würden sie die Schläuche am Geländer festbinden müssen, denn wenn sie das nicht taten, könnte das Gewicht der später in ihnen strömenden Wassersäule die Kupplungsverbindungen abreißen lassen. Diese Arbeit kostete zwar wertvolle Zeit, war aber unumgänglich. Es war sinnlos, Feuerwehrmänner zur Brandbekämpfung ohne das notwendige Wasser am Rohr vorzuschicken, und ebenso wenig Sinn machte es, wenn einem die Schlauchleitung riss und sich das kostbare Löschwasser ins Treppenhaus ergoss.

»Kommst du klar, oder sollen wir dir helfen?«, dröhnte es dumpf unter der Atemschutzmaske des Vorangehenden hervor, als Mario mit ihnen auf gleicher Höhe war.

»Danke, ich schaffe das. Seht ihr nur zu, dass ihr schnell hochkommt. Da oben brennt die ganze Bude.«

Nachdem Mario wenige Schritte nach dieser Begegnung endlich das Freie erreicht hatte, wurde ihm die Last aber doch abgenommen. Bereitwillig übergab Mario das Mädchen an einen weiteren Feuerwehrkollegen.

»Zum RTW, da drüben!«, sagte er noch, dann waren seine Kräfte nahezu erschöpft.

Die giftigen Gase hatten ihm doch mehr abgefordert, als er selber vermutet hatte. Ihm war schwindelig, und dunkle Punkte tanzten vor seinen Augen. Mario riss sich zusammen. Er musste zu seinem Kollegen Christoph, der jetzt mit Sicherheit auf seine Unterstützung wartete. Nach ein paar tiefen Atemzügen an der frischen Luft fühlte er sich schon besser. Erst jetzt registrierte er, dass die Feuerwache 1 mit ihrem kompletten Löschzug vorgefahren war und dass ein weiterer RTW direkt hinter ihrem stand. Als er die seitliche Schiebetür zum RTW öffnete, stellte er mit Befriedigung fest, dass seine junge Patientin bereits intubiert auf der Patientenliege lag und von gleich drei Rettungsassistenten versorgt wurde. Mario kannte die beiden Kollegen der Feuerwache 1 und wusste das Mädchen in guten Händen.

»Braucht ihr mich noch?«

Die Männer blickten auf und winkten ab. »Kannst draußen bleiben, Mario. Wir haben alles im Griff. Aber schick uns den Notarzt rein, wenn er kommt.«

Mario nickte matt. Er war froh, nicht mehr helfen zu müssen, denn ein erneuter Schwindel ließ ihn wanken. Mit beiden Händen stützte er sich gegen die Seitenwand des RTW und würgte wieder hustend schwarzen Schleim aus seiner Kehle. Schließlich erbrach er sich und sank geschwächt zu Boden.

In diesem Moment erreichte der erste Notarztwagen den Einsatzort, dicht gefolgt vom Löschzug der Feuerwache 4, deren C-Dienst und zwei weiteren RTW. Die Besatzung des einen RTW holte Mario in den Patientenraum und kümmerte sich um den Kollegen. Von dem, was sich ab jetzt an der Einsatzstelle abspielte, bekam Mario nichts mehr mit. Er war, ohne es zu wollen, selber zum Patient geworden und lag nun auf dem Platz, an dem er für gewöhnlich anderen Menschen seine Hilfe zukommen ließ. Sauerstoff strömte über eine Inhalationsmaske in seine gequälten Atemwege, und er fühlte, wie seine Kräfte langsam wieder zurückkehrten. Trotzdem blieb er noch eine Zeit lang liegen. Seine Gedanken kreisten unablässig um das junge Mädchen. Er selbst war der Grenze zwischen Leben und Sterben dieses Mal verdammt nahe gekommen. Aber würde die Kleine es auch schaffen?

Na endlich! Ich atmete erleichtert auf. Im Gänsemarsch traten meine beiden Trupps aus der weit geöffneten Tür, durch die sie vorhin verschwunden waren, wieder ins Freie. Ungeduldig lief ich ihnen entgegen. Der Vordermann hob genervt die Arme, als wolle er mir damit andeuten, dass es nicht seine Schuld war, dass es so lange gedauert hatte. In diesem Moment war mir das aber völlig wurscht. Hauptsache, die Männer waren draußen. Unter anderen Umständen hätten wir uns jetzt sicher über die besch … Qualität unserer Funkgeräte ausgelassen, aber dazu blieb jetzt keine Zeit.

»Wir haben einen Realeinsatz mit Menschenrettung!«, rief ich den Kollegen zu. »Los, ab zum Fahrzeug, und Beeilung! Die anderen warten nur noch auf uns!«

So schnell es meinen Kollegen unter PA möglich war, liefen

wir auf die circa 50 Meter entfernt stehenden Feuerwehrfahrzeuge zu. Die Maschinisten hatten inzwischen gewendet und harrten mit laufenden Motoren. Peter Küpperbusch war mit seinem C-Dienst-Wagen schon vorausgeeilt. Wir stiegen ein, schlugen die Türen hinter uns zu, und los ging's.

»Igelhofstraße, Igelhofstraße … Ist das nicht die Querstraße in der Nähe unserer Wache, wo wir letztens dem Pkw den Spiegel abgefahren hatten?«

Jochen, mein Maschinist, verzog gequält das Gesicht. »Mann, erinnere mich bloß nicht daran. Den Typ hab ich heute noch gefressen. Erst versperrt der uns mit seiner alten Schrottkarre den Weg, und dann mosert der noch wegen dem Spiegel rum. Da konnte ich nun wirklich nichts für. Im Übrigen war das Ding schon fast blind.«

Jochen hatte recht mit dem, was er sagte, aber vermutlich würde die Stadt dem Mann trotzdem seinen Spiegel ersetzen. Das sollte uns eigentlich nicht weiter stören, ärgerlich war nur das ganze Theater, das jedes Mal veranstaltet wurde, wenn so ein Bagatellschaden entstand. Ganz vermeiden ließen sich solche Vorkommnisse leider nicht, und so hatten wir die Igelhofstraße, in die wir jetzt mit eingeschalteten Sondersignalen einbogen, noch in unguter Erinnerung. Hoffentlich war das kein schlechtes Omen für unseren bevorstehenden Einsatz!

Wer mehrere Jahre an einer der Innenstadtwachen 1, 3 oder 4 gearbeitet hatte, konnte in aller Regel mit Fug und Recht behaupten, feuerwehrtechnisch einiges erlebt zu haben, denn diese Wachen hatten unzweifelhaft das höchste Einsatzaufkommen. So bestand der Angriffstrupp von Löschzug 1, der gerade in die brennende Wohnung eindrang, auch aus zwei erfahrenen Feuerwehrmännern, die schon so manchen Zimmerbrand erfolgreich bekämpft hatten. Aber die Wucht des hier wütenden Feuers und die enorme Strahlungswärme, die den beiden entgegenschlug, erstaunte sie dennoch.

Ganz tief am Boden liegend schoben sie sich in die mittlerweile im Vollbrand stehende Wohnung. Einzig weil sämtliche Fenster zur Straßenseite unter der Einwirkung der Flammen und der enormen Hitzeentwicklung zerplatzt waren, konnten sie in diesem rußigen Malm überhaupt noch etwas erkennen. Erst als ihre Kollegen auf der Straße vor dem Hauseingang den großen Lüfter starteten und ein deutlich spürbarer Luftzug die Rauchschwaden nach draußen presste, wurde die Sicht merklich besser.

Doch was sie nun erkennen konnten, ließ ihnen den Atem stocken. Inmitten hell lodernder Flammen stand ein metallenes Bettgestell, dessen Matratze und Bettzeug weitestgehend verbrannt waren. Aber immer noch schlugen Flammen daraus empor und züngelten aus einem menschlichen Wesen, das als solches kaum mehr zu erkennen gewesen wäre, wenn es nicht die abgewinkelten Arme in die Höhe gereckt hätte. Die Feuerwehrmänner hielten den breit gefächerten Sprühstrahl auf die makaber-skurrile Szenerie und kämpften sich weiter in den Raum vor. Sie kamen nur mühsam voran, weil der gesamte Fußboden von heißem, dampfendem Brandschutt bedeckt war. Teilweise waren es die kokelnden Überreste des überwiegend hölzernen Mobiliars, zum größten Teil aber bestanden die qualmenden »Berge« aus dem Verputz der Wände und Decken, der in großen Placken komplett abgeplatzt war. Und aus all dem ragte das metallene Bett mit der toten und bis zur Unkenntlichkeit verbrannten Frau Margarethe Wolter heraus.

Rot-weißes Flatterband war quer über die gesamte Fahrbahn gespannt. Im Bereich der Einsatzstelle hatte die Polizei die Igelhofstraße komplett für den Individualverkehr gesperrt. Kein Fahrzeug konnte mehr hinein- oder herausfahren.

Das galt natürlich nicht für uns. Als wir mit unseren Feuerwehrfahrzeugen in die Igelhofstraße einbogen, erkannte ich sofort, dass wir reichlich zu spät kamen. Zwei Drehleitern hatten sich bereits positioniert, und ihre ausgefahrenen Leiterparks ragten hinauf bis an die oberen Etagen eines lang gestreckten Wohnhauses, aus dessen Fenstern immer noch dichter schwarzer Brandrauch quoll. Außerdem erkannte ich ein paar Löschgruppenfahrzeuge, deren Besatzungen sich unzweifelhaft alle im Einsatz befanden. Gleich mehrere rote Feuerwehrschläuche zogen sich von zwei aufgestellten Hydrantenstandrohren über die Straße und den Gehweg und lieferten den Feuerlöschkreiselpumpen der Löschfahrzeuge Wasser. Über einen Verteiler verzweigten sich die Schläuche, um entweder im Treppenhaus zu verschwinden oder über die Drehleiter weiteren eingesetzten Trupps Löschwasser zu liefern.

Bevor ich ausstieg, forderte ich meinen eigenen Angriffstrupp auf, mir zu folgen, dann ging ich zu meinem C-Dienst, der in einiger Entfernung mit den Führungskollegen der hier tätigen Feuerwachen sprach. Beim Näherkommen sah ich die ernsten Blicke, die sie mir zuwarfen, und hatte irgendwie das Gefühl, mich entschuldigen zu müssen.

»Zug 7 komplett eingetroffen. Ich kann euch sofort vier Trupps unter PA zur Verfügung stellen. Tut mir leid, dass wir so spät sind, aber die Übung ...«

Peter winkte ab. »Das ist es nicht. Wir haben eine Tote.«

»Oh je, sag bloß, weil wir nicht da waren?«

Peter schüttelte den Kopf. »Die Frau wäre auf jeden Fall gestorben, selbst wenn wir von der Wache aus alarmiert worden wären. Nein, die hatte keine Chance, aber es sieht natürlich nicht gut aus. So zwei, drei Minuten Verzögerung hat es schon gegeben.«

»Und wie ist die Situation jetzt? Können wir euch noch unterstützen?«

»Im Moment haben wir die Lage im Griff. Es hat noch ein Kind mit Rauchvergiftung gegeben, das in eurem RTW vom Notarzt behandelt wird. Weitere Personen sind nicht zu Schaden gekommen, aber wie du siehst, haben wir beide Drehleitern eingesetzt und mussten auch in der Etage über dem Brandgeschoss löschen.«

»Wärmefortleitung durch Brandgase?«

»So ist es.«

In diesem Moment erhielt der C-Dienst der Feuerwache 4 einen Funkspruch seines Drehleiterführers: »Benötigen einen Trupp unter PA mit Aufbruchwerkzeug zur obersten Etage. Die Wohnung muss kontrolliert werden.«

»Verstanden, ein Trupp mit Aufbruchwerkzeug kommt. Was ist mit dem Feuer im Treppenhaus?«

»Ist gelöscht.«

»Gut, aber bleibt mit dem C-Rohr so lange noch oben, bis der Trupp die Wohnung geöffnet und kontrolliert hat.«

»Verstanden, bleiben oben, Ende.«

Peter stieß seinen Kollegen an: »Soll Wache 7 …?«

Der nickte: »Ja, das wäre mir ganz lieb, dann kann ich den Sicherheitstrupp nämlich in Bereitschaft lassen.«

»Also, du hast es ja mitbekommen. Schick deinen Trupp los.«

Nachdem ich über Funk das Aufbruchwerkzeug angefordert hatte, begab sich mein Angriffstrupp nach oben. Die Männer würden mit Spezialwerkzeug den Schließzylinder ziehen, die Wohnungstür aufsperren und die Wohnung anschließend kontrollieren. Hoffentlich würden wir keine weitere böse Überraschung mehr erleben!

Kurz nachdem meine Männer im Treppenhaus verschwunden waren, erschien der Angriffstrupp von Feuerwache 1 in der Haustür. Ein schon bereitstehender anderer Trupp löste die beiden Männer ab, die auf der Brandetage Schwerstarbeit verrichtet hatten. Draußen öffneten sie als Erstes ihren Panikreißverschluss, und sofort löste sich der Hitzestau unter den dicken Einsatzjacken in einer regelrechten Dampfwolke auf. Dann nahmen die Männer die Helme ab und zerrten sich die stramm sitzenden Atemschutzmasken von ihren Gesichtern, die vor Anstrengung hochrot waren. Mit schleppenden Schritten kamen sie an uns vorbei. Die Einsatzkleidung war schweißdurchtränkt und völlig verdreckt, die Helme tiefschwarz, sodass vom ehemaligen Gelb ihrer fluoreszierenden Helme keine Spur mehr zu erkennen war. In ihren abgekämpften Gesichtern zeugte ein harter Ausdruck davon, dass sie dem Tod ins Auge gesehen hatten.

»Gute Arbeit.« Ihr C-Dienst klopfte ihnen anerkennend auf die nassen Schultern.

»Schon möglich, aber wir waren trotzdem zu spät.«

»Ich weiß, ist aber nicht eure Schuld. Zieht euch erst mal aus und trinkt was. Wir reden später darüber.«

Die beiden trotteten weiter. Ich sah ihnen nach. Es war immer schlimm, einen Toten zu finden. Und es war immer schlimm, wenn man glaubte, zu spät gekommen zu sein, selbst wenn es nicht in unserer Macht lag, daran etwas zu ändern. Die Logik sagte dir natürlich, dass es nicht deine Schuld war, aber die Logik wurde in solchen Situationen manchmal ausgeblendet. Was blieb, war ein Gefühl des Versagens, ein Gefühl der Leere und Niedergeschlagenheit.

Wir Feuerwehrmänner waren eben nicht immer die strahlenden Helden aus Hollywoods Traumfabrik, sondern Menschen aus Fleisch und Blut, verletzlich und mit Gefühlen wie jeder andere auch. Und obwohl es mittlerweile auch für die Einsatzkräfte einen psychologischen Dienst gab, musste man doch irgendwo selber mit den Ereignissen zwischen Leben und Sterben klarkommen.

Schon einmal schrieb ich: Der Einsatz war vorbei, aber zurück blieb eine weitere Narbe auf deiner Seele, eine Narbe, die dich unter Umständen schmerzlich begleiten würde bis an dein eigenes Ende.

Viele Menschen würden diesen tragischen Einsatz wohl für immer in Erinnerung behalten: Sabine, die Enkelin der in den Flammen umgekommenen Margarethe Wolter, Frau Köhnen, die freundliche, hilfsbereite Nachbarin, die Feuerwehrmänner der Feuerwachen 1, 4 und 7, aber ganz besonders die Besatzung des zuerst eingetroffenen Rettungswagens mit Mario Schneider und Christoph Basting.

Mario Schneider, durch dessen mutiges Eindringen in die bereits brennende Wohnung die kleine Sabine gerettet wurde, hatte natürlich keine Lebensrettungsmedaille erhalten. Immerhin war er ein Berufsfeuerwehrmann, von dem man dieses Verhalten erwartete – darauf hatte er sogar einen Eid abgelegt!

Stattdessen wurde ihm, wie auch allen anderen Düsseldorfer Kollegen, das Weihnachtsgeld gekürzt. Im Übrigen hatte sich Mario bei seinem selbstlosen Einsatz eine Rauchgasvergiftung sowie mehrere Verbrennungen ersten und zweiten Grades zugezogen, die glücklicherweise ohne sichtbare Folgen verheilten, ebenso wie bei Sabine. Die Wunden tief im Inneren hingegen würden niemals vollständig heilen!

Eine peinliche Diagnose

In meinem Zimmer stand die Luft. Obwohl der große Fensterflügel sperrangelweit offen war, empfand ich die Luft als fürchterlich stickig und unerträglich warm. Nachdem ich mich eine geschlagene Stunde unruhig hin- und hergewälzt hatte, schwang ich schließlich müde die Beine aus dem Bett und öffnete die Tür. Die Luft auf dem langen Gang, der durch die Nachtbeleuchtung im Dämmerlicht lag, war kaum erträglicher. Enttäuscht ließ ich mich zurück auf mein verschwitztes Lager fallen. Ich hatte auf einen kühlenden Luftzug gehofft, doch leider geschah nichts dergleichen. Es gab weder einen erkältungsfördernden Durchzug, wobei ich sogar den in dieser Nacht gerne in Kauf genommen hätte, noch den zartesten Windhauch.

Zu allem Überfluss plagte mich wieder dieser unerklärliche Juckreiz. Gegen alle Vernunft kratzte ich immer öfter über die kritischen Hautstellen, was leider gar nicht half. Im Gegenteil, je mehr ich kratzte, desto schlimmer wurde es. Ich hatte sogar das Gefühl, dass sich die juckenden Stellen durch meine ständige Kratzerei nur noch weiter ausdehnten. Kratzte ich anfangs nur den Bauch, so hatte ich schon bald die Brust erreicht. Und war da einigermaßen Ruhe, ging die Plage an den Oberschenkeln los. Das ging so weit, dass ich mir schon einen Alarm herbeisehnte, der mich aus dieser grauenvollen Nacht herausreißen würde.

Aber in dieser heißen Sommernacht wurde mein unseriöser Wunsch leider nicht erfüllt. Irgendwann war ich dann doch eingeschlafen, und als uns die Leitstelle mit dem hinlänglich bekannten Spruch »Guten Morgen, es ist sechs Uhr, sechs Uhr!« über die Lautsprecher weckte, fühlte ich mich so zerschlagen, als hätte ich die ganze Nacht in einer ungesunden Bewusstlosigkeit gelegen. Entsprechend müde schlappte ich in den Waschraum. Die zerknitterten Gesichter, die ich hier sah, wirkten auch nicht gerade frischer, Und trotzdem zogen einige Kollegen erstaunt die Augenbrauen hoch, als ich mich meines blauen T-Shirts entledigte.

»He, darf man erfahren, wie die Lady heißt, die dich heute Nacht so zerkratzt hat?«

»Muss ja 'n toller Feger gewesen sein. Komisch, wir haben dich gar nicht schreien gehört.«

»Von wegen Lady ... Aber lästert ihr nur«, sagte ich mürrisch und betrachtete die verräterischen roten Striemen auf meiner Brust. »Wollt ihr die anderen Stellen etwa auch noch sehen?«

»Um Gottes willen, nein!« Sie lachten abwehrend. »Du möchtest wohl, dass wir noch ohnmächtig werden?«

»So ein Quatsch! Das würdet ihr schon überleben«, brummte ich und verschwand unter der Dusche.

Irgendeiner rief mir hinterher: »Genau, versuch es mal mit waschen, soll bekanntlich besser helfen als kratzen!«

Die nächsten Tage hielt der unangenehme Juckreiz an. Gegen Abend wurde es besonders schlimm, und pünktlich zwischen zehn Uhr und Mitternacht war es fast unerträglich. Nachdem ich mir die Haut an einigen Stellen schon wund gekratzt hatte, beschloss ich, endlich zu handeln – so konnte es ja schließlich nicht weitergehen.

Ich schwang mich also am Morgen nach der 24-Stunden-Schicht auf mein Fahrrad und fuhr zu einem Hautarzt. Bei den mörderischen Temperaturen dieses Sommers war jede Anstrengung zu viel, und so bereute ich es, mit dem Rad gefahren zu sein, denn ich nahm schweißnass im Wartezimmer Platz. Ein unauffälliger Blick zu den anderen Patienten zeigte mir jedoch, dass diese mindestens ebenso sehr schwitzten wie ich, und ich war mir relativ sicher, dass die meisten nicht mit dem Fahrrad gekommen waren. Nach zweieinhalb Illustrierten, mit denen ich mein rückständiges Wissen bezüglich des deutschen Hochadels aufbesserte, war ich endlich an der Reihe.

»Herr Meyer-Pyritz, bitte!«

Der Doktor, ein bereits in die Jahre gekommener alteingesessener Ratinger Hautarzt, betrachtete meine aufgekratzten Stellen intensiv durch seine Hornbrille und inspizierte sie anschließend mittels einer Lupe noch einmal genauer. Nachdem er die Lupe beiseitegelegt hatte, sah er mich nachdenklich an und konfrontierte mich ohne Umschweife mit seiner vernichtenden Diagnose.

»Tja, Herr Meyer-Pyritz, da besteht kein Zweifel: Sie haben die Krätze.«

Die Krätze!? Ich dachte, mich trifft der Schlag. War das nicht eine Krankheit, die nur ... na ja, eben *nur die* bekamen? Der Doktor schob noch eine Erklärung nach, die mich anscheinend beruhigen sollte, weil mir die Peinlichkeit dieser vernichtenden Diagnose wohl auf der Stirn geschrieben stand.

»Ach, wissen Sie, Herr Meyer-Pyritz, die Krätze kann man heutzutage wieder ganz leicht bekommen. Es handelt sich hierbei um die sogenannte Kratzmilbe, die von Mensch zu Mensch übertragen wird. Da reicht es schon, wenn Sie in der Bahn oder im Bus neben jemandem sitzen, der diese niedlichen kleinen Tierchen mit sich herumträgt.«

Wie beruhigend! Bus und Bahn fuhr ich doch ständig.

Er setzte seine Erklärung fort: »Die 0,3 bis 0,4 Millimeter großen weiblichen Grabmilben, wohlgemerkt nur die Weibchen, bohren in der Oberhaut Gänge und legen dort Kot und Eier ab, aus denen dann wieder neue Milben schlüpfen, die ihrerseits neue Gänge anlegen, und so weiter und so weiter. Der nächtliche Juckreiz, den Sie mir schildern, ist symptomatisch dafür.«

Es gefiel mir überhaupt nicht, dass jemand unter meiner

Haut Gänge grub und darin Kot und Eier ablegte, selbst wenn es *nur* Weibchen waren, wie er ausdrücklich betonte.

»Gut, dass Sie schon in einem recht frühen Stadium gekommen sind, denn wenn man zu lange wartet, können die aufgekratzten Stellen zu bakteriellen Infektionen und Hautentzündungen führen. In Ihrem Fall wird es genügen, wenn ich Ihnen eine Emulsion zum Einreiben verschreibe.«

Mit einem Rezept in der Hand und der tröstenden Versicherung, dass nach mehrmaligem gründlichen Einreiben des gesamten Körpers alle Tierchen samt ihrer nachösterlichen Eierverstecke in wenigen Tagen abgetötet seien, betrat ich die Apotheke. Das kleine braune Fläschchen mit der milchigen Emulsion kostete mich schlappe paarundzwanzig Euro, die leider keine Krankenkasse bezahlte, aber das war mir die Sache wert. Dazu gab es gratis einige Verhaltensregeln, deren wichtigste darin bestanden, sämtliche Leib- und Bettwäsche in der Waschmaschine bei 95 Grad zu waschen sowie den engen Kontakt zu anderen Menschen in den nächsten Tagen möglichst zu vermeiden. Es sei denn, diese anderen Menschen hätten ein ausgeprägtes Anlehnungsbedürfnis an Milbentierchen, die Hautgänge gruben. Da ich davon ausging, dass meine Kollegen auf der Feuerwache nicht dazu zählten, verordnete ich mir selber eine Abstinenz von zwei Dienstschichten, die mir der Doktor auch bereitwillig auf dem berühmten gelben Schein genehmigte. Und da ich mich selber als einen gewissenhaften und anständigen Kollegen betrachtete, hielt ich es für meine Pflicht, den Kollegen auf meiner Feuerwache reinen Wein einzuschenken. Immerhin hatte ich in den letzten Dienstschichten Zeit und Gelegenheit genug gehabt, ihnen einige von meinen unfreiwilligen Haustierchen abzutreten.

Und was hatte der Hautarzt noch gesagt? »Je eher sie zu mir kommen, desto schneller sind sie die Viecher wieder los.«

So richtig überzeugt hatte mich der Hautarzt jedoch nicht, was das Schmuddelimage dieser Krankheit anging. Daher griff ich zu Hause nur schweren Herzens zum Telefon und rief die

Wache an. Es meldete sich mein kettenrauchender Wachvorsteher Klaus Wloka. Deutlich hörte ich, wie er bei meiner Erklärung zwischen den tiefen Lungenzügen nach Luft rang, wobei ich nicht sagen konnte, ob das seinem übermäßigen Nikotinkonsum oder meiner haarsträubenden Geschichte zuzuschreiben war.

Auf jeden Fall vernahm ich seine markante Stimme erst wieder nach einer bedenklich langen Zeit peinlichen Schweigens. »Nee, Martin, das glaub ich jetzt nicht! Hab ich das richtig verstanden, du hast wirklich die Krätze?«

Wie konnte er nur so gemein nachfragen! Und als sei mein Leid nicht schon groß genug, schwang in seinen Worten auch noch eine gehörige Portion Skepsis und Spott mit. Obwohl ich es ihm eigentlich nicht mal richtig verübeln konnte.

»Und ab wann darfst du wieder gefahrlos für uns arbeiten?«

Nach einer arbeitsintensiven Inkubationszeit, in der kein Tag verging, an dem meine Frau nicht die Betten neu bezog und akribisch jedes Wäschestück wusch, kochte und mit dem Bügeleisen fast versengte, kam endlich der Tag, an dem ich wieder zur Wache durfte.

Natürlich gab es ein großes Hallo, und nachdem ich es leid war, jedem Kollegen meine Krätzegeschichte einzeln zu erzählen, trommelte ich die Mannschaft zusammen und beichtete. Ich hätte mir meine erklärenden Worte sparen können, denn die scheinheiligen Burschen wussten längst Bescheid und ergötzten sich nur an meiner lebendigen Schilderung.

»Und was ist mit deiner Bettwäsche hier auf der Wache?«

»Und was mit den Alarmklamotten?«

Aber dafür hatte mir der clevere Hautarzt natürlich auch einen Tipp gegeben: Ich sollte sämtliche Teile, die nicht in die Waschmaschine passten, in dunkle Plastiksäcke stecken und für einige Stunden in die pralle Sonne stellen. Die darin entstehende Hitze würde allem, was noch kreucht und fleucht, den Garaus machen.

Nachdem ich mich bei unseren Putzdamen Andrea und Ulla mit den nötigen Utensilien eingedeckt hatte, lehnten alsbald mehrere prall gefüllte blaue Plastikmüllsäcke in der stechenden Sonne an der südlichen Backsteinwand unseres Wachgebäudes. Getreu dem Motto »Sicher ist sicher« ließ ich sie dort bis zum späten Nachmittag schmoren und wendete die Säcke alle halbe Stunde, damit sie auch ja von allen Seiten beschienen wurden.

Die Emulsion reichte für mehrere Tage, und ich sollte sie auftragen, bis die braune Flasche leer war. So auch während meiner Dienstzeit. Entgegen der Aussage des Arztes juckte es trotz intensiven Einreibens aber weiterhin. Nach einem zweiten Besuch, der mir ein erneutes Illustriertenstudium ermöglichte, was mir erweiterte Kenntnisse über den deutschen Hochadel einbrachte, wurde ich nachdenklich. Diesmal versicherte mir der Arzt, dass solch ein Jucken im Nachhinein angeblich völlig normal sei. Die kleinen Tierchen samt ihrer ungeliebten Brut seien auf jeden Fall abgetötet und somit unschädlich. Zum Beweis seiner Worte schüttelte mir der Doktor todesmutig die Hand und stellte ein neues Rezept aus. Das müsste den Juckreiz zumindest lindern, allerdings würde die Krankenkasse es ebenfalls nicht zahlen, meinte er.

Scheiß Krätze, dachte ich, als der Apotheker wieder zufrieden schmunzelnd meine hart verdienten Euros einstrich.

Damit Sie, liebe Leserinnen und Leser, beim Lesen dieser peinlichen Diagnosegeschichte nicht plötzlich auch ein Juckreiz überkommt, fasse ich mich jetzt kurz: Das neue Antijuckmittel war zwar teuer, half dafür aber auch nicht! Nach weiteren Tagen des Kratzens suchte ich schließlich frustriert meinen Hausarzt Dr. Rassekhi auf, der an mir ein medizinisches Wunder vollbrachte.

Von wegen Krätze! Von wegen Gänge grabende und Eier ablegende Milbenweibchen! Ich weiß ja nicht, was der Hautarzt auf seiner Lupe kleben hatte, aber so viel stand fest: Die von ihm diagnostizierten Krätzmilben konnten es jedenfalls nicht gewesen sein, denn ich hatte lediglich eine Sonnenallergie, die juckende Hitzepickelchen verursachte. Dagegen half nur, die direkte Sonne zu meiden, möglichst den Schatten aufzusuchen und sich häufig zu waschen, weil der eigene Körperschweiß den Juckreiz noch verstärkte. Die einzigen Risiken und Nebenwirkungen bestanden darin, dass ich eine Duschallergie entwickeln konnte oder mir Schwimmhäute zwischen den Zehen und Fingern wachsen würden.

Ich besprach mich daher mit meinem Kollegen Gunther, unserem Fachmann in Duschfragen, der mich beruhigen konnte. Gott sei Dank waren keine der befürchteten Nebenwirkungen eingetreten, sodass ich bereits nach wenigen Tagen endlich wieder ein milbenfreies Leben genießen konnte.

Hurra, die Schule brennt!

Eine milbenfreie Nacht war nicht zwangsläufig gleichzusetzen mit einer durchgeschlafenen Nacht, zumindest nicht, wenn man 24 Stunden Dienst auf einer Feuerwache tat.

Mitternacht war noch nicht vorüber, als ich zusammen mit meinen Kollegen durch den Vierfachgong und das gleichzeitig aufflammende grelle Alarmlicht aus dem Schlaf gerissen wurde. Die Alarmierungsdurchsage, die aus sämtlichen Lautsprechern des Wachgebäudes in die Zimmer und über die Gänge dröhnte, hätte vermutlich Tausende von Kinderherzen freudig höher schlagen lassen, uns hingegen entlockte sie bestenfalls ein müdes Lächeln.

»Einsatz für Feuerwache 7, Feuerwache 6 und den C-Dienst Feuerwache 7. Vermutlich brennendes Schulgebäude, Karlhagerstraße 18.«

Die ruhigen Zeiten an Wache 7 schienen endgültig der Vergangenheit anzugehören.

Auch wenn diese Meldung Kinderherzen vermutlich zu schwärmerischen Träumereien verleitete, so bedeutete sie für uns knallharte Realität. Als wir uns der Einsatzstelle bis auf wenige Straßenzüge näherten, wobei die heulenden Martinshörner sicher wieder manch bravem Bürger den Schlaf raubten, trieb uns ein lauer Nachtwind den unverkennbaren Brandrauch entgegen.

Uwe Gülicher, besser unter seinem Spitznamen Ugü bekannt, sog kritisch schnüffelnd die Luft ein, warf mir einen bezeichnenden Blick zu und konstatierte treffend: »Da ist was.«

Ich hatte den typisch kratzenden Brandgeruch natürlich auch bemerkt, aber bevor ich ihm antworten konnte, verschlug mir ein riesiger schwarzer Rauchpilz, der jetzt unmittelbar hinter den Dächern auftauchte, die Sprache. Angesichts dieser bedrohlich wirkenden dunklen Wolke brachte ich lediglich ein gedehntes »Boah!« hervor.

Ugü pfiff beeindruckt durch die Zähne und rief nach hinten: »He, Jungs, das scheint ein richtig dicker Hund zu sein! Schätze, dass die Nacht damit gelaufen ist!«

Er sollte recht behalten. Der C-Dienst war uns mit seinem wendigen VW-Bus vorausgeeilt und hatte bereits die Einsatzstelle erreicht. Seiner Rückmeldung konnten wir entnehmen, dass sein erster Blick auf den Brand nichts Gutes ergeben hatte, denn jetzt ertönte die markante tiefe Stimme von Klaus Wloka aus dem Viermeterfunkgerät, sodass wir alle mithören konnten.

»Florian Düsseldorf für 7-11-1, kommen!«

»7-11-1 kommen.«

»Erste Rückmeldung Karlhagerstraße. Zweigeschossiger Dachdeckerbetrieb in voller Ausdehnung. Ein Schulgebäude daneben ist extrem gefährdet. Alarmstufe drei.«

»Verstanden 7-11-1. Wir erhöhen auf Alarmstufe drei. B-Dienst, weitere Einsatzkräfte und entsprechende Sonderfahrzeuge werden aktiviert. Sind Menschenleben in Gefahr?«

»Kann ich noch nicht sagen. Ich melde mich nach einer genaueren Erkundung, Ende.«

Ich saß im 7-44-1, unserem zweiten LF, das wir auch gerne als Baby-LF bezeichneten, wenngleich es nur unwesentlich kleiner war als das vorneweg fahrende 7-46-1, auf dem Wolfgang Schüler saß. Er war heute DGL und bekam in dieser Nacht seinen ersten richtig dicken Hund, zumindest in seiner neuen Position auf unserer Wache 7.

Dicht hinter ihm folgte die Drehleiter mit Manfred Krug als Gruppenführer und Uli Hein als Maschinist. Alle hatten wir die Rückmeldung des Chefs gehört und waren daher aufs Äußerste gespannt. Das Heck der 30 Meter langen Drehleiter schwenkte jetzt vor uns nach rechts in die enge Karlhagerstraße ein, es war eine Einbahnstraße. Auf beiden Straßenseiten befand sich je eine geschlossene, mehrere Stockwerke hohe Häuserreihe. Weiter vorne stieg im hellen Mondlicht dunkler Brandrauch in den leicht bewölkten Nachthimmel auf. Flammen oder Feuerschein waren von unserer momentanen Position aus aber noch nicht zu erkennen. Das sollte sich jedoch schnell ändern, nachdem Klaus Wloka das erste LF über Funk aufforderte, an der Hofeinfahrt der Hausnummer 18 vorbeizufahren, um der Drehleiter die Einfahrt zu ermöglichen. Noch während der Löschzug 7 die letzten Meter rollte, erreichten uns die ersten taktischen Befehle des C-Dienstes über die Handsprechfunkgeräte, sodass wir erahnten, was uns in wenigen Sekunden erwarten würde – ein flammendes Inferno!

Dachdeckermeister Paul Müller wirkte ein wenig gereizt. Frisch geduscht, mit einem kühlen Bier und einem deftigen Schinkenbrot, hatte er es sich in seinem Lieblingssessel vor dem eingeschalteten Fernseher bequem machen wollen. Dabei steckten seine Füße in den geliebten alten Filzpantoffeln, die seine Frau Elvira beinahe weggeworfen hätte, weil sie sie mehr als verschlissen fand, wie sie ihm gerade zum x-ten Mal kundtat. Über die Mattscheibe flimmerten die 20-Uhr-Nachrichten, aber Paul hörte nur mit halbem Ohr hin, weil er sich gleichzeitig mit seiner Frau stritt. Er hatte die alten Filzpantoffeln nämlich im letzten Moment vor ihrer endgültigen Vernichtung retten können.

Seine Frau schüttelte sich angewidert: »Ich finde die so ekelig, Paul. Kannst du dich denn nie von diesen alten Dingern trennen? Ich hab dir doch so schöne neue gekauft.«

»Ja … schon«, sagte Paul gedehnt, wobei er einen versöhnlichen Ton anschlug. »Bist du mir sehr böse, weil ich lieber meine alten anziehe?«

Frau Müller stöhnte entsagungsvoll. »Eigentlich sollte ich

das wirklich sein.« Aber dann huschte ein Lächeln über ihr Gesicht, und sie meinte: »Ihr Männer seid doch alle gleich. Na ja, nach über 30 Jahren an deiner Seite müsste ich es ja wissen.« Ihr skeptischer Blick wanderte vorwurfsvoll zu Boden. »Scheint, als werde ich diesen grauenvollen Anblick noch einige Zeit verkraften müssen.«

Der grauenvolle Anblick dieser, objektiv betrachtet, wirklich unschönen Filzpantoffeln sollte an diesem Abend jedoch nur das geringere Übel sein, das ihre blauen Augen noch erblicken sollten, aber das konnte Frau Müller zu diesem Zeitpunkt noch nicht ahnen.

Der Tag ihres Mannes war lang gewesen. Paul Müller kletterte seinen Kunden zwar längst nicht mehr persönlich aufs Dach, weil er sich dafür inzwischen zu alt fühlte und außerdem seinen Meister und seine Gesellen hatte. Aber die Beschaffung von Aufträgen und die Büroarbeiten nahmen ihn manchmal auch ganz schön in Anspruch. Heute hatte er noch nach Büroschluss bis abends mit Heinz, seinem Meister, und zwei weiteren Gesellen die beiden Fahrzeuge für den morgigen Tag beladen. Wenngleich Müllers Geschäft gut lief, so stellte der neue Auftrag für seinen mittelständischen Betrieb schon eine gewisse Herausforderung dar. Aber Paul Müller hatte keine Bedenken. Er besaß gute Facharbeiter, und dieser Auftrag versprach ihnen für längere Zeit gesicherte Arbeit und garantierten Umsatz. Das war nicht zu verachten, denn so war es nicht immer gewesen. Der Dachdeckerbetrieb Müller hatte auch schon schwere Zeiten erlebt. Um so gesünder stand er heute da, und bei einem so lukrativen Auftrag packte er als Chef schon mal gerne mit an, auch wenn er das sonst nicht mehr nötig hatte.

Zufrieden betrachteten die Männer ihr Werk. Unzählige Rollen Teerpappe, zig Bitumenbahnen, mehrere Brenner nebst den dazugehörigen Propangasflaschen sowie weiteres Baumaterial für eine große Holzunterkonstruktion samt dem umfangreichen Werkzeug waren sorgfältig auf die beiden neuen, kaum drei Wochen alten Fahrzeuge und ihre Anhänger verladen worden.

»Was ist, Chef, sollen wir die Fahrzeuge über Nacht nicht lieber in die Halle setzen?«

»Warum? Hast du Bedenken, Heinz, dass die jemand vom Hof klauen könnte?«

Heinz zuckte mit den Schultern. »Man weiß ja nie. Mit dem richtigen Bolzenschneider kann man auch unser Schloss knacken.« Der Meister senkte bedeutungsvoll die Stimme. »Und es wäre nicht der erste Laden, der so ausgeräumt würde, zumal man die neuen Autos von draußen sehen kann. Das lockt.«

»Na gut.« Dachdecker Müller hatte sich von den Bedenken seines Meisters überzeugen lassen. »Dann fahrt die Wagen in die Halle, und schlaft euch aus. Morgen wird ein harter Tag. Nacht, Männer.«

»Nacht, Chef.«

Die Männer, die sich in dieser Nacht an dem doppelflügeligen Hoftor zu schaffen machten, waren jedoch weder Einbrecher noch sonst irgendwelche finsteren Gestalten – nein, wir waren es, also die Guten! Dennoch verstießen wir in dieser Nacht gegen ein im Grundgesetz verankertes Recht eines jeden Bürgers – das Recht auf Unverletzlichkeit der Wohnung und des Eigentums –, als die gehärteten Stahlschneiden unseres Bolzenschneiders den metallenen Bügel des stabilen Vorhängeschlosses wie Butter durchtrennten.

Wenngleich wir in edler Absicht kamen, so brachen wir dennoch ein. Sorgen brauchten wir uns deshalb aber nicht zu machen, denn unser »Einbruch« geschah in der Ausübung sogenannter hoheitlicher Aufgaben und war somit legitimiert.

Ich glaube jedoch nicht, dass sich in diesem kritischen Moment auch nur ein Einziger von uns darüber irgendwelche Gedanken machte, denn unmittelbar vor unseren Augen loderte ein gewaltiges Feuer. Wenn wir überhaupt noch etwas retten wollten, durften wir keine Sekunde zögern. Ob uns das bei dem Dachdeckerbetrieb allerdings gelingen würde, erschien mir recht fragwürdig. Die gesamte untere Etage stand im Vollbrand, und auch zur oberen Etage hatten sich die zerstörerischen Flammen bereits durchgefressen. Besonders kritisch wurde es auf der rechten Seite, wo das Dachdeckergebäude an eine verhältnismäßig nahe stehende Ziegelmauer von beträchtlicher Höhe grenzte. Unmittelbar dahinter wuchsen hohe, stämmige Linden, die zu einem Schulhof gehörten. Deren grüne Kronendächer ragten bis weit über die Mauer hinaus und nahmen unter der Einwirkung der enormen Strahlungshitze in Teilen schon eine bräunliche Farbe an. Unzählige Blätter rollten sich knisternd wie trockenes Pergament zusammen, und erste Zweige fingen bereits Feuer. Wenn wir nicht sofort etwas unternähmen, hätten wir hier in wenigen Minuten ein Wipfelfeuer wie bei einem Waldbrand! In diesem Fall würde das Feuer von den Baumkronen unweigerlich auch auf das Schulgebäude übergreifen!

Klaus Wloka erkannte die Gefährlichkeit der Situation sofort und teilte die Mannschaft daher auf. Es galt, beide Gefahrenpunkte gleichzeitig zu bekämpfen. Zum einen musste das Feuer im Dachdeckerbetrieb schnellstens eingedämmt werden, um wenigstens die oberen Etagen zu retten, zum anderen musste der Feuerübersprung auf das Schulgebäude verhindert werden.

Die Örtlichkeiten stellten sich folgendermaßen dar: Die beiden etwa gleich hohen Gebäude lagen gut 20 Meter von der Einbahnstraße zurückversetzt hinter ihrem eigenen Hof. Zu den Gebäuden führten zwei parallel verlaufende Einfahrten, die breit genug waren, um ein größeres Fahrzeug hindurchzulassen. Zwischen diesen Einfahrten befand sich die bereits erwähnte Mauer, welche sich bis zu den Grundstücksenden fortsetzte. Diese Einfahrten waren mit stabilen Toren aus Gitterstäben verschlossen. Das Dachdeckergebäude war ausschließlich über diese Einfahrt zu erreichen. Der Schulhof mit dem Schulgebäude hingegen besaß noch eine weitere Zufahrt über eine kleine Stichstraße etliche Meter zurück, an der wir zuvor vorbeigefahren waren und die im rechten Winkel auf die Kohlhagerstraße mündete, wo unsere zuckenden Blaulichter gespenstisch mit dem Schein der Flammen um die Vorherrschaft der nächtlichen Dunkelheit wetteiferten.

Ich hatte keine Zeit zu beobachten, wie sich unsere Drehleiter mühsam rückwärts durch die Einfahrt quälte. Ich hatte auch keine Zeit zuzusehen, wie meine Kollegen vom ersten LF eine Leitung aus B-Schläuchen zwischen ihrem Fahrzeug und dem nächsten Unterflurhydranten verlegten und eine weitere von der im Heck eingebauten Feuerlöschkreiselpumpe in den Hof des Dachdeckerbetriebs ausrollten. Ich sah auch nicht mehr, wie der Angriffstrupp mit Atemschutzgeräten ausgestattet auf das brennende Gebäude zueilte. Als Gruppenführer des zweiten Löschfahrzeugs hatte ich selber alle Hände voll zu tun, und das im wahrsten Sinne des Wortes! Hier waren nicht nur Befehle nötig, sondern jede Hand wurde dringend gebraucht, zumal meine Männer ohnehin genau wussten, was sie zu tun hatten.

Unser Auftrag war eindeutig: Wir mussten den beginnenden Kronenbrand in den Linden löschen und eine Riegelstellung zwischen dem brennenden Dachdeckerbetrieb und dem Schulgebäude aufbauen, und zwar so schnell wie möglich. Zu diesem Zweck hatte ich den Düsenschlauch angeordnet. Diese geniale Erfindung meines Freundes Herbert Fettweis war in solch einer Situation jedem Hydroschild überlegen. Ein spezieller B-Schlauch, mit einer Vielzahl von Düsen versehen, würde einen dichten Wasserschleier bis hoch in die Kronen der Bäume werfen, und das auf einer Länge von 20 Metern. Wenn wir schnell genug wären, würde ein einziger dieser Düsenschläuche ausreichen, um unser Problem in den Griff zu bekommen.

Aber noch waren wir nicht auf dem Hof. Ich untersuchte das Tor. Das Schloss war bündig in den stabilen Metallrahmen integriert, eine gute Schlosserarbeit. Ich musste erkennen, dass wir hier nicht so leicht mit dem Bolzenschneider eindringen konnten wie nebenan. Wenn wir nicht ständig über diese annähernd zwei Meter hohen Gitterstäbe klettern wollten, mussten wir schon ein schwereres Geschütz auffahren.

Ich weiß bis heute nicht, wer uns das Tor zum Schulhof aufgeschlossen hatte, aber für unseren dringend benötigten Angriff war es unheimlich wichtig gewesen, weil wir dadurch wertvolle Sekunden sparten. Angesichts der brisanten Situation konnten diese Sekunden über Erhalt oder Vernichtung des Gebäudes entscheiden.

Ich eilte meinen Männern auf den Schulhof voraus. Natürlich nicht mit leeren Händen, sondern ich schleppte rechts wie links je einen der gerollten B-Schläuche mit. Diese 20 Meter langen Druckschläuche mit einem Durchmesser von 75 Millimetern waren Teil der Wasserleitung, die wir hierhin verlegen mussten, um dem Düsenschlauch genügend Wasser zu liefern. Wie dringlich die Situation war, zeigte sich, als ich die Schläuche unmittelbar neben dem Schulgebäude zu Boden fallen ließ. An dieser Stelle, also ebenerdig, war die Brandtemperatur nicht sonderlich zu spüren. Knapp über Kopfhöhe war das jedoch völlig anders, weil hier der Schutz der Mauer fehlte. Als ich einen skeptischen Blick nach oben zum Schulgebäude warf, erkannte ich die zerstörerische Kraft der ungeheuren Strahlungswärme. Wenn ich das richtig sah, bildete der weiße Anstrich der Fensterrahmen in der oberen Etage bereits bräunliche Blasen, und einige Scheiben waren von ersten Rissen durchzogen. Zurzeit hielten sie den hohen Temperatur noch stand. Ich fragte mich nur, wie lange noch.

Sobald die Scheiben zerplatzten, würde die Strahlungswärme in den dahinterliegenden Räumen alles entzünden, was halbwegs brennbar war. Dann gnade uns Gott! So weit durften wir es einfach nicht kommen lassen.

»Schnell! Den Düsenschlauch!«

Auf der anderen Seite der Mauer ging es nicht weniger dramatisch zu. Der Befehl, das erste C-Rohr im Innenangriff einzusetzen, wurde wieder zurückgezogen, noch bevor der Angriff starten konnte. Mit ohrenbetäubendem Krachen zerplatzten die ersten überhitzten Propangasflaschen. Es wäre unverantwortlich gewesen, den Angriffstrupp einer solchen Gefahr auszusetzen. Auch für Feuerwehrmänner galt: Menschenleben gehen vor Sachwerten!

Nachdem also feststand, dass wir keine Trupps innerhalb des Gebäudes mehr einsetzen konnten, musste ein möglichst effektiver Außenangriff eingeleitet werden. Das vordringliche Ziel bestand darin, eine Brandausweitung auf die obere Etage zu verhindern, was nur erreicht werden konnte, indem wir das im Erdgeschoss wütende Feuer rasch unter Kontrolle bekamen. Das war die Aufgabe von Wolfgang und seinen Männern. Unterstützt wurden sie dabei von der Drehleiterbesatzung, die mittlerweile ihre Leiter in Stellung gebracht und vom Rettungskorb aus ein drittes C-Rohr vorgenommen hatte, um ein etwaiges Durchbrechen der Flammen in die obere Etage im Keim zu ersticken. Leider sollte sich diese Aufgabe als äußerst problematisch, ja als geradezu unlösbar herausstellen, weil wir im weiteren Verlauf unserer Brandbekämpfung ein gewaltiges Problem bekamen – und das hieß Löschwassermangel!

Noch ahnte ich davon nichts, sondern beobachtete erleichtert, wie das Wasser zischend aus dem ausgerollten Düsenschlauch bis in das höchste Geäst der Bäume spritzte. Der dichte Wasserschleier bildeten gleichsam eine schützende Wand gegen die abstrahlende Wärme des hinter der Mauer wütenden Feuers.

Ich atmete auf. Das war verdammt knapp gewesen. Aber durch den Einsatz des Düsenschlauchs war das Schulgebäude fürs Erste gerettet – zumindest glaubte ich das. Aber schon in der nächsten Sekunde wurde ich eines Besseren belehrt.

Roberto kam auf mich zu gerannt. Es schien wirklich wichtig zu sein, denn er rief schon vom Weiten: »Es gibt gleich kein Wasser mehr! Die Schweine drehen uns den Saft ab!«

Wie, kein Wasser mehr? Irritiert sah ich ihn an.

»Jetzt guck nicht so! Los, komm mit, wir müssen einen neuen Hydranten suchen!«

Schon wollte er sich wieder abwenden, da hielt ich ihn am Arm zurück. »He, jetzt warte doch mal. Warum sollen wir kein Wasser mehr bekommen? Und wieso soll ich mit dir einen Hydranten suchen? Ich bin euer Gruppenführer, dafür haben wir ja wohl jemand anderen.«

»Scheiß was auf den Gruppenführer«, entgegnete Roberto gereizt. »Jetzt komm schon, das ist ein Auftrag vom B-Dienst.« Ohne einen weiteren Einwand von mir abzuwarten lief er wieder zurück in Richtung Straße. Notgedrungen folgte ich ihm.

»He, Roberto, jetzt renn doch nicht so! Wieso sollen wir denn kein Wasser mehr haben?«

Roberto rannte, ohne sich umzudrehen, weiter und erklärte in kurzen abgehackten Sätzen: »Wir haben nur eine 150er-Leitung ... die brauchen alles drüben ... deshalb drehen die uns den Saft ab!«

»Aber wir haben doch noch Wasser!«, rief ich und beschleunigte mein Tempo, sodass ich jetzt neben ihm lief.

»Aber nicht mehr lange. Das, was jetzt noch kommt, ist aus dem Tank. Danach ist finito.«

Als wäre dies das Stichwort gewesen, sah ich, wie unsere B-Leitung ihren Wasserdruck verlor und in sich zusammenfiel. »Mann, die drehen uns tatsächlich das Wasser ab!«

»Sag ich doch, und deshalb müssen wir uns jetzt einen anderen Hydranten suchen.«

Nach dem kurzen Sprint hatten wir schnell unser Löschgruppenfahrzeug erreicht. Von meiner Gruppe war niemand zu sehen.

»Wo sind die alle hin?«, wollte ich wissen.

»Jaaa ...« Roberto lachte in seiner ihm eigenen Art. »Also der C-Dienst und auch der B-Dienst ...«

»Mensch, Roberto, mach's nicht so spannend, jetzt red schon.«

Wieder kicherte Roberto, zog die Augenbrauen hoch und zuckte mit den Schultern: »Weg, die sind alle weg, mein geliebter Gruppenführer. Und wir zwei, du und ich, wir sind jetzt ganz alleine.« Wieder das typische Roberto-Lachen, dann ging es wie ein Ruck durch ihn, und er betonte: »Aber wir machen das schon. Wir nehmen uns jetzt ein Standrohr. Ja, genau so eins …« Ich hatte mir das Standrohr gegriffen. »Und einen Hydrantenschlüssel … ja, danke.« Ich drückte ihm den langen Unterflurhydrantenschlüssel in die Hand. »Und jetzt gehen wir auf die Suche, und unterwegs erzähle ich dir, wieso wir beide ganz alleine übrig geblieben sind, nur du und ich.«

Roberto meinte zunächst, dass es gescheiter sei, den gleichen Weg zurückzugehen, den wir gekommen waren, weil die Kollegen in der anderen Richtung schon zwei Standrohre aufgestellt hatten, und dann erzählte er endlich auch den Rest des Geschehens.

Die dramatische Situation hatte sich durch die Verknappung des Löschwassers in weniger als einer Minute weiter zugespitzt. Drüben beim Dachdeckergebäude drohte das Feuer durchzugehen. Leider bestand der unterirdische Wasserstrang, den wir angezapft hatten, nur aus einer 150er-Leitung. Nachdem unser Düsenschlauch seine Arbeit aufgenommen hatte, dauerte es nicht lange, und die Kapazität der städtischen Rohrnetzleitung reichte für die geforderte Wasserlieferung nicht mehr aus. Als dann noch die Drehleiterbesatzung für ihr drittes C-Rohr mehr Druck anforderte, weil bei ihnen nur noch ein Rinnsal ankam, musste eine unpopuläre Entscheidung getroffen werden. Aber wie konnte es zu dieser kritischen Situation überhaupt kommen? Blicken wir noch einmal zurück.

Wolfgang Schüler, der Gruppenführer des ersten LF, gab gerade seinen ersten Angriffsbefehl: »Angriffstrupp mit erstem C-Rohr zum Eingang vor! Aber bleibt in Deckung. Nicht eindringen! Ich wiederhole: Nicht eindringen!«

Die zusätzliche Warnung hätte sich der Gruppenführer des ersten LF eigentlich sparen können, denn genau in dem Moment, als er seine Anordnung über das Funkgerät durchgab, zerbarst im Inneren des brennenden Gebäudes erneut eine Propangasflasche. Begleitet von einem hellen Feuerball zerriss der scharfe Knall des explosionsartig aufreißenden Metallmantels die Nacht. Aus tief geduckter Stellung schleuderte der Angriffstrupp sein Wasser in die hoch auflodernden Flammen. Hier das Gebäude zu betreten käme einem Selbstmord gleich.

»Schlauchtrupp mit zweitem C-Rohr zur linken Gebäudeseite vor!«

»Schlauchtrupp verstanden, wir nehmen ein zweites C-Rohr zur linken Gebäudeseite vor.«

Wolfgang Schüler stand wie ein Feldherr in der Schlacht in gebührendem Abstand zum Gebäude und koordinierte den Angriff seiner Trupps.

Neben ihm tauchte jetzt Klaus Wloka, der C-Dienst, auf. »Wie sieht es aus? Meinst du, du kannst das Feuer noch so lange in Schach halten, bis die Verstärkung eintrifft?«

Wolfgang blickte skeptisch auf das Inferno vor seinen Augen. Weiter unten hockten Stefan Wagner und Meico Rosendahl neben der Eingangstür auf relativ verlorenem Posten, und an der linken Seite kämpften sich Thorsten Heuer und Michael Müller mühsam mit dem zweiten C-Rohr einen Weg über Berge von gelagerten Baumaterialien, um an die linke Seite des Gebäudes zu gelangen. Rechts ragte der bis an die erste Etage ausgefahrene Leiterpark in die Höhe. In dem anhängenden Rettungskorb stand Michael (Manni) Krug breitbeinig wie ein Fels und bediente das von hier oben eingesetzte Strahlrohr mit nur einer Hand. Sein Maschinist Uli Hein saß unten auf dem außen liegenden Maschinistenplatz und beobachtete ihn wachen Auges.

»Wir haben jetzt drei C-Rohre im Einsatz, aber das wird nicht reichen«, sagte Wolfgang laut und blickte seinen Wachführer resigniert an. »Damit können wir das Feuer unmöglich in den Griff bekommen.«

»Dann stell um auf B-Rohre. Dann hast du nicht nur mehr Wasser, sondern auch eine höhere Wurfweite.«

Wolfgang schüttelte den Kopf. »Geht nicht. Wenn ich hier

B-Rohre einsetze, bekommen die drüben kein Wasser mehr für ihren Düsenschlauch.«

Klaus Wloka wog bedächtig den Kopf. »Trotzdem. Wir brauchen die B-Rohre ... wenigstens eins am Haupteingang.«

»Und was wird dann aus dem Schulgebäude?«

»Das Schulgebäude kann die Wache 4 übernehmen. Die müssen jeden Moment eintreffen. Ich hab denen schon gesagt, dass sie von hinten über den Schulhof anfahren sollen. Pass auf, Wolfgang, wir machen Folgendes: Erst mal ziehe ich unser zweites LF vom Schulgebäude ab.«

»Hältst du das wirklich für eine gute Idee?«

Klaus Wloka winkte ab. »Ich klär das schon mit dem Martin. Der kann dir dann noch einen weiteren Trupp zur Verstärkung schicken und sich um die Wasserversorgung kümmern. Und du wechselst sofort dein erstes C-Rohr gegen ein leistungsstärkeres B-Rohr aus. Verstanden?«

»Aye, aye, Chef, wird gemacht.«

Während unser gemeinsamer Vorgesetzter zurück zur Straße ging, wo inzwischen der B-Dienst eingetroffen war, setzte Wolfgang die neue Anordnung um und ließ das erste C-Rohr gegen ein B-Rohr auswechseln.

Thorsten van Es, der Maschinist des ersten LF, beobachtete derweil besorgt die Messinstrumente an seinem Pumpenbedienstand. Anfänglich hatte er ja nur Wasser für die drei C-Rohre liefern müssen, was kein Problem für seine Feuerlöschkreiselpumpe darstellte. Aber als kurz darauf das Baby-LF den Düsenschlauch ebenfalls aus dem gleichen Wasserstrang speiste, an dem auch er mit seinem Fahrzeug hing, wusste er, dass es eng werden würde.

Er funkte seinen Maschinistenkollegen an: »He, Ugü, wir stehen nur auf einer 100er-Leitung. Meine Jungs haben drei C-Rohre offen, und ihr zieht mir mit eurem Düsenschlauch verdammt viel Wasser weg.«

»Fahr den Druck runter, dann klappt's wieder«, funkte Ugü daraufhin zurück.

»Danke für die Erklärung, das weiß ich selber. Aber wenn ich den Druck senke, schreit der Manni im Rettungskorb.«

»Dann lass ein C-Rohr schließen!«

»Bin ich der Chef?«

»Nee, aber der Maschinist.«

Thorsten versuchte es dennoch mit etwas weniger Druck. Prompt meldete sich, wie befürchtet, eine vorwurfsvolle Stimme aus dem Funkgerät: »Maschinist für Drehleiter! Was ist mit dem Druck? Das pieselt ja nur noch. Gib mal ordentlich Gas!«

Das war der Zeitpunkt, zu dem Wolfgang von seinem C-Dienst den Auftrag erhielt, das erste C-Rohr gegen ein B-Rohr auszuwechseln.

»Angriffstrupp für Gruppenführer 7-1, kommen!«

»Hier Angriffstrupp. 7-1 kommen!«

»Zieht euch mal für einen Moment zurück. Wir machen kurz Wasser halt, und ihr wechselt um auf B-Rohr.«

»Verstanden, Wasser halt und B-Rohr anschließen. Wer verlegt uns die Leitung?«

»Müsst ihr selber machen.«

Na toll, dachte Stefan, früher gab es für so was einen eigenen Trupp. Laut sagte er jedoch zu seinem Truppmann: »Ich geh schon mal los. Bleib du so lange hier, bis der Maschinist zudreht, dann entlastest du die Leitung und kommst nach.«

Meico nickte, dann hockte er alleine neben der Tür. Solange noch Wasser kam, hielt er weiter drauf. Doch schon Sekunden später pladderte nur noch ein müdes Rinnsal aus dem Strahlrohr.

Oben auf der Straße hatte Thorsten die Leitung abgesperrt. Jetzt stand nur noch der Restdruck auf dem Schlauch, dessen Wasser nach unten drückte. Es war schnell verbraucht. Nachdem der Druck gewichen war, kuppelte Meico das Strahlrohr ab, rutschte einige Meter vom Eingang weg und warf noch einen Blick nach oben zum Leiterkorb.

Nachdem Meicos Leitung zugesperrt worden war, hatte Manni da oben wieder genügend Wasserdruck zur Verfügung und schien in seinem Element zu sein. Mit der rechten Hand richtete er das Strahlrohr auf die züngelnden Flammen, während er, den linken Daumen siegreich erhoben, zu seinem Kollegen hinuntergrinste.

Meico winkte kurz, dann erhob er sich und eilte seinem Truppführer nach. Der hatte inzwischen das LF erreicht und zerrte schon die ersten B-Rollschläuche aus den Fächern.

»Der Manni ist ein Tier«, erklärte Meico und klemmte sich einen B-Schlauch unter die Schulter. »Der hantiert das C-Rohr da oben mit einer Hand.«

»Mmm«, brummte Stefan nur. Er verspürte unter PA und mit der unbequemen Atemschutzmaske über dem Gesicht keine sonderliche Lust, sich auch noch zu unterhalten.

»Wache 6 muss jeden Moment mit einem LF hier eintreffen, dann bekommt ihr Verstärkung«, erklärte der Maschinist, der jetzt zu ihnen trat, um bei den Schläuchen zu helfen.

»Das nutzt uns jetzt gar nichts«, brummelte Stefan und schob schwer bepackt ab.

Meico folgte ihm wieder, ebenfalls mit B-Schläuchen und einem B-Strahlrohr bewaffnet.

»Gruppenführer 7-1 für Maschinist, kommen!«

»Hier 7-1, was gibt es?«

»Hör mal, Wolfgang, wenn du anstatt des C- ein B-Rohr vornimmst, reicht unsere Wasserlieferung nicht mehr. Entweder du lässt irgendein Rohr schließen, oder wir brauchen eine neue, zweite Leitung.«

»Das geht schon klar. Wenn Wache 4 gleich da ist, übernimmt die das Schulgebäude. Dann kann der Ugü seine Pumpe eh abschalten. Danach kommt die Gruppe vom Baby-LF zu euch rüber. Dann hast du Wasser genug.«

Dein Wort in Gottes Ohr, dachte Thorsten, glaubte aber nicht so recht daran. Er vermutete vielmehr, dass sie sich hier über dem letzten Teil einer Ringleitung befanden. Das würde bedeuten, dass die Wasserlieferung nach Abschaltung der zweiten Pumpe kaum besser werden könnte, weil sie dann alle nur dieselbe Leitung anzapfen würden.

Leider sollte er mit seiner Vermutung recht behalten. Sie standen zwar nicht über einem Endstrang, aber einige Meter weiter befand sich eine Baustelle, wo die Leitung unterbrochen war. Der Wasserfluss konnte also nicht mehr werden – im Gegenteil!

Wir entfernten uns immer weiter von der Einsatzstelle, wobei wir die zweirädrige Haspel mit den aufgerollten B-Schläuchen hinter uns her zogen.

»Ich versteh das nicht. Eigentlich hätten wir doch längst einen Unterflurhydranten finden müssen.«

»Ach was. Nur Geduld, da kommt schon noch einer.«

»Das sagst du, Roberto. Aber wir sind schon verdammt weit weg von unserer Einsatzstelle.«

»Na und?«, erwiderte Roberto lässig und leuchtete mit dem Handscheinwerfer die Gegend nach einem Hydrantenhinweisschild ab. »Hauptsache ist doch, wir finden überhaupt einen.«

Ich schwieg und ließ den Strahl meines Handscheinwerfers ebenfalls nach dem für uns so wichtigen Schild suchen. Dabei reflektierte ich in Gedanken noch einmal, was mir Roberto eben mitgeteilt hatte. Laut unserem C-Dienst hatten wir ein massives Löschwasserproblem, weil die Wasserleitung, an der wir mit unseren beiden Fahrzeugen hingen, durch eine Baustelle unterbrochen war. Darum hatte man uns auch den Saft abgedreht und meine gesamte Gruppe mit anderen Aufgaben betraut.

Man hatte mich angeblich mehrmals angefunkt – anscheinend vergeblich, wie Roberto sagte. Und Roberto war auch der Einzige, der mir noch geblieben war. Alle anderen waren ebenfalls unterwegs, um entweder die Wasserversorgung zu sichern oder Gott weiß was zu tun. Die Wasserversorgung hatte im Moment höchste Priorität, und aus diesem Grund trabten auch wir beide hier wie ein menschlicher Zweispänner mit unserer Schlauchhaspel die Straße herunter.

»Da vorne links geht eine Straße ab. Von dort kommt man auch auf den Schulhof.«

»Unseren Schulhof?«

»Ja sicher, es gibt hier doch nur den einen, oder?«

Ich gab keine Antwort und hoffte, an der Kreuzung endlich einen Hydranten zu finden.

Wir hatten Glück und entdeckten einen der gußeisernen ovalen Deckel, unter denen sich ein Hydrant befand, kurz nach der Straßeneinmündung auf dem rechten Gehweg.

Schon hebelte ich mit dem Unterflurhydrantenschlüssel den Deckel auf, als Roberto meinen Arm festhielt. »Warte mal.«

»Was denn?«

»Ich hab da so eine Idee.«

Roberto kratzte sich am Kinn. »Wenn ich mich nicht irre, muss höchstens 20 Meter weiter eine kleine Straße abzweigen. Die führt direkt auf den hinteren Eingang des Schulhofs. Ich bin sicher, dass wir da auch einen Hydranten finden.«

»Und wenn nicht?«

Roberto schüttelte den Kopf. »Da ist bestimmt einer. Ansonsten gehen wir eben noch ein Stück weiter und nehmen den nächsten. Den Weg, den wir gekommen sind, laufen wir eh nicht mehr zurück – zu lang.«

»Du meinst, wir können von hier direkt über den Schulhof …?«

»Na klar. Ich kenn mich hier so einigermaßen aus. Wir sind jetzt zweimal links gegangen. Das entspricht in etwa einem rechten Winkel. Der Schulhof liegt da vorne.« Er deutete voraus. »Nach Pythagoras bilden die Summen der beiden Kathetenquadrate die Fläche des Hypothenusenquadrats. Dementsprechend ist die Diagonale, die wir zu durchschreiten haben, wesentlich kürzer als die beiden Schenkel des rechtwinkligen Dreiecks. Klaro?«

Ich starrt Roberto erstaunt an und ließ den Hydrantenschlüssel sinken.

Schließlich erlöste er mich aus meiner Erstarrung, indem er mich anstieß und den ovalen Verschlussdeckel mit einem gezielten Fußtritt wieder in seine vorgesehene Vertiefung beförderte. »Was ist? Ist dir das zu hoch?«

»Nein, nein«, beeilte ich mich zu sagen. »Ich wundere mich nur, weil ...«

»Weil du gedacht hast, der gute Roberto hat nur 'ne Pampelmuse hier oben drin?« Er tippte sich an seinen Helm und lachte. »Komm, los jetzt, wir haben schon genug Zeit vertrödelt.«

Während wir uns also weiterhin auf der Jagd nach dem Hydranten befanden, wurde auf dem Hauptschauplatz erneut die Einsatztaktik geändert. Feuerwache 6 war mit ihren Löschgruppenfahrzeugen eingetroffen und ebenfalls in die Einbahnstraße hineingefahren, in der schon unser Löschzug stand.

So langsam wurde es eng, zumal vor wenigen Minuten auch noch der A-Dienst mit einem mobilen Leitstellenfahrzeug eingetroffen war und ebenfalls hier parkte. Obwohl seine Anwesenheit nicht unbedingt erforderlich war, hatte Branddirektor Albers es sich nicht nehmen lassen, diese Einsatzstelle persönlich aufzusuchen. Er stand mit seinen Führungskräften über eine auf dem Tisch ausgebreitete Karte gebeugt und deutete exakt auf die Position, an der sie sich gerade befanden. Sein Finger wanderte weiter. »Hier müsste sich demnach die Baustelle befinden, an der die Wasserleitung verbunden werden soll, richtig?«

Klaus Wloka und der B-Dienst Norbert Diekmann nickten.

»Wenn wir also wirklich, wie Sie vorhaben, unser neues Schaumaggregat einsetzen, müssen wir dringend einen weiteren Hydranten aufstellen.«

»So ist es«, schaltete sich Wloka ein. »Ich habe schon Trupps in beide Richtungen losgeschickt.«

»Gut, aber was ist, wenn die auch nur denselben Strang anzapfen?«

»Deshalb ist ja die Freiwillige Feuerwehr alarmiert worden. Die werden unseren Leuten eine doppelte B-Leitung von hier ...«, er deutete jetzt ebenfalls mit dem Finger auf die Karte »... bis zu uns herüberlegen. Wenn diese Leitung steht, sind wir aus dem Gröbsten heraus.«

»Und wie lange, schätzen Sie, wird das dauern?«

Wloka zuckte mit den Schultern. »Schwer zu sagen.« Er schaute auf seine Uhr. »Die Alarmierung war vor gut zehn Minuten. Ich schätze ... vielleicht noch weitere fünf bis sechs Minuten.«

Branddirektor Albers legte einen Maßstab an. »Mh, die Strecke, die sie zu überbrücken haben, ist nicht zu unterschätzen. Und erschwerend kommt hinzu, dass sie mit ihren Schläuchen eine viel befahrene Straße überqueren müssen.«

»Zugegeben, aber anders geht es nun mal leider nicht. Bis diese Wasserversorgung steht, arbeiten wir zusätzlich mit den beiden TLF von Feuerwache 4 und 6.«

Diekmann deutete auf den Schulhof. »Die Wache 4 inklusive Tanklöschfahrzeug hat sich hier seitlich auf dem Schulhof positioniert und sichert das Schulgebäude vor einem Übergreifen des Feuers. Deren Leiter haben wir gerade in Stellung gebracht. Und das TLF von Wache 6 steht auf der Rückseite vom Dachdeckergebäude. Wache 7 kam ja als Erste an. Die bereitet zurzeit alles für den Schaumangriff vor. Wir warten nur noch auf den Schaummittelcontainer der Wache U.«

»Okay.« Branddirektor Albers richtete seine hochgewachsene Gestalt wieder auf. »Wenn der Schaumangriff startet, geben Sie mir bitte Bescheid.« Und mit einem freundlichen Augenzwinkern zu seinem B-Dienst erklärte er: »Ich möchte doch dabei sein, wenn Ihre neu entwickelte Schaumanlage ihre erste große Bewährungsprobe erfährt, Herr Diekmann.«

Die beiden Männer wollten das Leitstellenfahrzeug gerade wieder verlassen, da hielt sie der Branddirektor noch einmal zurück. »Eine Frage noch: Was meinen Sie, wie viele Stunden wir noch brauchen?«

»Schwer zu sagen. Kommt darauf an, wie viel Erfolg wir mit unserem Schaumeinsatz haben werden.«

»Ungefähr?«

»Also bis in die Morgenstunden sind wir garantiert noch beschäftigt. Möglicherweise müssen wir sogar hier ablösen lassen.«

»Gut, das genügt mir. Ich denke, Sie sind ebenfalls der Meinung, dass die FF-Logistik mit dem Imbisswagen anrollen sollte?«

Die beiden Männer nickten zustimmend und begaben sich wieder an die nur wenige Meter entfernt liegende Einsatzstelle.

»Na, was hab ich dir gesagt?« Mit hochzufriedener Miene deutete Roberto auf die ovale Deckelkappe. »Unser Hydrant.«

Wir waren nur wenige Meter in die Stichstraße eingebogen, als wir auf den Unterflurhydranten stießen.

Roberto streckte seinen Arm aus. »Und da vorne ist schon der Schulhof.«

»Mann, wenn wir das gwusst hätten, hätten wir uns den ganzen Weg sparen können.«

»Na und?«, entgegnete Roberto mit einem Augenzwinkern und schraubte das Standrohr in die Klauenkupplung. »Besser so ein kleiner Spaziergang, als an der Flammenfront wie ein Affe schwitzen.«

Wir trugen beide unsere vollständige HuPF-Kleidung samt Helm und Stiefeln, und trotz der nächtlichen Stunde hatte es sich kaum abgekühlt.

»Kleiner Spaziergang ist gut«, sagte ich deshalb. »Ich öle wie ein Tier.«

»Weil du nix mehr gewohnt bist«, flachste Roberto. »Ich bin sowieso dafür, dass man die Herren DGL viel öfters ans Arbeiten kriegen sollte. Apropos Arbeiten, du kannst ruhig schon mal die Kupplung von der Haspel lösen.«

»Aha, vertauschte Rollen. Machst du jetzt also den Gruppenführer?«

»Quatsch nicht, arbeite!«

Hätte ich jetzt etwa einen Grund gehabt auf Roberto sauer zu sein? Nein – erstens meinte er es nicht so, wie er es sagte, und zweitens hatte er recht. Wir waren beide Hauptbrandmeister, auch wenn ich an vielen Tagen sein DGL war, und wir hatten einen Auftrag zu erfüllen, und zwar einen verdammt wichtigen. Wenn wir auch Zeit für spaßhafte Sprüche fanden, so arbeiteten wir doch mit Volldampf. Schließlich wussten wir beide, wie dringend unsere Kollegen an der Flammenfront, wie Roberto sagte, das Wasser benötigten.

Von irgendwoher drang das lauter werdende Geräusch eines Martinshorns an unsere Ohren. Oder waren es gleich zwei Fahrzeuge, die sich uns näherten?

»Bestimmt der GWA«, sagte Robert und blickte zur Straßeneinmündung.

Aber wir hatten keine Zeit, abzuwarten, ob der vermutete Gerätewagen Atemschutz wirklich hier vorbeifahren würde. Unser Standrohr war eingeschraubt und gespült. Wir kuppelten den ersten B-Schlauch von unserer mitgeführten Schlauchhaspel an einen der beiden Abgänge und waren dann endlich so weit, die Schlauchleitung in Richtung Schulhof abzurollen. Auf halber Strecke kam uns ein anderer Feuerwehrmann entgegen. In der rechten Hand trug er ein Standrohr, in der linken den Unterflurhydrantenschlüssel.

»Suchst du einen Hydranten?«

Bei seinen mitgeführten Gerätschaften erübrigte sich eigentlich meine Frage.

Er nickte. »Ich bin von Wache 4. Wir stehen da hinten auf dem Schulhof.« Er deutete mit dem Hydrantenschlüssel rückwärts. »Wir brauchen dringend Wasser für unser TLF.«

»Tja, Junge, da musst du aber noch ein ganzes Stück laufen.«

»Was ist mit der Leitung?« Er zeigte auf unseren abrollenden B-Schlauch.

»Nee nee, keine Chance, den brauchen wir selber für unser LF.«

»Aber euer LF steht doch an einem ganz anderen Platz draußen auf der Straße.«

Wir waren während des Gesprächs nicht stehen geblieben, sondern in gleich schnellem Tempo weitergegangen. Unser Kollege von Wache 4 hatte zuerst unschlüssig gestoppt und dann kehrtgemacht, um sich an unsere Seite zu gesellen. Er versuchte weiterhin, uns unsere Leitung abzuschwatzen.

»Hör mal, so langsam gehst du mir auf den Keks. Wenn du zu faul bist, eine eigene Leitung für euch zu legen, dann macht doch 'nen Pendelverkehr mit eurem TLF. Ihr habt doch ein Tanklöschfahrzeug mit, oder?«

Ja, das hatten sie dabei, denn in dem Moment erreichten wir den Schulhof und sahen es direkt vor uns stehen. Genau wie die ausgefahrene Drehleiter und das etwas weiter seitlich postierte Löschgruppenfahrzeug, das übrigens den ausgelegten Düsenschlauch wieder mit Wasser versorgte. Als man uns erblickte, kamen sofort einige Kollegen herbeigelaufen.

»Na, endlich! Das wurde aber auch Zeit. Die Leiter braucht dringend Wasser.«

Und eh wir uns versahen, wurde uns die Schlauchhaspel aus den Händen gerissen und weiter in Richtung Drehleiter gerollt.

»He! Moment mal! So geht das aber nicht!«

Doch das ging, sodass Roberto und ich auf einmal ziemlich bedröppelt dastanden. Was sollten wir tun? Etwa einen Ringkampf um die Schlauchleitung austragen?

Ein wenig ratlos sah ich Roberto an.

Der lachte aus vollem Hals. »Was guckst du mich so an? Bin ich der DGL, oder du?«

»Ach, jetzt bin ich es wieder.«

Roberto lachte immer noch. »Na, klar bist du es.«

»Eben hattest du aber ...« Ich winkte ab. »Ach, vergiss es.« Ich setzte mich wieder in Bewegung. »Komm, wir gehen zurück zu unserem Fahrzeug.«

Wir hatten den Schulhof noch nicht verlassen, da begegnete uns der C-Dienst von Wache 4.

Ha, dachte ich, das ist die Gelegenheit, meinen Frust loszuwerden, und schon hob ich an: »Hör mal, wir haben gerade da hinten eine B-Leitung in den Schulhof verlegt, und deine Leute ...«

»Super, danke«, schnitt er mir das Wort ab. »Die wurde

auch ganz dringend gebraucht. Wenn wir uns mal revanchieren können ... jederzeit gerne.«

Ich schluckte meinen Ärger hinunter, und bevor mir doch noch etwas Verkehrtes über die Lippen kommen konnte, zog Roberto mich mit sich fort.

»Komm, wir müssen.«

»Ach übrigens, überprüf mal deine Florentine. Deine Leute haben mehrmals versucht, dich über Funk zu erreichen.«

»Danke«, erwiderte ich mürrisch.

»Keine Ursache. Ich glaube, die sagten was von einem Hydranten, den ihr nicht mehr suchen müsst, weil sie schon einen haben.«

Irgendwie konnte ich mich des Gefühls nicht erwehren, dass der Kollege hinter meinem Rücken hämisch grinste, nachdem wir auseinandergegangen waren.

Die »Aktion Hydrant« hatte mehr Zeit gekostet als erwartet. Wir waren daher etwas länger der eigentlichen Einsatzstelle ferngeblieben und wunderten uns, dass sich noch nichts Wesentliches verändert hatte. Obwohl hier nach wie vor zwei C-Rohre im Einsatz waren, schien es, als schlugen die Flammen immer noch mit der gleichen Intensität aus dem Dachdeckergebäude.

Als ich Wolfgang darauf ansprach, reagierte er etwas gereizt. »Das seh ich selber, dass wir so nicht richtig weiterkommen.«

»Und warum postierst du dann nicht zwei Mann mit einem B-Rohr am Haupteingang?«

»Hör mal, du Oberschlau, so weit waren wir hier schon längst, bis du uns das Wasser abgezogen hast.«

»Ich!?«

»Ja, du! Und spiel hier jetzt nicht den Entrüsteten. Überhaupt, wo hast du denn die ganze Zeit gesteckt? Funkgerät wohl ausgeschaltet, wie?«

»Quatsch! Ich hab mit Roberto einen Hydranten gesucht und eine B-Leitung verlegt.«

»Wie? Als Gruppenführer gehst du selber auf Hydrantensuche? Ist das hier an Wache 7 so üblich?« Schon hatte ich eine Antwort parat, aber Wolfgang schien die gar nicht hören zu wollen und fiel mir ins Wort. »Lass es! Hauptsache, die Leitung liegt. Wir können die nämlich verdammt gut gebrauchen.«

»Äh ja ... also die Leitung ...«

»Ah, da kommt sie ja schon.«

Erstaunt drehte ich mich um. Da kam meine gesamte Gruppe, vorneweg Wolle und Markus mit zwei Kollegen der Wache U. Sie trugen einen neuartigen Schaumgenerator herbei, wie ich ihn vorher noch nicht gesehen hatte. Dazu mehrere ziehharmonikaartig zusammengefaltete großlumige Schläuche, sogenannte Lutten. Jeder dieser Lutten bestand aus einem leichten, gelb gefärbten Kunststoffmaterial und erreichte auseinandergezogen eine Länge von über zehn Metern bei einem Durchmesser von circa 80 Zentimetern. Hinter den Trägern dieser Gerätschaften zerrte ein weiterer Kollege einen eigens für das Schaumaggregat benötigten B-Schlauch hinter sich her. Es war ... Roberto.

Als er an mir vorbeikam, zischte er mir oberlehrerhaft zu: »Siehst du, Martin, jetzt haben wir doch noch unsere B-Leitung bekommen.«

»Wieso doch noch?«, fragte Wolfgang, der Robertos Worte mitgehört hatte.

»Ach, nichts«, wiegelte ich ab und war froh, dass ich ihm keine nähere Erklärung geben musste, weil nun das Schaumaggregat aufgebaut wurde. Im Übrigen war es hier so laut, dass man eh keine Lust verspürte, sich länger zu unterhalten. Acht bis zehn Meter von unserem Standort entfernt prasselte das Feuer, keine drei Meter rechts von uns brummte der Motor der Drehleiter und dessen ebenfalls laufendes Stromaggregat. Dazu klatschten die Strahlrohre ihre Wassermassen in die aufzischenden Flammen.

»Wollt ihr schäumen?«, fragte ich ungläubig.

»Ist ein Vorschlag vom B-Dienst«, sagte Wolfgang entschuldigend. »Ich weiß auch noch nicht, ob das funktioniert. Auf jeden Fall müssen wir zuerst alle Löcher zumachen.«

»Okay, soll ich das übernehmen?«

Wolfgang nickte, und ich rief meine Männer zu mir. »Hört zu! Wenn ihr das Schaumaggregat aufgebaut habt, müssen wir von außen sämtliche Fenster und Türen bis über die erste Etage hinaus abdichten.« Ich warf einen prüfenden Blick über den Hof. »Baumaterial liegt hier ja genug rum.«

Markus deutete skeptisch auf das Durcheinander von Balken, Dachpfannen, Brettern und Leitern, das sich neben diversen Containern voller Bauschutt auftürmte.

»Und du meinst, mit dem Schrott bekommen wir das hin?«

»Klar.«

»Und wie soll das bitte schön gehen?«

»Wir improvisieren. Machen wir doch immer.«

»Na, dann los!«

Die Arbeit erwies sich als weitaus schwieriger als erwartet. Der Haupteingang bestand aus einem ebenso breiten wie hohen Rolltor, in das eine Tür von normalen Maßen eingearbeitet war. Diese Tür hatten wir geöffnet und das Schaumaggregat, so weit es uns möglich war, in die Halle hineingetragen. Sekunden später strömten jede Minute etliche Kubikmeter des weißlichen Löschschaums in die immer noch brennende Dachdeckerhalle.

Aber würde der Schaum sich auch so hoch auftürmen, dass er, wie von uns erhofft, das Feuer erstickte? Wir waren gespannt.

Unabhängig von einem etwaigen Erfolg oder auch Misserfolg dieser Schaumaktion, die in Bezug auf das neue Schaumaggregat einer Uraufführung gleichkam, führten die anderen Feuerwehrmänner ihre bisherigen konventionellen Löschmethoden weiter durch.

An der vordersten Front kämpften wir hingegen mit neuen Widrigkeiten. Nachdem der eingesetzte Schaum sich als äußerst stabil erwiesen, sich im gesamten Gebäudekomlex ausgedehnt und wie erwünscht in die Höhe aufgetürmt hatte, quoll er leider auch mit Macht aus sämtlichen Ritzen und Löchern, die wir bis dato noch nicht verstopft hatten. Innerhalb weniger Minuten nahm der Schaumaustritt solche Ausmaße an, dass wir draußen im Bereich unmittelbar vor der Halle die reinste Schaumparty feiern konnten. Anfänglich fanden wir das noch ganz amüsant. Wir schleppten immer noch Materialien zum Verschließen der letzten Löcher an und wateten dabei durch Berge von Schaum, der uns schon bis über die Knie reichte. Schnell merkten wir jedoch, dass das nicht ungefährlich war, weil man nicht mehr sah, wo man hintrat – und das bei dem Durcheinander von Zeug, das hier überall kreuz und quer am Boden lag.

Plötzlich trat noch eine weitere Schwierigkeit auf. Die Flammen hatten Nahrung in der mit Brettern verschalten und mit Schiefer verkleideten Frontfassade gefunden.

So ein Mist! Das hatte uns gerade noch gefehlt, denn um diesem Feuer beizukommen, mussten wir die komplette Verschalung von der Fassade losreißen. Es begann eine mühsame, körperlich belastende und, wie sich sehr schnell herausstellte, langwierige Arbeit. Der Dachdeckermeister hatte anscheinend an der eigenen Fassade sein Meisterstück vollbracht. Entsprechend solide war sie ausgebaut und mit der dahinter verborgenen Betonkonstruktion verbunden. Holzplanke für Holzplanke mussten wir mit unseren langen Einreißhaken und Feuerwehräxten losreißen. Dabei versuchten wir uns immer im Schutz von Strahlrohren aufzuhalten, weil wir nie sicher sein konnten, ob nicht doch noch irgendwo wieder gefährliche Langflammen aus dem Inneren des Gebäudes herausschießen würden.

Gott sei Dank blieben diese Flammen aus. Der eingesetzte Löschschaum leistete ganze Arbeit und erstickte nach und nach den Brand im Inneren des Gebäudes. Die Außenverschalung bereitete hingegen weiter Probleme, und unter dem Flachdach schien es auch zu kokeln. Vorwiegend an den Randbereichen züngelten immer wieder Flammen auf.

Manni, der nach wie vor oben im Leiterkorb stand, sah das natürlich auch und hielt mit drauf. Weil sich das Feuer aber noch unter der Dachhaut verbarg, hatte er mit seinem Wasserstrahl nur wenig Erfolg.

»Halt mal weiter nach links, und fahr näher ran!«, rief ich ihm über Funk zu.

Manni signalisierte, dass er mich verstanden hatte. Der Hydraulikmotor der mechanischen Drehleiter brummte, und der Leiterpark samt angehängtem Korb schwenkte zur linken Seite. Aber auf halber Strecke hatte der Öldruck sich automatisch abgeschaltet, und die Fahrbewegung wurde unterbrochen. Es ertönte ein durchdringendes piependes Warnsignal. Der Leiterpark stand still, weil die Leiter an ihre Belastungsgrenze gekommen war.

Manni hatte das C-Rohr abgesperrt und über das Korbgeländer gehängt. Jetzt drehte er sich zu mir. »Weiter komme ich nicht!«, rief er und riss entnervt die Arme in die Höhe.

»Egal!«, funkte ich zurück. »Wir werden von hier unten eine Steckleiter vornehmen.«

Der Leitermotor sprang wieder an, und der Leiterpark schob sich zusammen, dann schwenkte der Korb etwas nach rechts, bis er fast den Rand des Flachdachs berührte.

Ich hatte Manni nicht länger beobachtet und gab schon die Anordnung, eine 4-teilige Steckleiter zu holen, da ertönte Mannis Stimme erneut aus dem Funkgerät: »Gruppenführer 7-2 für Leiterführer, kommen!«

»Was ist, Manni?«

»Von hier aus könnte ich auch aufs Dach steigen, dann käme ich überallhin. Soll ich?«

»Auf keinen Fall! Wir wissen nicht, wie es in der Etage darunter aussieht. Nachher brichst du noch durch.«

»Ja, aber so bringt das auch nichts.«

»Egal, mach du einfach weiter deine rechte Seite, wir kriegen das hier drüben schon mit der tragbaren Leiter hin. Ende.«

Ich hatte mein »Ende« bewusst etwas provokant ausgesprochen, damit Manni ja nicht auf die Idee kam, doch noch auf das Dach zu steigen. Später hatte er mir lachend erklärt, dass er mich mit seinem Vorschlag nur ein wenig foppen wollte. Natürlich sei ihm bewusst gewesen, dass die Aktion ein unkalkulierbar hohes Risiko bedeutet hätte und somit tabu war. Ich glaubte ihm, denn Michael Krug, den wir alle nur Manni nannten, war ein überaus versierter und erfahrener Hauptbrandmeister.

Wie kam es überhaupt dazu, dass *ich* auf einmal an dieser Stelle das Kommando hatte? Eigentlich war das hier doch Wolfgangs Baustelle!

Ganz einfach: Die von Branddirektor Albers angeforderte FF-Logistik war inzwischen eingetroffen und hatte sich mit ihrem Imbisswagen irgendwo außerhalb des Hofs in der Nähe unserer Löschfahrzeuge auf einem kleinen Rasenstück aufgebaut. Und da abzusehen war, dass wir das Feuer zunehmend in den Griff bekamen, war der ganz große Druck erst einmal gewichen. Das bedeutete, dass alle Einsatzkräfte nach und nach zu dem innig geliebten Imbisswagen wanderten, um dort bei einer heißen Tasse Kaffee oder einer nicht minder heißen Bockwurst nebst Brötchen neue Kräfte zu tanken.

Nachdem unsere 4-teilige Steckleiter in Stellung gebracht worden war, kam auch Wolfgang wieder zurück. Die letzten Reste seines zweiten Bockwurstbrötchens mampfend erkundigte er sich nach dem Stand der Dinge.

»Wir machen Fortschritte. Ist aber immer noch verdammt mühsam.« Ich deutete auf die beiden Trupps, die sich weiterhin mit Einreißhaken und Feuerwehraxt abmühten, Bretterlage um Bretterlage von der Wand zu lösen. »Wir sollten die Jungs mal ablösen. Hast du noch jemanden frei?«

Wolfgang nickte. »Ich denke schon. Drüben auf der anderen Seite hat sich die Lage inzwischen so entspannt, dass wir von denen Leute bekommen können. Wir wechseln immer truppweise aus. Solange die einen was essen, machen die anderen weiter.«

»Sehr gut. Kümmerst du dich darum, oder soll ich …?«

»Ich regel das mit dem C-Dienst. Bleib du hier, und weis die Leute ein. Äh … oder willst du auch erst mal was essen gehen?«

Ich schüttelte den Kopf. »Klär das erst mal mit der Ablösung. Bevor die nicht hier sind, geh ich auch nicht.«

»Na gut, ist vielleicht auch besser, wenn einer von uns immer hierbleibt.«

»Das sehe ich auch so.«

Einige Minuten nach unserem Gespräch meldeten sich zwei Mann bei mir. »Wir sollen hier jemanden ablösen.«

Am Imbisswagen traf ich auf Roberto. Seit unserer Hydrantensuche hatten wir uns nicht mehr gesehen.

»Ja, ja, irgendwann trifft man hier jeden«, lachte er und biss herzhaft in sein Brötchen. »Ist doch immer noch das Beste an so einer großen Einsatzstelle.«

Sein Kommentar erntete beipflichtendes Gemurmel. Ich blickte mich unter den Umherstehenden um und erkannte so manches Gesicht, das ich schon lange nicht mehr gesehen hatte. In dieser Nacht verband uns Feuerwehrmänner vor allem eine Gemeinsamkeit: Wir alle hatten verschwitzte und vom Brandrauch gezeichnete Gesichter.

Hier am Imbisswagen herrschte ein ständiges Kommen und Gehen, wobei die Gesichter derjenigen, die kamen, entsprechend der Aufgabe, mit der sie beauftragt worden waren, mehr oder weniger angespannte Mienen aufwiesen. Spätestens nach dem ersten heißen Kaffee legte sich diese Anspannung jedoch. Die Lebensgeister wurden geweckt, man lachte, scherzte und klopfte dem einen oder anderen freundschaftlich auf die durchgeschwitzte Feuerwehrjacke. Wobei wir bei der nächsten Gemeinsamkeit wären – denn durchgeschwitzte Jacken trugen wir alle.

Obwohl es sehr verlockend war, am Imbisswagen zu verweilen, hielt ich mich nicht länger als nötig hier auf. Während meines Rückmarschs zur Einsatzstelle begegneten mir immer wieder Kollegen. Die einen gingen zum Imbisswagen, die anderen befanden sich schwer bepackt auf dem Weg zum Atemschutzgerätewagen, um ihren leer geatmeten Pressluftatmer gegen ein frisches Gerät einzutauschen. Der Weg war übersät mit Stolperfallen in Form von prall gefüllten B-Schläuchen. Gleich mehrere der 75 Millimeter dicken roten Schlauchleitungen versorgten die Pumpen unserer Löschfahrzeuge mit dem anfangs so knapp bemessenen Löschwasser. Dank dieser Leitungen hatten wir jetzt Wasser im Überfluss. Es wurde von weiter entfernten Straßenzügen hergeleitet, in denen die Freiwillige Feuerwehr von Garath gleich mehrere Unterflurhydranten angezapft hatte.

Vor der Hofeinfahrt hatte sich eine größere Menschenmenge versammelt.

»Was ist denn da passiert?«, fragten mehrere.

»Es brennt«, erwiderte ich nur knapp, zwängte mich zwischen ihnen hindurch und ging weiter. Zumindest folgte mir niemand, wie ich befriedigt feststellte. Leider war das nicht immer so. Manchmal trieb die Neugierde unvorsichtige Menschen so weit, dass sie uns nicht nur bei der Arbeit behinderten, sondern sich auch noch selber in Gefahr begaben.

Während meiner Abwesenheit hatte Wolfgang zwei Stative mit Scheinwerferbrücken aufstellen lassen. Vier hochgefahrene 1000-Watt-Scheinwerfer erzeugten ein bizarres Spiel aus Licht und Schatten. Immer noch arbeitete das Schaumaggregat, und immer noch quoll eine Menge Löschschaum aus dem Gebäude. Seitlich gegen das kaum mehr als einen Meter überstehende Vordach des Rolltores gelehnt ragte eine zweite Steckleiter aus den weißlichen Schaumbergen. Auf dem Dach stand Stefan und hantierte mit dem langen Einreißhaken. Holz splitterte, es krachte, dann riss eines der verschieferten Bretter ab und knallte in die Tiefe. Der hier fast zwei Meter aufgetürmte Löschschaum dämpfte das Geräusch des Aufpralls. Weiter links, wo die erste Steckleiter aufgerichtet worden war, ackerten Meico und Thorsten. Allzu viel hatten meine Kollegen von der Fassadenverkleidung nicht übrig gelassen. Flammen konnte ich keine mehr erblicken.

»Sieht aus, als hätten wir es geschafft«, sagte ich zu Wolfgang, dessen schwarze Stiefel nicht mehr zu erkennen waren.

So langsam rückte uns der aus dem Gebäude quellende Schaum auf die Pelle. Die Eingangstür und unsere ausgelegten Lutten waren schon lange nicht mehr zu erkennen, und aus den provisorisch abgedichteten Fenstern drangen weder Brandrauch noch Flammen, sondern ebenfalls nur noch Schaum. Schaum, Schaum und nochmals Schaum – alles versank in flockigen weißen Schaumbergen.

»Na, meine Herren, wie es scheint, haben Sie hier ja alles im Griff.«

Ich drehte mich um und sah unseren neuen Branddirektor Albers an, der es sich nicht nehmen ließ, jeden von uns persönlich mit Handschlag zu begrüßen. Eine wirklich feine Geste, wie ich fand. Nachdem Albers sich lobend über unsere Arbeit geäußert hatte, erschien auch Klaus Wloka, unser C-Dienst.

Er deutete auf die überquellenden Schaumberge. »Okay, das dürfte reichen. Schaltet das Ding ab, und nehmt alles wieder zurück.«

Mit dem »Ding«, wie er es nannte, meinte er wohl das Schaumaggregat. Aber ganz so einfach, wie er sich das vorstellte, ging es leider nicht. Mal eben das Ding rausholen wäre vielleicht ohne die Schaumberge möglich gewesen, aber so …

Nachdem sich vier meiner Kollegen behutsam mit schlürfenden Schritten bis zur Tür vorgetastet hatten, wobei ihnen der Schaum bis hoch über die Brust reichte, wurde es erst richtig kompliziert. Nachdem wir »Wasser halt« gegeben hatten, stellte Thorsten van Es, der Maschinist des ersten LF, draußen auf der Straße seine Pumpe ab und stieß ebenfalls zu uns.

»Ihr wisst ja, dass das Zeug ziemlich aggressiv die Schleimhäute angreift?«

»Na klar.«

»Ja, aber hoffentlich denken die da unten auch daran.« Thorsten deutete auf die vier, die fast im Schaum versanken, woraufhin Wolfgang seine Hände trichterförmig um den Mund legte und ihnen zurief: »Passt bloß auf, dass ihr das Zeug nicht in die Augen bekommt!«

»Und nicht einatmen!«, rief ich als zusätzliche Warnung hinterher.

Meine im Schaum steckenden Kollegen schienen unsere Bedenken nicht sonderlich ernst zu nehmen, denn sie winkten lachend zurück und wühlten sich immer tiefer in die weiße Pracht hinein. Aber was da so spaßig aussah, war nicht ungefährlich. Die tropfnassen Lutten ließen sich noch am einfachsten aus der Einsatzstelle herausziehen, aber der B-Schlauch, der das Schaumaggregat im Gebäude mit Wasser versorgt hatte, bereitete weit mehr Schwierigkeiten. Es war ein regelrechter Kraftakt, ihn herauszuziehen.

»Wir brauchen noch einige Kollegen! Kann mal jemand mit anpacken?«

Thorsten stieß mich in die Seite. »Na los, das ist doch eine gute Gelegenheit, die Schaumparty mal richtig aufzumischen.«

Ohne meine Antwort abzuwarten, watete er mit weit abgespreizten Armen in die blasigen Fluten. Als ich sah, dass die Bergungsaktion unserer Gerätschaften nach Thorstens Eingreifen zügig voranschritt, hielt ich mich dezent zurück und spielte lieber den Beobachter. Das Feuer war aus. Überall entspannte sich die Lage, und irgenwie musste sich unsere »Schaumparty« herumgesprochen haben, denn plötzlich tauchten hinter mir einige Kollegen auf, die uns allerdings nicht bei der Arbeit unterstützen wollten, sondern gänzlich anderes vorhatten.

»Bitte lächeln.«

Und schon schossen sie mit ihren Fotohandys einige herrliche Schnappschüsse von unserer außergewöhnlichen Aufräumaktion. Bis wir diese Bilder im Internet bewundern konnten, sollten jedoch noch einige anstrengende Stunden vergehen.

Der eigentliche Vorgang des Feuerlöschens hatte nicht unbedingt etwas von jener Faszination an sich, die vermutlich viele Menschen damit verbanden. Meist war es eine stressige und in aller Regel schmutzige und anstrengende Arbeit, die zudem mit erheblichen Gefahren verbunden war. Natürlich gab es auch die für uns weniger gefährlichen Brände, aber eines hatten alle Einsatzstellen gemeinsam: Hinterher wurde aufgeräumt, und damit begann der in den meisten Fällen unangenehmste Teil unserer Arbeit.

Zu dieser fortgeschrittenen nächtlichen Stunde hatten wir es relativ leicht. Meistens jedoch war diese Arbeit sehr belastend, denn immer wieder mussten wir den Brandschutt in blechernen Schüttmulden aus ausgebrannten Zimmern oder Wohnungen tragen. In der Regel ging das nur unter Atemschutz. In mühsamer Handarbeit mit Dungharke und Schaufel wurde eine Mulde nach der anderen gefüllt und ins Freie getragen oder, sofern möglich, aus einem Fernster gekippt. Draußen stand dann ein weiterer Kollege mit einem C-Rohr bereit, um ein etwaiges Wiederaufflammen oder versteckte Glutnester sofort abzulöschen.

An jenem Tag hatten wir es etwas leichter. Es galt hauptsächlich, eine Unmenge von B- und C-Schläuchen aufzurollen, die wir an zwei Stellen aufschichteten. Später würde eine Firma diese benutzten Feuerwehrschläuche abholen, sie waschen, trocknen und doppelt gerollt an uns zurückliefern. Diese Arbeit hatte ich in Düsseldorf vor wenigen Jahren noch mit meinen Kollegen selber verrichtet. Es war jedoch ein Rechenexempel gewesen. Entweder modernisierte man die alten Schlauchwaschanlagen und übernahm wie bislang die Schlauchpflege weiter selber, oder man übertrug diese Arbeiten an eine Fremdfirma. Angesichts unserer hohen Einsatzzahlen und der damit verbundenen Zusatzarbeit hatte man sich in der Landeshauptstadt für die zweite Variante entschieden.

Eine Schlauchleitung wurde jedoch zurückgelassen. Sie war an ein Hydrantenstandrohr angeschlossen und lief von der Straße durch das Hoftor bis in die Nähe des Haupteingangs.

Sollte das Feuer wider Erwarten doch noch einmal irgendwo aufflammen, so wäre die Brandwache, die wir an dieser Einsatzstelle einrichteten, mit einem C-Rohr in der Lage, sofort und ohne Zeitverzögerung einzugreifen. Ein Löschgruppenfahrzeug musste dafür allerdings nicht zurückbleiben. Der Wasserdruck aus dem Hydranten würde zum Nachlöschen vollkommen ausreichen.

»Der Angriffstrupp übernimmt die erste Brandwache«, bestimmte Wolfgang. »Die anderen fahren zurück zur Wache.«

Stefan und Meico waren nicht gerade begeistert, als sie hörten, dass sie den Rest der Nacht hier verbringen mussten. Ihre Mienen hellten sich aber schnell wieder auf, als Wolfgang ihnen erklärte, dass er sofort zwei andere Kollegen schicken würde, nachdem die sich geduscht und umgezogen hätten. Und danach wären es sowieso kaum mehr zwei Stunden, bis die andere Tour käme, um uns abzulösen.

Nachdem die Reihenfolge der Ablösung festgelegt worden war, ging es zurück zur Wache. Müde und erschöpft, aber zufrieden mit unserer Leistung rückten wir von der Einsatzstelle ab. Es war uns gelungen, ein drohendes Übergreifen auf das Schulgebäude zu verhindern, und wir hatten das Dachdeckergebäude vor seiner vollständigen Zerstörung bewahrt – ein großer Erfolg.

Während auf unserer Wache das große Aufrödeln der Fahrzeuge begann, nahm Klaus Wloka Wolfgang und mich zur Seite.

»Hört zu, wenn die Jungs gleich geduscht haben, fährst du noch mal mit dem Baby-LF zur Einsatzstelle.« Er sah zuerst mich an und dann auf seine Armbanduhr. »Es ist jetzt gleich sechs Uhr. Du holst die beiden nur ab und kommst wieder zurück, klar?«

»Und soll ich zwei andere dafür zurücklassen?«

Klaus Wloka schüttelte den Kopf. »Wenn bis dahin kein Feuer mehr aufflackert, passiert auch nichts mehr.«

»Also kommen wir alle zurück.«

»Richtig. Du siehst ja selbst, ob ihr noch nötig seid. Ich denke aber nicht.«

»Und die Schlauchleitung?«

»Liegen lassen. Die andere Tour fährt auf jeden Fall noch mal hin. Die können die dann abbauen.«

20 Minuten später fuhren wir wieder vom Feuerwehrhof, diesmal aber ohne eingeschaltete Sondersignale. Die Einsatzstelle lag ruhig und verlassen da. Nachdem das Feuer gelöscht und wir erst einmal abgerückt waren, hatten sich auch die in ihrer nächtlichen Ruhe gestörten Menschen wieder in ihre Wohnungen begeben. Stefan und Meico standen in der Nähe des Haupteingangs. Sie drehten uns den Rücken zu, und neben ihnen stand ein mir unbekannter Mann in Zivil.

Das Gebäude war immer noch mit Löschschaum angefüllt und folglich nicht zu betreten. Außerhalb türmten sich auch noch Berge von Schaum auf, und manchmal stieb ein Windstoß große Flocken in die Höhe. Über dem Ganzen schwebte der typisch durchdringende Brandgeruch einer frischen und gerade erst erkalteten Einsatzstelle.

Meico hatte uns wohl gehört, denn er drehte sich um und sagte: »Ah, da kommt einer unserer Dienstgruppenleiter. Martin, das hier ist Herr Müller, der Dachdeckermeister.«

»Morgen, Herr Müller.« Ich streckte dem Mann meine Hand entgegen. »Tut mir leid, dass wir uns unter solchen Umständen kennenlernen.«

Der Dachdeckermeister schien ziemlich gefasst und erwiderte freundlich meinen Händedruck. »Hauptsache, es ist niemand verletzt worden.« Er sah auf die traurige Fassade seines ehemaligen Betriebs und deutete dann mit dem Kopf in Richtung Schulgebäude. »Ich hab ihren beiden Kollegen gerade schon gesagt, dass das ja noch viel schlimmer hätte kommen können. Gut, dass Sie so schnell da waren.«

»Da sagen Sie ein wahres Wort. Allzu lange wäre das nicht mehr gut gegangen.«

»Und, wie geht es jetzt weiter?«

»Ich denke, heute Nacht wird nichts mehr passieren. Was meinst du, Stefan?«

Stefan schüttelte bestätigend den Kopf. »Ich bin mit Meico eben noch mal um das ganze Gebäude gegangen. Sieht gut aus, oder, Meico?«

Meico nickte. »Da brennt bestimmt nichts mehr.«

Obwohl ich mich auf die Aussage der beiden verlassen konnte, verzichtete ich nicht auf einen eigenen Rundgang. Stefan kam mit, aber Herr Müller, der hier draußen in recht offenherzigen Pantoffeln stand, verzichtete darauf, uns zu begleiten.

»Eben waren zwei Männer von der Kripo da. Die müssen hier irgendwo noch rumschwirren.«

»Vermuten die Brandstiftung?«

»Wahrscheinlich. Auf jeden Fall hat der Dachdecker eine gute Versicherung, sonst wäre der bestimmt nicht so ruhig.«

»Trotzdem beschissen. Wenn ich mir vorstelle, das wäre mein Betrieb ... Auch für die Leute, die hier arbeiten ... Hoffentlich verlieren die ihren Job nicht.«

Später stellte sich heraus, dass hier wirklich Brandstifter am Werk gewesen waren. Der Dachdeckermeister Paul Müller ließ sich von diesem Schicksalsschlag aber nicht unterkriegen und baute seinen Betrieb wieder auf. Ob man die Brandstifter gefasst hat, habe ich bis heute nicht erfahren.

Förderband in Flammen

»Boah, wie langweilig!«

»Schon wieder 'ne telegrafische Feuermeldung bei Stora Enso. Langsam gehen die mir auf den Geist.«

Während wir ungeachtet unserer eigenen, nicht gerade motivierenden Kommentare in die Fahrzeughalle liefen, ertönte eine weitere Information aus den Lautsprechern: »An alle Einsatzkräfte, wir haben mehrere telefonisch bestätigte Feuermeldungen bei Stora Enso. Es handelt sich um einen Brand in der Papierproduktion.«

»Ach, du Scheiße, die Papierfabrik!« Fluchend stürzte unser Koch Jochen Mass aus der Küche.

Sekunden vorher hatte ich ihm noch zugerufen: »Ist nur eine telegrafische. Kannst hierbleiben und weiterkochen. Wir sind voll besetzt!«

»Aye, aye, Chef!« Jochen hatte zufrieden gegrinst und seine weiße Schürze, die er schon in die Ecke gepfeffert hatte, wieder umgebunden. Jetzt rannte er den anderen hinterher und brüllte verärgert: »Euer Mittagessen könnt ihr euch von der Backe schminken!«

Kein Kommentar.

Während er sich auf seinen Maschinistenposten schwang und den wuchtigen Diesel startete, dachte er wehmütig an die drei leckeren Rollbraten, die er mit so viel Liebe vorbereitet hatte. Dann fuhr der Löschzug 7 mit eingeschalteten Sondersignalen vom Hof, und Jochen hakte das Thema Küche ab. Der dichte Verkehr erforderte seine volle Konzentration.

Auf Feuerwache 6 saß Hans-Peter Valdor, von vielen kurz

HP genannt, in seinem C-Dienst-Büro. Als ihn der Feueralarm erreichte, arbeitete er gerade ein Unterrichtsthema aus. Nach der zweiten Durchsage der Leitstelle kamen unangenehme Erinnerungen in ihm hoch. Brände in einer Papierfabrik kamen immer wieder vor, und auch Düsseldorf war in der Vergangenheit nicht davon verschont geblieben.

HP erinnerte sich an ein besonders spektakuläres Feuer auf dem alten Hafengelände. Damals brannte das Papierlager von Hermes, und er war als normaler Feuerwehrmann im Wassertrupp im Einsatz gewesen. Als dann die Wasserversorgung stand, hatte er mit einem weiteren Kollegen ein B-Rohr halten müssen. Es war ein ziemlich frostiger Winter gewesen, und die wärmende und schützende HuPF-kleidung, wie sie mittlerweile Standard war, gab es damals noch nicht, sodass er nach mehreren Stunden Strahlrohrhalten in seiner brettharten und froststeifen Lederjacke bitterlich gefroren hatte. Bei den derzeitigen sommerlichen Temperaturen bereitete ihm diese Erinnerung allerdings die geringste Sorge. Der Gedanke an eine lange Einsatzdauer und an eine mögliche Gefahrenausbreitung beschäftigte ihn schon weitaus mehr.

Mir ging es da ganz ähnlich. Während der Fahrt zur Einsatzstelle musste ich unwillkürlich an denselben Brand bei Hermes denken. Gleich zweimal war ich dort im Einsatz gewesen. Das erste Mal während meiner Zeit an Wache 3, das zweite Mal, als ich schon auf der Feuerwache in Oberkassel stationiert war. Ich weiß noch genau, wie wir nachts mit unseren Fahrzeugen über die Oberkasseler Rheinbrücke fuhren und ein deutlich zu erkennender heller Feuerschein über dem gesamten Hafengebiet lag. Ich war damals Oberfeuerwehrmann, und auch ich musste mit einem Kollegen ein B-Rohr halten. Das Hallendach der Lagerhalle von Hermes war weit aufgerissen, und hellrote Flammen schlugen lodernd in den nächtlichen Himmel. Es waren die gewaltigsten Langflammen, die ich seither gesehen habe. So etwas wollte ich heute nicht unbedingt noch einmal erleben. Mein Maschinist riss mich aus meinen Gedanken.

»Weißt du noch, da vorne, der Typ in dem LKW?« Jochen deutete in Richtung der Kreuzung, wo uns letztens ein Lieferwagen die Straße komplett versperrt hatte, weil er in der zweiten Reihe geparkt hatte.

Ich nickte. »Nur gut, dass wir *heute* freie Fahrt haben.«

»Du meinst, weil da ein Papiercontainer brennt?«

Ich lachte trocken auf. »Papiercontainer dürfte ja wohl etwas untertrieben sein.«

»Ach was«, entgegnete Jochen lakonisch. »Papier ist Papier. »Egal ob in 'nem kleinen Container oder in 'ner größeren Halle. Es kommt immer nur auf die Menge Wasser an, die wir einsetzen. Auf jeden Fall halten wir so lange drauf, bis es aus ist. Ist doch so, oder?«

»Na ja …«, setzte ich gedehnt an. »Ich erinnere mich noch an die Zeit, als der Laden noch Feldmühle hieß. Da brannte mal an der gleichen Stelle eine komplette Produktionshalle ab. Wir brauchten zwei volle Tage, und nachdem wir abgerückt waren, lagen massive Metallträger am Boden, die von der Brandhitze wie Korkenzieher verdreht waren.«

»Hu hu, willst du mir etwa Angst machen?«

»Würde mir das denn gelingen?«

»Niemals!« Jochen lachte laut, und dann sahen wir vor uns eine Rauchsäule in den ansonsten wolkenlosen Himmel aufsteigen.

Die Straße führte jetzt immer geradeaus. Jochen beschleunigte. »Mal sehen, wer schneller da ist. Wache 6 oder wir.«

Wir hatten das »Rennen« für uns entschieden, zumindest was die Ankunft der großen Feuerwehrfahrzeuge anging. Einer war jedoch noch schneller gewesen: unser C-Dienst. Gegen Dieter Link, den Fahrer des VW-Busses, besaßen wir keine Chance. Genauso gut könnte man einen braven deutschen Ackergaul gegen einen Vollblutaraber antreten lassen. Es dürfte wohl außer Frage stehen, wer das Rennen gewinnen würde.

Wenige 100 Meter bevor wir die Einsatzstelle erreichten,

hörten wir über Funk die erste Rückmeldung des eintreffenden C-Dienstes: »Florian Düsseldorf für C-Dienst 7, kommen.«

»Kommen Sie, C-Dienst 7.«

»Es brennen ölige Ablagerungen unter einem Papierförderband. Alle Einsatzkräfte sollen durchfahren. Ich schicke meinen Fahrer als Lotsen zurück zum Haupteingang.«

Als wir durch die breite Einfahrt in das Werkgelände einbogen, stürzte ein völlig aufgelöster Pförtner aus seiner Pförtnerbude. Wild gestikulierend und mit einem Papier in der Hand wedelnd lief er uns entgegen.

»Fahr mal langsam, Jochen. Ich glaube, der will was.«

Jochen grinste spitzbübisch. »Ach, meinst du? Wie kommst du denn darauf?«

Obwohl er natürlich längst die Geschwindigkeit verringert hatte, ließ er unser LF noch ein Stück im Schritttempo weiterrollen.

»Jetzt halt schon an! Der Alte kriegt sonst noch einen Herzinfarkt.«

»Zu Befehl, Chef.«

Jochen stoppte, und ich öffnete die Beifahrertür. Atemlos versuchte der gestresste Mann mir zu erklären, dass es in einer der Produktionshallen brannte. Weil unser C-Dienst-Wagen jeden Moment kommen musste, fragte ich ihn knapp: »Geradeaus oder rechts?«

»Rechts. Sie müssen da vorne rechts fahren ... und hier ... der Lageplan ... hab ich extra für Sie rausgesucht.«

Mit zitternder Hand hielt mir der Alte ein DIN-A4-Papier in einer Klarsichthülle entgegen. Ich winkte ab.

»Danke, solch einen habe ich auch.« Demonstrativ zeigte ich dem Mann meinen eigenen Plan, in der Hoffnung, ihn dadurch etwas zu beruhigen. Offensichtlich ohne Erfolg, denn der Alte streckte mir seinen Plan weiterhin geradezu flehentlich entgegen.

»Da vorne kommt der Dieter!«

»Okay, dann fahr los, Jochen.«

Bevor ich die Tür zuschlug, schnappte ich mir die Klarsichthülle, die der Pförtner immer noch hochhielt, und rief: »Danke, das haben Sie gut gemacht.«

Ein erleichtertes Lächeln huschte über das Gesicht des Alten, dann ging es schon weiter. Ich blickte noch einmal in den rechten Außenspiegel. Der ältere Mann, für den der Stress zweifellos zu viel war, lief gerade wieder in seine Pförtnerbude. Hätte ich seinen Plan, den ich im Grunde nicht benötigte, nicht angenommen, wäre sein Stressfaktor sicherlich noch um einige Herzschläge in die Höhe geschnellt.

Die Idee, uns ein Lotsenfahrzeug zu schicken, war zwar nicht neu, aber gut. Oft reagierten Firmen schon von alleine, wenn wir anrückten. Manche postierten Arbeiter an wichtigen Kreuzungspunkten, die uns dann die Fahrtrichtung wiesen, andere flitzten mit Fahrrädern vor uns her, und wir waren jedes Mal froh, weil wir uns dank dieser Hilfestellungen nicht verfuhren und ohne lästiges Suchen schnell zum Ziel gelangten.

So auch an diesem Tag. Es ging um mehrere Gebäudeecken, vorbei an einem riesigen Lagerplatz für Stammholz, offensichtlich Tanne, haushoch aufgetürmte Berge, alle bereits geschält und auf Länge zugeschnitten. Wir fuhren immer noch mit eingeschalteten Sondersignalen. Mehrere Lkws kamen uns entgegengefahren, und deren Fahrer warfen uns teils verwunderte, teils neugierige Blicke zu. Anscheinend hatte es sich in dem weitläufigen Werkgelände noch nicht herumgesprochen, dass es irgendwo brannte.

Als wir um die nächste Ecke bogen, war unschwer zu erkennen, dass wir unseren Einsatzort erreicht hatten. Wir befanden uns in einer breiten Straße von hofähnlichen Ausmaßen, die rechts und links von hohen Produktionshallen flankiert wurde. Während uns die linke Halle ihre tür- und fensterlose Rückseite zeigte, wies die linke Halle ein überbreites eisernes Rolltor auf. Aus diesem geöffneten Tor wälzte sich eine dicke Rauchwolke gen Himmel.

In gebührender Entfernung standen einige Arbeiter beisammen, und an ihren Gesten konnte ich deutlich ablesen, dass sie heftig diskutierten. Einer deutete auf unsere herannahenden Fahrzeuge, und sofort öffnete sich der Kreis. Ich erkannte Hans-Peter Valdor, unseren C-Dienst. Er winkte. Es war ein beruhigendes Winken. Die Angelegenheit schien wohl nicht ganz so brisant zu sein, wie es der Brandrauch, der aus der Halle entwich, eigentlich vermuten ließ. Dem Feuerwehrsicherheitsdenken entsprechend hatte Jochen unser LF in der Mitte der überbreiten Straße zum Stillstand gebracht. HP trat an die Beifahrerseite und lächelte zu mir hoch.

»Sehr gut. Ich sehe, du hast einen Maschinisten, der mitdenkt.«

Ich zog verwundert die Augenbrauen hoch.

»Na, immer so anfahren, dass man mit dem Einsatzfahrzeug nicht im Trümmerschatten steht. Wäre aber diesmal nicht nötig gewesen. Komm, ich zeig dir, um was es geht.«

»Soll ich nicht zuvor ein Rohr auslegen lassen?«

HP schüttelte den Kopf. »Kommt erst mal mit.«

Seine Aufforderung galt nicht nur mir, sondern auch den beiden anderen Fahrzeugführern, die jetzt ebenfalls bei uns standen. Mit HP vorneweg marschierten wir auf das geöffnete Hallentor zu.

»Du willst doch da nicht etwa ohne Atemschutz reingehen?«

»Keine Sorge, Martin. Wir bleiben hier draußen stehen und warten.«

»Warten?«

»Ja, der Qualm verzieht sich gleich wieder, dann kann man gefahrlos in die Halle gehen.«

»So?«, erwiderte ich skeptisch.

Ohne auf den zweifelnden Unterton in meiner Stimme zu reagieren, erklärte er: »Die Arbeiter haben selber schon erste Löschversuche mit Handfeuerlöschern unternommen, allerdings mit wenig Erfolg. Da! Der Qualm verzieht sich wieder, jetzt könnt ihr sehen, um was es geht.«

Tatsächlich trat im Moment kein Qualm mehr aus dem Hallentor, und so wurde für uns der Blick auf ein langes Transportband frei, welches parallel zum Tor in Brusthöhe über den Betonboden lief, um dann nach gut 20 Metern in einer Schräge direkt über einer großen trichterähnlichen Metallkonstruktion zu enden.

Einer der Vorarbeiter war uns hinterhergegangen und streckte den Arm aus: »Unser Problem ist das Förderband. Wie Sie sehen, ist die gesamte Mimik darunter abgekapselt. Sämtliche Rollen, die Zugketten und Antriebseinheiten sind so geschützt. Über das Band laufen schwere Papierballen, solche wie die, die da hinten schon draufliegen. Im Moment steht das Band, weil es in dem abgekapselten Bereich brennt.«

»Und was genau brennt da?«

»Öle, Fette … eben die ganzen Schmierstoffe.«

»Und das ist wahrscheinlich nicht wenig?«

»Sie sagen es. Wir vermuten, dass irgendeine Rolle heiß gelaufen ist. Auf jeden Fall lief das Band auf einmal schräg, sprang aus seiner Führung und hat sich jetzt da oben verkeilt.« Der Mann deutete hoch in Richtung Trichter.

»Was passiert da oben eigentlich?«

»Wir kochen darin den Papierbrei für unsere weitere Produktion.«

»Und warum nehmen Sie dafür solche Papierballen?«

»Die Ballen, die über das Band hochbefördert werden und von denen Sie meinen, sie seien schon fertig, gehören noch zur Papiervorstufe.«

»Also ist das noch kein richtiges Papier?«

»Nein, noch kein Papier. Hier, fassen Sie die mal an. Spüren Sie, wie das flockt? Was meinen Sie, wie viel von dem Zeug sich ständig unten zwischen den Rollen ansammelt.«

»Und heute war es wohl etwas zu viel?«

Der Mann zuckte bedauernd mit den Schultern. »Leider. Es gibt zwar mehrere Abstreifer, aber trotzdem …«

»Und jetzt?«

»Hab ich Ihrem Kollegen schon erklärt. Wir müssen die ganze Verkleidung aufmachen … oder wenigstens einen Teil davon. Das ist aber nicht ungefährlich, weil das Feuer dahinter immer wieder aufflackert.«

HP schaltete sich ein. »Und dafür brauchen wir euch. Am besten verteilst du deine Männer an mehrere Stellen. Hier unten am Band zwei, oben auf dem Podest des Trichters ebenfalls zwei und dann noch zwei hier im Eingangsbereich, die einspringen können, wenn es irgendwo besonders kritisch werden sollte.«

»Löschmittel?«

»Wasser. Da brennen zwar Öl und Fettablagerungen, aber auch jede Menge Zellulose. Im Übrigen gibt es hier ein geschlossenes Abwassersystem und eine hauseigene Filteranlage, sodass ihr also nicht mit Wasser sparen müsst.«

Ich zeigte auf den Trichter. »Und wie war das noch mal da oben? In dem monstermäßigen Pott kochen Sie also aus den Ballen eine Menge Papierbrei?«

»Stimmt. Genau das geschieht dort. Da drin ist es auch verdammt heiß.«

»Und, dürfen wir da überhaupt mit Wasser ran?«

»Normalerweise nicht. Aber zurzeit ist das kein Problem. Wir haben den Pott, wie Sie ihn so nett nennen, abgeschaltet. Außerdem haben wir den hoch erhitzten Papierbrei vorsorglich abgelassen.«

»Also gut, gehen wir's an. Wo haben Sie denn den nächsten Hydranten.«

»Warten Sie, ich zeige es Ihnen.«

»Michael, übernimmst du das?«

Michael Gross, mein Drehleiterführer, nickte und zog sofort mit dem Mann los. Während er sich um die Wasserversorgung kümmerte, teilte ich mit Sterni die Leute ein, die sich als Erste mit Pressluftatmern ausgerüstet in die Halle begeben sollten.

Im Gegensatz zu den meisten Einsatzstellen, bei denen wir

mit Hochdruck um jede Sekunde kämpfen mussten, konnten wir diesmal ohne Hast und Hektik unsere Vorbereitungen treffen. Was natürlich dennoch nicht bedeutete, dass wir hier eine ruhige Kugel schieben durften. Zügig, aber nicht hektisch arbeiten, lautete die Parole.

Auf den Arbeitern lastete hingegen ein wesentlich höherer Zeitdruck. Mit jeder Minute, in der diese Papiervorstufe stillstand, verringerte sich die Zeit, in der die nachgeschaltete Produktion mit dem nur äußerst knapp bemessenen Vorrat an Papierbrei weiterarbeiten konnte. Es lag also an der Geschicklichkeit der Monteure, die Förderbandanlage und damit die Papierproduktion so rasch wie möglich wieder ans Laufen zu bringen. Wenn es ihnen nicht gelang, würde die gesamte Papierproduktion zum Erliegen kommen. Der Firmenleitung brannte daher die Zeit unter den Nägeln, und man machte den Arbeitern ganz schön Druck. Und dieser Zeitdruck konnte dazu führen, dass sie unvorsichtiger wurden. Umso mehr mussten wir achtgeben, um diese Monteure bei ihrer gefährlichen Arbeit so zu schützen, dass sie auf keinen Fall Verbrennungen oder gar Schlimmeres erlitten. Ich schärfte meinen Männern daher höchstmögliche Wachsamkeit ein.

Sebastian Datema löste das Siegel seiner Atemschutzmaskendose, zog die schwarze Atemschutzmaske heraus und hängte sie sich um den Hals. Den Pressluftatmer hatte er sich bereits auf den Rücken geschnallt. Unmittelbar neben ihm bereitete sich sein Truppmann Meico Rosendahl vor. Allerdings zog er seine Atemschutzmaske schon über den Kopf. Sebastian, der das sah, stieß ihn an.

»Eh, Meico, jetzt wart doch mal ab. Vielleicht brauchen wir die Maske gar nicht.«

»Meinst du?«

Sebastian deutete demonstrativ auf seine Uhr, die verborgen unter dem Ärmel seiner dicken HuPF-Jacke am Handgelenk saß. »Hast du mal geguckt, wie lange wir hier schon tätig sind?«

Meico zuckte gleichgültig mit den Schultern und zog, ungeachtet des Einwands, die Gummibänder der Maske stramm. Sebastian griff unschlüssig nach seiner Maske.

»Da drinnen qualmt es immer noch«, gab Meico zu bedenken. Seine Stimme klang unter der nunmehr fest sitzenden Maske dumpf und verfremdet.

Es qualmte tatsächlich noch immer. Allerdings hatte der Brandrauch dank unseres massiven Wassereinsatzes enorm nachgelassen. Etwas über eine halbe Stunde war bisher vergangen, und von unserer Warte aus durften wir mit dem Ergebnis zufrieden sein. Seit wir die Sicherung der Arbeiten an dem brennenden Transportband übernommen hatten, war es zu keinem befürchteten Zwischenfall gekommen. Die arbeitenden Monteure hingegen waren weniger zufrieden, denn sie kämpften mit ständig neuen Problemen. Durch die hohen Brandtemperaturen hatten sich verschiedene Metallteile verzogen, Rollen klemmten, Schrauben ließen sich nicht lösen, und die ganze Arbeit gestaltete sich viel schwieriger als erwartet. Während wir, hochgerüstet durch unsere Atemschutzgeräte, bedenkenlos den immer aufs Neue hervorquellenden Rauchschwaden trotzen konnten, mussten sich die Monteure jedes Mal, wenn der Qualm zu dicht wurde, zurückziehen. Meines Erachtens atmeten die Männer dennoch zu viel von den ungesunden Brandgasen ein. Ich sah lediglich einen einzigen Arbeiter, der zumindest den Versuch unternahm, sich zu schützen, indem er sich einen Staubfilter vor Mund und Nase gebunden hatte – eine allerdings völlig unzureichende Maßnahme. Unter dem Strich hustete er genau wie seine übrigen Kollegen, die die ungesunde Luft ignorierten und sich weiterhin alle erdenkliche Mühe gaben, das Förderband wieder flott zu kriegen. Sie arbeiteten mit Hochdruck an zwei Stellen zugleich. Im unteren Bereich, wo das Förderband in der Horizontalen lief beziehungsweise im Moment stillstand, mühten sich zwei Männer mit der Demontage der Blechverkleidung ab. Unter normalen Bedingungen genügte dafür ein 19er Ringschlüssel, jetzt reichte der nicht aus, und sie mussten schwereres Gerät einsetzen. Getreu dem Motto »Gewaltig ist des Schlossers Kraft, wenn er mit der Verläng'rung schafft« hantierten sie mit aufgesteckten Rohren, dicken Schlosserhämmern und stabilen Brechstangen.

Rumms!

Krachend schepperte ein weiterer Meter von der dickwandigen Blechverkleidung auf den längst pladdernassen Hallenboden. Dadurch trat erneut Luftsauerstoff in die freigelegte bräunlich schwelende Masse aus Fett und Papierfaserstoffen ein. Aber ehe die dunkelrote Glut richtig aufflammen konnte, hielt der bereitstehende Feuerwehrmann mit seinem Sprühstrahl drauf. So ging das schon die ganze Zeit, und zwar zu beiden Seiten des Förderbands. Meter um Meter wurde von den Monteuren freigelegt, und meine Männer löschten jedes Mal die neu aufbrechenden Glutnester. Und noch war kein Ende dieser Aktion abzusehen.

Die zweite Arbeitsstelle befand sich unmittelbar unterhalb des Einlasses zu dem großen Kochkessel für den Papierbrei. Nach mehreren vergeblichen Versuchen, das Förderband mit konventionellem Handwerkszeug wieder freizubekommen, entschlossen sich die Monteure zu einer radikaleren Methode.

»Paule! Hol mal 'nen Schweißbrenner!«

Paule, ein Mittvierziger, der hammerschwingend auf einer klapprigen Leiter unterhalb des Kessels stand, kletterte schweigend die Stufen herunter.

»Was haben Sie vor?«, fragte ich den Monteur, der seinen Mitarbeiter Paule losgeschickt und folglich hier das Sagen hatte.

»Sehen Sie die Ecken da oben?« Er leuchtete in einen inzwischen freigelegten dunklen Winkel knapp unterhalb des Kessels.

Ich nickte. In dem Gewirr aus Metallverstrebungen hatten sich gleich mehrere, ebenfalls aus solidem Stahl bestehende Abstandshalter krumm gezogen.

»Die müssen wir abbrennen, sonst wird das nix.«

»Und wenn Sie den Stahl nur warmglühen und dann wieder richten?«

»Können Se vergessen. Da oben ist es so eng, da kann keiner mit 'nem Hammer arbeiten.« Und wie um sich selbst zu bestätigen, schüttelte er missbilligend den Kopf.

»Nee, nee, die Dinger müssen weg. *Paule!* Wird das heute noch was?«

Ich spürte, dass die Nerven bei den Männern langsam blank lagen. Der Druck, der auf ihnen lastete, war aber auch enorm, und mit jeder weiteren Minute, die verstrich, ohne dass es ihnen gelang, das Förderband wieder flottzumachen, rückte die drohende Stilllegung der Gesamtproduktion unaufhaltsam näher.

Endlich kam Paule mit dem Azetylenschweißgerät angerattert. Die riesigen Metallräder des Flaschenwagens holperten über den Betonfußboden. Drei Minuten später stand er wieder auf der klapprigen Leiter und verrenkte sich in geradezu artistischen Verbiegungen seine Wirbelsäule, um mit dem Schweißbrenner die bewussten Ecken zu erreichen. Die Leiter lehnte dabei gegen ein halbhohes Metallgeländer. Ihr Kipppunkt war weit überschritten, und Paule stand auf den überstehenden Sprossen. Ich schätzte ihn auf mindestens 90 Kilogramm. Damit er nicht mitsamt der Leiter in den Abgrund hinabstürzte, hielt einer seiner Kollegen die Leiter fest. Mit Grauen beobachtete ich das leichtsinnige Unterfangen. Jede von Paules halsbrecherischen Verrenkungen ließ die Leiter gefährlich hin- und herrutschen. Sein Kollege stabilisierte sie nur mit der Muskelkraft seiner Arme, war aber kaum in der Lage, das kritische Hin- und Herrucken aufzufangen. Wehe, wenn der massige Paule sich da oben noch heftiger bewegte ... Ich wollte gar nicht daran denken und positionierte vorsorglich einen zusätzlichen Trupp. Es waren Sebastian und Meico.

»Packt mal mit an, sonst schmiert der uns gleich noch ab.«

Im Grunde war die Sicherung der Leiter weder unsere Aufgabe, noch stand es mir zu, den Monteuren Vorschriften zu machen, wie sie ihre Arbeiten auszuführen hatten. Aber offenen Auges mit anzusehen, wie sich jemand leichtsinnig ins Unglück stürzte, war auch nicht mein Ding. Sebastian und Meico sahen das genauso und griffen beherzt zu. Würde ein Verantwortlicher hier die strengen Maßstäbe der Unfallverhütungsvorschriften anwenden, so war unser Vorgehen in diesem Fall bestimmt nicht korrekt, aber zumindest war die Arbeit auf der Leiter jetzt nicht mehr ganz so lebensgefährlich.

Paule öffnete die Ventilschrauben des Schweißbrenners. Zischend strömte das Azetylen-Sauerstoff-Gemisch aus der Kupferdüse. Den Brenner in der linken, ratschte er mit dem Daumen der rechten Hand über das Rädchen seines Feuerzeugs. Der Feuerstein sprühte Funken. Ein kleines bläuliches Flämmchen flackerte auf, und sofort entzündete sich die große Flamme des Brenners. Paule klappte die dunklen Schutzgläser seiner Schweißerbrille herunter und wärmte das Metall vor. Es dauerte nur den Bruchteil einer Sekunde, da verbrannte die über 3000 Grad heiße Gasflamme den Schutzanstrich in einem schwarzen Rauchfähnchen. Wenige Sekunden darauf verfärbte sich die Baustahlecke von einem Dunkelkirschrot in ein Hellrot. Bei 1300 Grad schmolz Roheisen. Kurz bevor das aus St37 bestehende Metall weißglühend wurde, drehte Paule an dem Schweißbrenner eine weitere Rändelschraube auf. Der erfahrene Metaller verstand sein Handwerk. Wie mit einem Messer durchtrennte der zusätzlich ausströmende Schneidsauerstoff den verflüssigten Stahl. Unzählige heiße Schweißperlen fielen, wie ein bengalisches Feuerwerk verglühend, in den dunklen Abgrund. Zuletzt folgte die abgetrennte, extrem heiße Metallecke.

Sebastian und Meico, die in der unmittelbaren Nähe des Funkenregens standen, waren dank ihrer feuerfesten Ausrüstung gut geschützt. Außerdem trugen sie ihren Feuerwehrhelm und hatten vorsorglich das Visier heruntergeklappt. Paules Kollege hingegen, der die Leiter anfänglich alleine gesichert hatte, war bei Weitem nicht so gut geschützt. Nachdem sich von oben der Funkenregen ergoss, schrie er plötzlich auf. Eine der glühenden Schweißperlen war ihm unter den Hemdkragen gefallen und brannte ein schmerzhaftes Loch in die Nackenhaut. Mit dem Aufschrei fasste er sich mit beiden Händen reflexartig auf die schmerzende Stelle. Zwangsläufig löste er dazu den festen Griff seiner Hände um die Leiterholme, sodass Sebastian Paules ganzes Gewicht alleine halten musste. Und das war durch die Hebelwirkung des über ihm stehenden Mannes überproportional groß.

Hinter den dunklen Gläsern seiner Schutzbrille kniff Paule die Augen zusammen und blinzelte in das gleißende, flüssig gewordene Metall. Der druckvoll ausströmende Schneidsauerstoff trennte die Metallecke sauber von der Stahlkonstruktion. Als die Ecke in die Tiefe fiel, riss Paule seinen Kopf gerade noch rechtzeitig zur Seite. Unmittelbar darauf hörte er seinen Kollegen schmerzhaft aufschreien. Erschrocken glaubte er, das heiße Metallstück hätte ihn getroffen, was Paule wiederum zu einer äußerst heftigen Bewegung auf der Leiter veranlasste. Die Leiter ruckte gefährlich zur Seite. Mit schreckverzerrtem Gesicht klammerte sich Paule an einen Leiterholm. Den Schneidbrenner mit der brennenden Gasflamme hielt er, Gott sei Dank, weiterhin fest. Nicht auszudenken, wenn dieser mit der weit über 1000 Grad heißen Flamme auf die Männer hinabgestürzt wäre.

Mit der Konzentration war das so eine Sache. Da stand man nun, beide Hände um die Leiterholme gelegt, unten einen Fuß zusätzlich dagegengestützt und … stand eben und hielt. Drei Männer, die eine Leiter sicherten – was sollte da schon schiefgehen? Doch dann passierte das Unerwartete. Urplötzlich ließ der Mittelmann los, griff sich laut aufschreiend über die Schultern und stieß bei seiner spontanen Bewegung den rechts neben ihm stehenden Meico zur Seite. Im selben Moment erfuhr die Leiter von oben einen gewaltigen Ruck. Der nunmehr ungesicherte Leiterholm hob vom Boden ab, und die Leiter mitsamt dem darauf stehenden Paule rutschte zur Seite.

Sebastian spürte einen harten Ruck in beiden Armen und wie sich der Leiterholm von seinem Fuß wegdrehte. Im Bruchteil einer Sekunde erfasste er, was geschehen war, und reagierte.

Wie viele hätten verzweifelt versucht, alleine die Leiter zu halten? Sie alle wären grauenvoll gescheitert. Nicht mal der kräftigste Mann wäre in der Lage gewesen, die kippende Leiter alleine zu halten. Zu hoch war der Schwerpunkt, zu lang der Hebelarm. Der Mann auf der Leiter wäre unrettbar verloren gewesen. Sebastian erkannte das und entschied sich für die einzig richtige Lösung. Er stieß den schreienden Arbeiter, der im Moment völlig nutzlos war, zur Seite, sodass sein rechter Arm Freiraum gewann. Während die linke Hand weiterhin wie eine eiserne Klammer den gefährlich wankenden Leiterholm packte, fasste er blitzschnell mit der rechte Hand nach dem aus dem Gleichgewicht geratenen Meico und riß ihn zurück an die Leiter.

Keinen Moment zu spät! Meico hatte die Gefahr, Gott sei Dank, sofort erkannt und griff geistesgegenwärtig zu. Pures Adrenalin schoss durch die pulsierenden Adern der beiden Feuerwehrmänner. Mit vereinten, fast übermenschlichen Kräften gelang es ihnen, die außer Kontrolle geratene Leiter zu bändigen.

Sekunden später stand Paule mit wackligen Knien neben ihnen am Boden. Kaum jemand hatte den kritischen Vorfall mitbekommen. Meico winkte mich heran und erzählte mir, was geschehen war. Paule stand daneben und sagte kein Wort. Er war immer noch blass um die Nase, trotzdem wollte er wieder auf die Leiter.

Sein Vorarbeiter kam hinzu. »Was ist los? Schon fertig?«

Ich zeigte auf die Leiter. »Wir brauchen eine andere Leiter. Das Ding ist ja tödlich. Sie haben doch sicher was Besseres.«

Der Vorarbeiter schüttelte den Kopf. »Nee, das ist unsere einzige.«

In diesem Moment tauchte Michael Gross auf. In seiner rechten Hand trug er eine grundsolide mehrstufige Klappleiter, die er vor uns hinstellte. »Hier, nehmt die. Ist von unserem LF.«

Ich sah ihn fragend an: »Woher weißt du ...?«

»Ich hab das eben mitbekommen, stand nur zu weit weg, um noch rechtzeitig eingreifen zu können. Danach dachte ich mir, dass eine vernünftige Leiter vielleicht nicht das Schlechteste wäre.«

Die Leitern wurden ausgetauscht, und Paule, der sich erstaunlich rasch von seinem gerade noch gimpflich verlaufenen Unglück erholt hatte, setzte seine Arbeit fort. Diesmal schaffte er es ohne besondere Zwischenfälle. Trotzdem kostete ihn die schwierige Überkopfarbeit noch eine Menge Schweiß.

Nach zwei weiteren langen Stunden gelang es den Monteuren endlich, das beschädigte Förderband zumindest provisorisch wieder ans Laufen zu bringen. Der enorme Zeitdruck, unter dem sie dabei standen, war den Männern deutlich anzusehen. Um so bemerkenswerter war die Tatsache, dass sie die weiteren schwierigen Arbeiten ruhig und ohne Hektik verrichteten. Und die ganze Zeit standen wir sozusagen Gewehr beziehungsweise Schlauch bei Fuß in Bereitschaft. Stressig wurde es immer nur dann, wenn irgendwelche Herren in feinen Anzügen erschienen, um die Monteure mächtig unter Zeitdruck zu setzen. Und da wir Feuerwehrmänner ebenfalls Handwerker waren, verbrüderten wir uns stillschweigend mit den stressgeplagten Monteuren, die es schließlich noch vor Ablauf der kritischen Zeit schafften, die Produktion wieder in Gang zu bringen.

Für uns bedeutete dies gleichzeitig das Ende unserer Sicherungsmaßnahmen, und es ging wie bei jeder Einsatzstelle ans Aufräumen: Schläuche aufrollen, Gerätschaften verstauen und – gemeinschaftlich mit den zufrieden strahlenden Monteuren – mit einem kühlen Schluck Mineralwasser auf das gelungene Ende dieser Aktion anstoßen.

Tour Infernale

In Wuppertal rauchten einige Köpfe. Peter Fichte, seines Zeichens Sparkassenfachwirt und Radiomoderator, hatte die wichtigsten Männer der Feuerwehr Wuppertal zu einer Besprechung zusammengetrommelt.

Seit Wochen schon feilte er an dem Konzept einer »Tour Infernale«, bei der jede Kleinigkeit bedacht werden musste. Es sollte eine Bustour für fünf verschiedene Tage organisiert werden, wie es sie zuvor noch nie in Deutschland gegeben hatte. Seit Wochen schon hingen überall in der Stadt Plakate aus, und sogar in den regionalen Medien wurde ordentlich die Werbetrommel gerührt. 15 Euro sollte die etwa dreieinhalb bis vierstündige Tour kosten. Ein Freigetränk und eine Laugenbrezel, welche die Teilnehmer beim abschließenden gemütlichen Beisammensein im Wuppertaler Brauhaus zum Verzehr erhielten, waren inbegriffen. Für diesen Preis wollte man dem Publikum aber auch etwas ganz Besonderes bieten, und so hatten sich die Kameraden der Wuppertaler Feuerwachen einige teils spektakuläre Dinge ausgedacht. Die Anforderungen an alle Beteiligten waren dementsprechend hoch.

Obwohl Thomas Helbig, der Geschäftsführer der Buchhandlung Koendgen, schon etliche Events in seiner Barmener Filiale über die Bühne gebracht hatte, konnte er sich einer gewissen Nervosität nicht entziehen. Was sie hier planten, war etwas völlig Neues: eine Bustour, die die Teilnehmer zu verschiedenen Stationen bringen sollte, an denen sie nicht nur passiv, sondern zum Teil auch aktiv tätig werden konnten. Auch das Thema Feuerwehr stellte für ihn eine schwer zu kalkulierende Größe dar. Würden sich genügend Teilnehmer einfinden, oder musste er Sorge haben, auf seinen Kosten sitzenzubleiben? Nur gut, dass die beteiligten Wuppertaler Feuerwachen die ganze Sache als willkommene Gelegenheit zur Öffentlichkeitsarbeit betrachteten und ihren Part daher kostenfrei durchführten. Und das Honorar für den Buchautor Martin Meyer-Pyritz, der zwischen den einzelnen Stationen aus seinen Feuerwehrbüchern vorlesen sollte, war auch akzeptabel.

Thomas Helbig sah sich in der Runde um. Ihm gegenüber saß Siegfried Brötsch, der Chef der Wuppertaler Feuerwehr, rechts daneben der Pressesprecher Peter Schnell und einen Stuhl weiter Axel Friß, der Geschäftsführer der Wehr. Helbig kannte die Männer recht gut, wie er überhaupt einen guten Draht zu seiner Wuppertaler Feuerwehr hatte. Letztendlich hatte dieser Umstand mit dazu beigetragen, dass er sich für die außergewöhnliche Idee hatte begeistern lassen.

Peter Fichte fasste gerade noch einmal das endgültige Konzept zusammen. Dabei strahlte er eine bemerkenswerte Sicherheit und Zuversicht aus, die auf den Geschäftsführer der Buchhandlung Koendgen beruhigend wirkte.

Wird schon klappen, sagte sich Thomas Helbig und brachte seinerseit noch einen Vorschlag ein, der ihm in den letzten Tagen in den Sinn gekommen war.

»Unter den Teilnehmern der Bustour Rauchmelder verlosen – eine geniale Idee.« Die anwesenden Feuerwehrmänner waren sofort Feuer und Flamme.

Wochen später befand ich mich auf dem Weg nach Wuppertal-Elberfeld. Eigentlich müsste ich Lampenfieber haben, da die heute anstehende Bustour auch für mich eine Welturaufführung bedeutete. Dennoch war ich erstaunlich ruhig, als ich spätnachmittags gegen halb sechs Uhr in meinem Audi A2 über die Autobahn fuhr. Ja, Sie haben richtig gelesen – da steht tatsächlich Audi A2 geschrieben. Von meinem ansonsten zuverlässigen Mercedes hatte ich mich nämlich schweren Herzens getrennt, nachdem an allen Ecken und Enden der Rost durchgebrochen war.

An diesem Abend um Punkt sieben Uhr sollte die erste Bustour mit dem vielversprechenden Namen »Tour Infernale« starten. Ausgangspunkt war die Buchhandlung Koendgen in Wuppertal-Elberfeld. Natürlich war ich darüber informiert, was an den verschiedenen Stationen geschehen sollte, die wir anfahren würden. Details allerdings waren im Vorfeld auch mir nicht verraten worden.

»Sie sollen schließlich auch noch ein bisschen Kribbeln verspüren«, erklärte man mir lachend am Telefon.

Okay, es kribbelte, aber richtiges Lampenfieber hatte ich nicht. Schließlich war dies ja nicht meine erste Lesung vor Publikum, wenngleich es auch eine reichlich ausgefallene werden würde. Zu diesem Zweck hatte ich mein erstes Buch »Der Feuerwehrmann« mitgenommen, aus dem ich heute vorlesen wollte. Mittlerweile ein Klassiker.

Nachdem ich den Wagen auf dem Hof der Buchhandlung geparkt hatte, ging ich erwartungsvoll an den Schaufenstern vorbei. Würde alles reibungslos funktionieren? Waren genügend Karten verkauft worden, um den Bus zu füllen?

Ich war viel zu früh, aber auf der Wuppertaler Autobahn gab es oft Staus, und wie sähe das denn aus, wenn der Autor zu seiner eigenen Tour zu spät käme? Okay, ich war also doch nervös. Na und?, versuchte ich mich zu beruhigen. Es gab große Künstler, die behaupteten, dass man sein Publikum nicht mehr begeistern konnte, falls das Lampenfieber jemals aufhören sollte. Zumindest in dieser Hinsicht fühlte ich in jenem Moment eine Gemeinsamkeit mit großen Künstlern.

Apropos große Künstler. Wie schon erwähnt, war ich viel zu früh, und so richtete ich mein Augenmerk auf die Schaufensterauslagen. Günter Grass' neuester Roman »Beim Häuten der Zwiebel« war sehr gut präsentiert – ein halbes Schaufenster nur Günter Grass! Ich verharrte eine Weile in erfürchtigem Staunen. Plötzlich sprach mich jemand an.

»Hallo, Herr Meyer-Pyritz. Auch schon so früh hier?«

Ich blickte gedankenverloren auf und sah in ein mir unbekanntes Gesicht. »Hallo, guten Abend. Sollten wir uns kennen?«

»Sie mich vermutlich nicht, ich Sie aber schon.«

»Ah?«

Es folgte die Aufklärung. »Ich habe alle ihre bisherigen Bücher verschlungen, wirklich klasse geschrieben.«

Super, ein Fan. Es folgte eine nette Unterhaltung. »Und?« Mein Fan deutete auf den Grass. »Schon gelesen?«

Ich schüttelte den Kopf. »Grass ist nicht so mein Fall.«

»Na ja, ich bin auch mehr für anderes. Für ihre Feuerwehrbücher zum Beispiel.«

Wir lachten und schlenderten gemeinsam an den nächsten Schaufenstern vorüber. Als wir um die Hausecke bogen, wollte ich schon in die Buchhandlung hineingehen, da zog mich mein neuer Weggefährte ein Stück zur Seite.

»Haben Sie denn auch schon *ihr* Schaufenster gesehen?«

Wie, *mein* Schaufenster? Dann fiel mein Blick auf gleich zwei Schaufenster zum Thema Feuerwehr, und ich staunte nicht schlecht. Da standen tatsächlich alle meine Bücher in gleich zigfacher Ausführung, daneben hingen diverse Plakate, die unsere Tour ankündigten, und der gesamte Bereich war mit Utensilien der Feuerwehr ausgestattet worden. Ich war platt, denn das hatte ich nicht erwartet. Es sah einfach toll aus.

Peter Fichte kam auf mich zu. Er strahlte übers ganze Gesicht. »Na, wie gefällt Ihnen das?«

»Super! Ich hab ja gar nicht gewusst, dass …«

»Kommen Sie erst mal mit rein. Das ist noch lange nicht alles.«

Erwartungsvoll folgte ich ihm. In der Mitte des weitläufigen Geschäfts stand ein verglastes Diorama. Eine bis ins kleinste Detail nachgearbeitete Feuerwehreinsatzstelle zeigte die Brandbekämpfung eines großen Wohnhauses in der Wuppertaler Innenstadt. Es qualmte. Aus diversen Fenstern schlugen Flammen. Überall zuckten die Blaulichter zahlreicher Einsatzfahrzeuge. Mehrere ausgefahrene Drehleitern waren in Stellung gebracht worden. Strahlrohre wurden vorgenommen, Rettungsfahrzeuge waren vorgefahren, Schaulustige reckten die Hälse, und Polizisten sperrten die Einsatzstelle ab.

Ich war so fasziniert, dass ich fast den Präsentationswagen übersehen hätte, auf dem meine Bücher lagen. Daneben stand hoch aufgerichtet, als steckte ein lebender Feuerwehrmann in ihm, mein silberglänzender Flammschutzanzug, den ich der Buchhandlung Koendgen zur Verfügung gestellt hatte.

Jetzt begrüßte mich auch Herr Helbig. »Und, zufrieden?«

»Über alle Maßen«, erklärte ich freudestrahlend.

»Wir haben uns aber auch mächtig ins Zeug gelegt. Und der Wettergott meint es anscheinend ebenfalls gut mit uns.«

Wir konnten zufrieden sein. Trotz der vorgerückten Stunde herrschten immer noch milde Sommertemperaturen, sodass wir die besten Voraussetzungen für unsere unmittelbar bevorstehende »Tour Infernale« hatten.

»Ich hätte übrigens noch viel mehr Karten verkaufen können«, sagte Herr Helbig strahlend. »Wir hatten weit mehr Anfragen als Sitzplätze.«

»Na ja«, meinte Peter Fichte, »einen ganzen Schwung haben wir ja auch den Pressevertreten überlassen müssen.«

»Presse?«

»Natürlich. Ich sagte doch, dass die Presse dabei sein würde. Sie werden staunen, wer alles mitfährt.«

Noch mehr als ich würden jedoch die Teilnehmer über das Programm staunen, das ihnen geboten würde. Meine Wuppertaler Feuerwehrkameraden würden sich nämlich mächtig ins Zeug legen.

Die Tour begann. Zuerst fuhr der hochmoderne Reisebus, der bis auf den letzten Platz besetzt war, aus der Innenstadt hinaus. Plötzlich ertönte hinter uns das markante Starktonhorn eines näher kommenden Feuerwehrfahrzeugs. Tatütata! Das LF rauschte an unserem Bus vorüber und bog weiter vorne in eine kleine Seitenstraße ein.

Peter Fichte unterbrach meine Lesung und nahm das Mikrofon. »Meine Damen und Herren. Jetzt ist genau der Fall eingetreten, den ich eigentlich nicht haben wollte. Die Feuerwache, zu der wir gerade unterwegs sind, hat einen Realeinsatz bekommen. Ich sehe da vorne Rauch aufsteigen, da muss also irgendetwas passiert sein. Wenn Sie einverstanden sind, frag ich mal den Chef der Wuppertaler Feuerwehr, den wir ja an Bord haben, ob wir unsere Tour kurz unterbrechen dürfen, um zu sehen, was dort geschehen ist.« Er wechselte einige Worte mit dem Feuerwehrchef und sprach wieder in das Mikro. »Okay, der Feuerwehrchef hat grünes Licht gegeben, vorausgesetzt wir leisten seinen Anordnungen Folge und stehen den Einsatzkräften nicht im Weg. Was sollen wir also machen?«

»Hinterher! Hinterher!«, rief der ganze Bus.

Jetzt wurde es spannend. Von nun auf gleich verwandelte sich unsere Tour in eine wahre »Tour Infernale«. Unser Busfahrer setzte den Blinker und bog ebenfalls in die kleine Seitenstraße ein. Rechts, knapp 50 Meter weiter voraus, brannte ein frei stehendes Fachwerkhaus. Die Feuerwehrmänner hatten schon einen Hydranten angeschlossen und rollten ihre roten Schlauchleitungen aus. Die Teilnehmer der »Tour Infernale« verließen den Bus, hielten sich aber in gebührendem Abstand.

Feuer schlug aus einem Fenster der ersten Etage. Plötzlich ging das Gerücht um, dass sich noch jemand in dem brennenden Haus befand. Mehrere Feuerwehrmänner drangen unter Atemschutz in das Gebäude ein, was nicht ungefährlich war. Alte Bausubstanz brannte verdammt gut. Es knisterte gewaltig. Aus der Eingangstür drang dichter dunkler Malm. Ein Trupp stieg über eilig herbeigetragene Steckleiterteile in ein Fenster der ersten Etage. Ein weiterer Trupp lief tief gebückt durch die Eingangstür in das Haus, wobei die Männer einen C-Schlauch mit sich führten.

Nachdem beide Trupps im Haus verschwunden waren, ertönte ein dumpfer Knall. Ein Raunen ging durch die Menge, Funken sprühten aus dem Dach. Dann brannte auch die verzinkte Dachrinne. Einige ältere Zuschauer wurden unruhig. Da! Die Feuerwehrmänner, die unten durch die Tür eingedrungen waren, kehrten zurück. Sie trugen einen leblosen menschlichen Körper, legten ihn in sicherer Entfernung vor dem brennenden Haus auf die Wiese. Sofort kamen Rettungsassistenten mit großen silbernen Koffern herbeigelaufen und übernahmen die bewusstlose Person. Oder sollte sie gar tot sei? Zumindest scheiterten alle Versuche, dem Patienten wieder Leben einzuhauchen.

Aber wen wunderte es … Die näher stehenden Teilnehmer hatten längst bemerkt, dass die bewusstlose Person lediglich eine lebensgroße Übungspuppe war. Und schnell verbreitete sich die Erkenntnis, dass die Feuerwehr nur für uns diese gut angelegte Inszenierung geplant hatte. Jetzt stieg auch der Trupp über die Leiter wieder aus dem Fenster. Spontaner Applaus brandete auf. Mutig gewordene Amateurfilmer und Presseleute mit gewaltigen Kameras auf ihren Schultern preschten jetzt vor, nachdem der Wuppertaler Feuerwehrchef über ein Megafon allgemeine Entwarnung gegeben hatte.

Der Pyrotechniker, ebenfalls ein Feuerwehrmann, der das Ganze so wirklichkeitsgetreu in Szene gesetzt hatte, sah sich umringt von Reportern, und die Teilnehmer der Tour durften auch einmal beherzt mit dem Strahlrohr auf die Flammen halten. Das erste Highlight der Tour wollte kaum ein Ende finden, aber schließlich ging es doch weiter zur nächsten Station, wo uns die nächste spannende Vorführung erwartete.

Zurück im Bus meldete sich jedoch zunächst wieder der Moderator: »Liebe Tourteilnehmer, das war ja gerade ziemlich echt und ungemein spannend. Ich hoffe, unser Autor kann Sie nach dieser sehr realen Einsatzübung überhaupt noch für seine Geschichte begeistern. Wünschen Sie, dass er weiterliest?«

Ein einstimmiges lautes »Jaaa!« fegte alle Zweifel weg.

Nach zehn Minuten erreichten wir die nächste Feuerwache. Inzwischen war es dämmrig geworden, sodass die Tourteilnehmer eine Fettexplosion umso eindrucksvoller erlebten.

Ein Feuerwehrmann erklärte: »Stellen Sie sich vor, Sie haben eine Bratpfanne auf dem Herd unbeaufsichtigt stehen gelassen. Als Sie kurze Zeit später wieder in Ihre Küche zurückkommen, hat sich das in der Pfanne befindliche Fett überhitzt und brennt lichterloh. In ihrem ersten Schreck greifen Sie nach einem vollen Wassergefäß. In der löblichen Absicht, die Flammen zu löschen, gießen Sie das Wasser in das brennende Fett. *Halt!* Tun Sie das niemals!« Er legte eine kurze Kunstpause ein und fuhr warnend fort: »Ein einziger Liter Wasser ergibt 600 Liter Wasserdampf! Was passiert, wenn man versucht, überhitztes oder brennendes Fett mit Wasser zu löschen, werden wir Ihnen jetzt demonstrieren. Ich bin sicher, danach wird jeder von Ihnen verstehen, warum man solche Fettbrände in der Küche niemals mit Wasser löschen darf.«

Wir gingen hinaus ins Freie. Die Teilnehmer der Tour standen etwas erhöht im Halbkreis auf der Wiese und verfolgten gespannt, wie sich ein weiterer Feuerwehrmann mit einem kleinen Wassergefäß einem brennenden Fetttopf näherte. Der Fetttopf war kaum größer als eine mittlere Konservendose, und das Wassergefäß wurde am Ende einer langen Stange befestigt.

»Wie Sie sehen, trägt der Kollege die vollständige Feuerschutzbekleidung. Hallo, Sie! Ja, Sie ... Bitte gehen Sie wieder hinter die Absperrung. Was wir Ihnen jetzt vorführen, ist äußerst gefährlich. Mein Kollege wird gleich das Gefäß mit dem Wasser direkt in den brennenden Fetttopf schütten. Sie werden sehen, wie das Wasser im gleichen Moment schlagartig verdampft und das brennende Fett in einem Feuerball herausschleudert. In einem geschlossenen Raum wie einer Küche führt das in aller Regel zu fürchterlichen Verbrennungen. Im schlimmsten Fall kann es sogar tödlich enden.«

Nachdem sich der Mann mit dem Fotoapparat wieder hinter das rot-weiße Flatterband mit dem Aufdruck »Feuerwehr« zurückgezogen hatte, wurde es ernst. Der Feuerwehrmann schüttete das Wasser in das brennende Fett. Sofort schoss eine über sechs Meter hohe Stichflamme in den dunklen Abendhimmel. Gleichzeitig hüllte ein gewaltiger gelb-roter Feuerball von annähernd vier Metern Durchmesser den Feuerwehrmann ein. Dann fiel das ganze Szenario genauso schnell wieder in sich zusammen, wie es entstanden war. Trotzdem war es so eindrucksvoll, dass viele, die den Finger auf dem Auslöser ihrer Kamera hatten, vergaßen abzudrücken.

Dank seiner vorschriftsmäßig angelegten Schutzbekleidung war dem Feuerwehrmann nichts passiert. Er zog seinen Helm ab. Als die Person sich freundlich verbeugte, fiel ihr langes blondes Haar über die Schultern.

Das Publikum staunte, und der Moderator erklärte lächelnd: »Ja, meine Damen und Herren. Sie sehen, es gibt längst nicht mehr nur Männer bei der Feuerwehr. Wenn ich Sie jetzt in die Fahrzeughalle bitten darf. Unsere Jugendfeuerwehr hat für Sie eine kleine Modenschau vorbereitet. Unsere Jungs und Mädels werden Ihnen sämtliche Spezialbekleidungen vorführen. Vom normalen Feuerwehranzug, so wie ich ihn jetzt trage, bis hin zum Flammschutzanzug, mit dem wir sogar mitten durch das Feuer gehen könnten.« Und mit einem Augenzwinkern verkündete er: »Für diejenigen, denen es jetzt vielleicht etwas zu heiß geworden ist, bieten wir in unserer Fahrzeughalle kostenlose Getränke an. Außerdem haben Sie Gelegenheit, all unsere Fahrzeuge eingehend zu besichtigen. Überall stehen Kollegen von mir bereit, die Ihnen auch gerne Ihre Fragen beantworten.«

Es wurde wesentlich später als ursprünglich geplant. Noch zwei weitere Stationen erwarteten die Teilnehmer der »Tour Infernale«, die bei einem gemütlichen Zusammensein im Wuppertaler Brauhaus endete. Eine Brezel, ein Freigetränk und die Verlosung der Rauchmelder rundeten die Veranstaltung zur Zufriedenheit aller ab.

Fünfmal hatten wir die »Tour Infernale« in diesem Jahr durchgeführt. Jede wurde ein Riesenerfolg, und immer gab es neue Highlights. Nachdem das Feuerwehrmagazin wohlwollend über uns geschrieben hatte, reisten die Teilnehmer sogar aus weit entfernten Bundesländern an, um genau wie andere, die gleich mehrfach an den Touren teilnahmen, etwas zu erleben, was es so noch nie zuvor gegeben hatte. Die Nachfrage war so groß, dass wir noch wer weiß wie lange hätten weitertouren können. Aber es war schon spät im Jahr, und am Abend wurde es früher dunkel, sodass wir die Interessenten mit dem Versprechen trösteten, 2007 weitere Touren anzubieten.

Wieder legten sich meine Wuppertaler Kameraden mächtig ins Zeug. Und wer glaubte, ihn würde nichts Neues mehr erwarten, sah sich angenehm enttäuscht. Ich erkannte viele »alte« Gesichter, die sich schon lange auf die neue »Tour Infernale« gefreut hatten – auf eine fantastische Tour, bei der so manche neue Freundschaft entstand.

Falls jetzt jemand von Ihnen, liebe Leserinnen und liebe Leser, auf den Gedanken gekommen ist, solch eine Tour in seiner Heimatstadt ebenfalls durchzuführen, dem möchte ich Mut machen. Einfach und leicht wird es allerdings nicht werden, denn auch wenn sich das hier vielleicht so liest, es ist doch eine gewaltige logistische Herausforderung. Was Sie brauchen, sind die richtigen Partner und eine gehörige Portion Energie, um die umfangreichen Vorbereitungen zu bewältigen. Wenn Sie aber die vielfältigen kleinen und großen Hürden überwunden haben, wird Ihre Tour sicher erfolgreich laufen, und Sie werden sehr viel Freude haben.

Diejenigen, die ernsthaft gewillt sind, die »Tour Infernale« auch in der eigenen Stadt durchzuführen, können sich gerne bei Herrn Fichte oder bei mir melden.

Nachdem Sie nun etwas über die Gefährlichkeit von Fettbränden gelesen haben, möchte ich als Feuerwehrmann Sie auch über die richtigen Verhaltensweisen bei einem Küchenbrand informieren.

Eines direkt vorneweg: Eigene Löschversuche bergen immer Risiken. Natürlich wäre es am besten, wenn Sie nie mit solch einer kritischen Situation konfrontiert werden. Leider spricht die Statistik der Feuerwehren eine andere Sprache. Und auch meine eigene Berufserfahrung zeigt, dass es häufiger zu Fettbränden kommt, als gemeinhin angenommen wird. Jedes Mal wenn es passiert, geraten die Beteiligten gewaltig unter Stress.

Deshalb rate ich Ihnen dringend: Bewahren Sie auf jeden Fall Ruhe und halten Sie Ihre Küchentür geschlossen, damit der gefährliche Brandrauch nicht auch noch Ihre anderen Wohnräume beschädigt oder Sie gar selbst bedroht.

Falls Sie sich jetzt die Frage stellen, ab wann es für Sie denn so gefährlich wird, dass Sie keine eigenen Löschversuche mehr unternehmen sollten, empfehle ich folgende Hinweise: Ist Ihre Küche bereits so verqualmt, dass die Sicht stark beeinträchtigt ist, oder schlagen schon Flammen aus der Dunstabzugshaube? Dann sollten Sie die Küche nicht mehr betreten! Das gilt natürlich auch, wenn Ihre Küche bereits lichterloh brennt. In diesen Fällen kann nur noch die Feuerwehr helfen.

Jetzt bewahren Sie bitte die Nerven! Wenn es gefahrlos möglich ist, schalten Sie nach dem Anrufen bei der Feuerwehr die Sicherung aus, dann warnen Sie andere Mitbewohner und erwarten die Feuerwehr draußen auf der Straße. Wohnungs- oder Haustürschlüssel nicht vergessen!

Sollten Sie sich jedoch in weniger kritischen Fällen dazu entschließen, selber einzugreifen, decken Sie die brennende Fritteuse oder Bratpfanne mit einem Kochtopfdeckel oder einem Kuchenblech ab. Sind Sie professionell ausgerüstet, können Sie auch eine Löschdecke, einen CO2-Feuerlöscher oder einen speziellen Fettbrandlöscher einsetzen – all das gibt es im Fachhandel. Und vergessen Sie auch nicht, Ihren Herd auszuschalten!

Hier noch einmal die wichtigsten Warnhinweise:

Bei Fett keine Löschversuche mit Wasser unternehmen.

Eigene Löschaktivitäten nur bei noch beherrschbaren Entstehungsbränden versuchen.

Wer sich dazu jedoch nicht in der Lage fühlt, sollte umgehend die Feuerwehr unter der bundeseinheitlichen Rufnummer 112 anrufen.

Bei allem, was Sie bei einem Brand – egal welcher Art – auch unternehmen, sollten Sie sich immer von einem wichtigen Hauptgedanken leiten lassen: Gehen Sie keine unnötigen Risiken ein, denn Sie haben nur *ein* Leben zu verlieren!

Wir Feuerwehrleute sind entsprechend ausgebildet und mit den vielfältigen Gefahren vertraut. Wir verfügen über die notwendige Ausrüstung und wissen genau, wie wir wann vorgehen müssen. Sie hingegen tragen weder die sichere Schutzbekleidung eines Feuerwehrmannes noch ein Atemschutzgerät, das Ihre Lunge vor dem giftigen Brandrauch schützt. Manchmal genügen schon wenige Atemzüge, die man in der Nähe dieses Brandrauchs tut, um das Bewusstsein zu verlieren. Überhaupt stellt der Brandrauch eine wesentlich größere Gefahr dar als die Flammen selbst. Jedes Jahr kommen in Deutschland etwa 500 Menschen durch Brandrauch ums Leben. Nächtliche Wohnungsbrände sind dabei am gefährlichsten, denn nachts schlafen nicht nur wir, sondern auch unsere Nase. Das heißt, im Schlaf können wir den gefährlichen Brandrauch nicht riechen.

Als Feuerwehrmann empfehle ich Ihnen deshalb vorzubeugen: Schaffen Sie sich Rauchmelder an! Diese kleinen, einfach zu montierenden Geräte sind eine sinnvolle Investition und können Ihr Leben retten. Im Brandfall werden Sie von einem circa 85 bis 90 Dezibel starken, durchdringenden Signalton rechtzeitig geweckt. Rauchmelder werden inzwischen überall angeboten. Achten Sie jedoch beim Kauf auf Qualität. Gute Rauchmelder haben eine VdS-Zulassung, das heißt, sie sind geprüft nach prEN/ISO 12239. Außerdem haben sie eine Montagesperre bei nicht eingelegter Batterie, einen Testknopf zur regelmäßigen Überprüfung, eine Leuchtdiode, die die Funktionsbereitschaft anzeigt, und geben 30 Tage vor dem nötigen Akkuwechsel ein Warnsignal ab. Mein Tipp: Informieren Sie sich jetzt und in Ruhe, wie Sie im Brandfall vorgehen, damit Sie im Ernstfall nicht in Panik geraten. Viele Feuerwehren halten dazu kostenlose Broschüren bereit.

Ein entgleister Güterzug

Erhöht man die Temperatur eines Gases um ein Grad Celsius, so dehnt sich dessen Volumen um ein 273stel seines bisherigen Volumens aus. So besagt es das physikalische Gesetz nach Mariotte-Gay-Lussac. Nun, ein 273stel Volumenausdehnung ist ja nicht gerade die Welt, mögen viele denken. Aber: Solange sich ein Gas in der freien Atmosphäre befindet, stellt die Temperaturerhöhung, zumindest was die Ausdehnung betrifft, in der Tat kein Problem dar. Wenn sich dasselbe Gas jedoch in einem geschlossenen Metallbehälter befindet und wenn der Behälter überdies einer hohen Temperatur ausgesetzt wird, wie dies bei einem Brand der Fall ist, dann kann die Sache kritisch werden.

Etliche solcher Gase finden wir in unserem täglichen Leben wieder. Viele von ihnen werden in handelsüblichen Druckgasflaschen transportiert. Denken wir nur an die dickbauchigen roten Propangasflaschen, deren Gas, in flüssiger Form transportiert, den meisten Campingfreunden bekannt sein dürfte, oder an die schlanken Azetylengasflaschen, die von Metallfacharbeitern in Kombination mit ebenso geformten Sauerstoffflaschen als Schweißgas beim Autogenschweißen genutzt werden. Der für alle Lebensvorgänge notwendige medizinische Sauerstoff kommt in besonders reiner Form ebenfalls in solchen Metallflaschen in den Handel. Hauptabnehmer dieser in unterschiedlichen Größen angebotenen Druckgasflaschen sind Krankenhäuser, Arztpraxen und Rettungsdienstorganisationen.

Für alle, die damit umgehen, gilt die Druckgasverordnung. Darin sind Sicherheitsstandards für die Herstellung, den Transport, die Lagerung und die Handhabung festgelegt. Wegen der vielfältigen Gefahren, die mit dem unsachgemäßen Umgang mit solchen Gasflaschen einhergehen können, sind gewisse Grundkenntnisse unbedingt erforderlich.

Aber nicht immer werden die Richtlinien für den Umgang mit verdichteten Gasen in Stahlflaschen eingehalten, und daher kommt es immer wieder zu folgenschweren Unfällen, die nicht selten tödlich enden. Meist liegt die Ursache in menschlichem Fehlverhalten, manchmal löst aber auch eine Kette von unglücklichen Umständen ein Geschehen aus, mit dem niemand gerechnet hätte. Eine solche Verkettung, die beinahe in einer Katastrophe geendet hätte, ereignete sich im Sommer 2006.

Es war ein besonders heißer Samstagvormittag. Der Rangiermeister und Kolonnenführer Fritz Bonner blinzelte in das gleißende Sonnenlicht und wischte sich mit dem Ärmel seines Blaumanns den Schweiß von der Stirn. Dann warf er einen verzweifelten Blick auf die Frachtpapiere in seiner Hand, kratzte sich seinen kurz geschorenen Kopf und fluchte leise in seinen Dreitagebart. Nachdem er die Papiere zum wiederholten Male durchgesehen hatte, fand er, dass die Arbeit, die man ihm und seiner Truppe aufgetragen hatte, überhaupt nicht zu schaffen war. Darüber konnte auch nicht der Zuschlag für Wochenendarbeit hinwegtrösten, zumal der in den letzten Jahren ohnehin arg gekürzt worden war.

»Die haben doch ein Rad ab«, fluchte Bonner. 40 Waggons nur für diesen einen Zugverband, die anderen gar nicht mitgerechnet. Der Rangiermeister schüttelte verärgert den Kopf, als ihn jemand von hinten ansprach.

»Chef!«

Grimmig drehte er sich um und blickte in das unnatürlich gerötete Gesicht seines Rangierhelfers Achmed Hakan.

»Was willst du denn jetzt schon wieder?«, stieß er mürrisch hervor.

Hatte er nicht erst vor 20 Minuten den Arbeitern ihre Aufgaben zugewiesen? Und schon kam dieser Achmed wieder angedackelt. Bonner bedachte den schmalbrüstigen Arbeiter mit einem missbilligenden Blick.

»Tut mir leid, Chef«, jammerte der, »aber mir geht es wirklich nicht gut.«

Erst jetzt bemerkte Bonner Achmeds hochroten Kopf. »Wohl gestern Abend zu viel gesoffen, wie?«

In Bonners Stimme schwang deutlich ein abfälliger Unterton mit. Dabei wusste er genau, dass Achmed ein strenggläubiger Moslem war und schon deshalb keinen Alkohol trank. Obwohl es überhaupt keinen Grund für solch ein beleidigendes Verhalten gab, provozierte Bonner Achmed, wo immer er konnte, so auch jetzt.

Achmed, der seinen cholerischen Kolonnenführer fürchtete und natürlich genau wusste, dass der ihn nicht leiden konnte, nahm all seinen Mut zusammen und antwortete zerknirscht: »Sie wissen genau, dass ich keinen Alkohol trinke, Chef.«

»So ...?« Bonners Stimme wurde noch einen Zacken fieser, und sein dicker wurstiger Zeigefinger deutete demonstrativ auf Achmeds Kopf. »Und woher hast du dann so eine knallrote Birne? He?«

Achmed schluckte die aufkommende Wut hinunter und presste mühsam hervor: »Chef, es geht mir wirklich nicht gut.«

Der Kolonnenführer unterbrach ihn unwirsch und schnauzte den armen Mann an, weil er seinen Arbeitsplatz wegen einer Lappalie verlassen hätte, wie er meinte.

Achmed wollte sich rechtfertigen, aber er kam nicht mehr dazu. »Ich ... Oh, verdammt, es geht schon wieder los.«

Urplötzlich beugte er sich vornüber und würgte krampfartig. Dann kotzte er sich buchstäblich die Seele aus dem Leib. Das ging so schnell, dass Bonner keine Zeit mehr hatte, sich in Sicherheit zu bringen. Im selbem Moment, als er entsetzt zurücksprang, war das Malheur schon passiert. Achmeds Erbrochenes spritzte unmittelbar vor Bonners Füße auf die grauen Schottersteine des Gleisbetts und ... über dessen Arbeitsschuhe.

Der Rangiermeister starrte zuerst ungläubig nach unten, dann auf Achmed, und seine Schläfenschlagadern schwollen vor Wut deutlich an. Schließlich polterte er los: »Achmed, du alte Drecksau! Guck nur, was du mit meinen Schuhen gemacht hast!«

Aber Achmed hatte weder einen Blick für die Schuhe seines Chefs noch ein Ohr für die Schelte, die wie Schläge auf ihn niederging. Ihm war einfach nur hundeelend zumute. Er musste noch immer würgen, spuckte jetzt aber nur noch grünen Schleim aus.

Plötzlich erfasste ihn ein starkes Schwindelgefühl. Alles um ihn herum schien sich zu drehen. Mühsam hob er den Kopf, der ihm mit einem Mal zentnerschwer auf den Schultern lastete, und seine glasigen Augen richteten sich auf das wutverzerrte Gesicht seines Chefs. Dessen Schimpftirade drang nur noch wie aus weiter Ferne an sein Ohr. Die Flüche seines Kolonnenführers waren das Letzte, was er hörte, bevor er auf der Stelle wie ein nasser Sack zusammenbrach.

»Scheiße! Kerl, was machst du denn jetzt schon wieder?«, stieß Bonner erschrocken hervor.

Eine Weile starrte er gebannt auf den leblos am Boden liegenden Körper und hoffte, dass der sich wieder bewegen oder wenigstens die Augen öffnen würde. Aber diesen Gefallen tat Achmed ihm nicht. Hilfe suchend blickte Bonner sich um. Doch von seinen Arbeitern war weit und breit niemand zu sehen. Schließlich zerrte er umständlich sein Handy aus der Hosentasche und rief die Zentrale an.

»Schnell, Jungs, schickt mal 'nen Krankenwagen zu uns rüber. Der Knallkopp Achmed ist mir hier gerade zusammengeklappt.«

»Was Schlimmes?«

»Weiß *ich* doch nicht, du Dämel!«, brüllte Bonner genervt, dann ließ sich der schwergewichtige Mann ächzend auf die Knie sinken.

Und jetzt? Ratlos betrachtete er den bewusstlos auf dem

Rücken liegenden Achmed, dessen Gesicht seltsam kalkweiß war. Atmete der überhaupt noch? Bonner spürte seine eigene Hilflosigkeit, denn bei dem letzten Erste-Hilfe-Kurs, den die Firma ihren Mitarbeitern noch vor wenigen Monaten angeboten hatte, war er nicht gewesen.

Vielleicht wäre ich doch besser hingegangen, sagte er sich, aber für diese reuevolle Einsicht war es nun zu spät. Fieberhaft kramte er in seinen Gedanken. Okay, er konnte diesen Achmed nicht leiden, und außerdem stank es hier unten bestialisch nach Kotze, schon deshalb wäre er am liebsten davongelaufen. Aber so herzlos war er dann doch nicht, dass er den Mann hier einfach in seinem Erbrochenen liegen lassen konnte.

Denk nach, denk nach!, marterte er sein Gehirn. Was hatten die uns damals beigebracht? Da war doch irgendwas mit Bewusstlosen gewesen. Das Einzige, das ihm vom vorletzten Kurs noch halbwegs im Gedächtnis geblieben war, war die stabile Seitenlage.

Die Hitze trieb Bonner eh schon den Schweiß aus allen Poren, aber jetzt, wo er leicht in Panik geriet, wurde es noch schlimmer. Der Gedanke, dass ihm dieser Achmed hier sterben könnte, ließ dem übergewichtigen Rangiermeister die Brühe in Strömen den Rücken hinunterlaufen.

Was tun? Was tun? Die Sekunden wurden zu Minuten, und Achmed rührte sich immer noch nicht. Schließlich fasste Bonner sich ein Herz. Unsicher, ob er wirklich das Richtige tat, packte er Achmed an der Kleidung und drehte ihn beinahe übervorsichtig auf die Seite. Mit schwitzigen Händen drückte er anschließend Achmeds Kopf in den Nacken.

Seine Ausführung war zwar nicht absolut korrekt ausgeführt, aber dennoch retteten die wenigen Handgriffe seinem bewusstlosen Arbeiter das Leben.

An Feuerwache 7 schob sich das große Rolltor geräuschlos zur Seite und gab dem rot-weißen Rettungswagen die Einfahrt auf den Feuerwehrhof frei. Robert Scholz und Rolf Diem, zwei

Rettungsassistenten des Malteser Hilfsdienstes, die schon seit Langem einen der drei auf unserer Feuerwache stationierten Rettungswagen besetzten, kamen von einem Einsatz zurück. Robert beugte sich ein wenig nach links und schaute auf die Uhr im Armaturenbrett. Zufrieden lächelnd lehnte er sich wieder zurück und formte mit Daumen und Zeigefinger ein O.

»Perfekt getimt, Rolf. Wir sind genau richtig zum Frühstück zurück.«

Rolf zog ein gespielt selbstgefälliges Gesicht. »Hast du etwa was anderes erwartet?«

In der Tat kamen die beiden goldrichtig. Es war exakt 9:04 Uhr, und um Punkt neun begann für uns Feuerwehrmänner die Frühstückspause. Wie an jedem Morgen stürmten die Kollegen auch heute die Küche. An der langen Theke, wo 21 Teller mit fertig belegten Brötchen auf ihre Abnehmer warteten, herrschte dichtes Gedränge. 19 Teller für die Wachbesatzung plus zwei weitere für die Kollegen vom MHD. An einem normalen Wochentag kamen sogar nochmals zwei dazu, denn dann frühstückten Ulla und Andrea, unsere Putzdamen, ebenfalls mit. Und wenn der Wachvorsteher seinen C-Dienst an Feuerwache 7 verrichtete, dann hatte der Küchenchef sogar 24 Teller vorzubereiten.

Jeden Morgen wurden also zwischen 20 und 25 Brötchen belegt. Eine ganze Menge Arbeit, bei der unser Koch natürlich unterstützt werden musste, denn bei den Frühstücksvorbereitungen blieb es ja nicht. Er musste auch das Mittagessen kochen. Da die Küchenarbeit für einen alleine kaum zu bewältigen war, half ihm für gewöhnlich der Hausdienst dabei. Der Hausdienst wurde, wie alle zu vergebenden Jobs, vom Dienstgruppenleiter für jede 24-Stunden-Schicht neu eingeteilt, im Dienstplan vermerkt und am schwarzen Brett ausgehängt. Dieser Job wechselte ständig innerhalb der Wachmannschaft, sodass jeder einmal drankam. Na ja, für gewöhnlich traf es eher die jüngeren Kollegen, da die anderen sich dank ihres Dienstgrades oder ihres Alters für andere Aufgaben »empfohlen« hatten.

»Hat jemand die Zwiebeln?«

»Wo ist die Majo?«

»Schick mal Pfeffer rüber!«

»Da liegen noch Brötchen, sind die über?«

Wer zuerst kam, mahlte zuerst. So ging das hier jeden Morgen. Immer die gleichen Fragen, immer das gleiche Gedrängel.

»Hausdienst! Die Kaffeemaschine läuft nicht!«

Oh, oh! Die Kaffeemaschine *musste* immer laufen. Eine mittlere Katastrophe bahnte sich an: Stau vor der Profimaschine aus matt silberglänzendem Edelstahl. Eine der beiden oberen Glaskannen war bereits geleert, eine der unteren machte gar nichts, die andere zischte nur.

»Hausdienst!«

»Ja, Mann.« Kauend und mit dicken Backen erschien Michael Müller in der Küche.

»Was ist denn?«

Gleich mehrere Finger zeigten auf das zischende Ungetüm. »Die läuft nicht mehr.«

»Na und?« Michi, der heutige Hausdienst, sah es gelassen. »Da ist doch noch 'ne ganze volle Kanne.«

»Ja, alter Pröff von der anderen Tour. Den kannste selber trinken.«

Jetzt reagierte der Michi aber gereizt. »Eh, seid ihr blöd? Den hab ich vorhin erst frisch aufgeschüttet.« Sagte es, schüttelte missbilligend den Kopf und verließ die Küche.

»*He!* Und was ist mit der da unten?«

Michis blonder Haarschopf erschien noch einmal im Türrahmen.

»Die blubbert auch nur.«

Mit energischen Schritten kam der Hausdienst zurück. »Oh Mann, wisst ihr überhaupt, dass ihr nervt?«

»Die blubbert aber wirklich nur noch.«

»Ich blubbere euch gleich auch was. Los, mach mal Platz hier.« Michi bahnte sich einen Weg durch die tellersuchenden Kollegen. Inzwischen begann der Kaffee wieder von selbst zu laufen.

»Hat sich erledigt! Alles klar, geht wieder!«

»Sag ich doch.« Michi drehte sich abrupt um und stieß mit mir zusammen. »Ach, du Scheiße, jetzt renn ich auch noch den DGL über den Haufen.«

»Macht nichts, Michi.« Ich lachte. »Wie du siehst, lebe ich noch. Du kannst also ruhig wieder ein freundlicheres Gesicht machen.«

»Geht leider nicht«, erklärte er mit todernstem Gesicht.

»Wieso?«

»Darum.«

»Warum?«

Jetzt platzte es aus ihm heraus. »Na, weil die mich schon morgens beim Frühstück anbaggern!«

»Wer baggert dich an?«

»Na die ... alle.« Michi deutete auf den Pulk vor der Kaffeemaschine. Von dort brandete uns ein kollektives breites Grinsen entgegen.

»Und, was machen *die*, wenn die dich so früh schon anbaggern?«

Michi winkte ab. »Ach, vergiss es. Die sind doch zu blöd, 'nen Eimer Wasser umzukippen.« Sprach's und verschwand wieder im Raucherraum.

Die Kollegen, die angeblich zu blöd waren, 'nen Eimer Wasser umzukippen, füllten sich währenddessen höchst belustigt ihre Kaffeetassen, und somit stand dem morgendlichen Frühstück nichts mehr im Wege. Meinen Teller mit Brötchen in der Hand, steckte ich kurz darauf den Kopf zum Raucherraum hinein.

»Michi, da steht noch ein Teller mit Brötchen. Sind die übrig?«

»Eh, jetzt fang du nicht auch noch an, mich zu nerven!«

»Wieso? Sind die denn nicht übrig?«

»Na-hein!«, sagte er gedehnt. »Die sind für die Jungs vom MHD, also Finger weg.«

»Ist aber kein Zettel dran.«

»Egal.«

»Okay, war ja nur 'ne Frage.«

Wie bereits erwähnt: Wer zu spät kam, den bestrafte das Leben. Meine üblichen zwei Halben hatte ich natürlich bekommen, und damit ging ich nun in den etwas größeren Nichtraucherraum. Im Gegensatz zum Raucherraum, in dem es für gewöhnlich recht lebhaft zuging und wo meist auch schon frühmorgens der Fernseher lief, herrschte bei uns gepflegte Ruhe. Umso fleißiger wurden hier die Tageszeitungen durchgeblättert.

Ich las gerade einen Bericht über missbräuchlich verwendete Studiengebühren, als die Tür aufging und Rolf und Robert hereinkamen.

»Aha!«, riefen die beiden im Chor. »Haben wir es nicht gerade noch gesagt? Und richtig, da sitzen die faulen Säcke schon wieder mampfend herum und stecken ihre Nasen in die Zeitung, als würden sie dadurch schlauer. Mann, euren Job möchten wir haben.«

»Tja, meine Herren, wenn ihr damals in der Schule besser aufgepasst hättet, dann würdet ihr heute auch hier sitzen.«

Ein abfälliger Blick aus gelangweilten Gesichtern traf den Sprecher. Die beiden verkniffen sich einen weiteren Kommentar und gingen weiter in die Küche, um kurz darauf mit Brötchen und Kaffee »bewaffnet« zurückzukommen. Mit überaus wichtigen Mienen stellten sie ihre Teller und Tassen ab und setzten sich zu uns an den Tisch.

»So! Jetzt sitzen wir auch hier«, feixten sie. »Ihr seht, es geht also auch ohne Schule.«

Ich war immer noch mit einem Artikel beschäftigt.

»Scheint ja verdammt interessant zu sein«, unterbrach mich Rolf. »Was liest du denn da?«

»Ach, nur was über Studiengebühren.«

»Wieso? Willst du etwa noch mal studieren?«

»Ich nicht, aber mein Sohn«, murmelte ich vor mich hin und las weiter. »Allerdings trifft ihn das nicht mehr so richtig, der ist nächstes Jahr fertig.«

»Schon?«

»Was heißt hier *schon*!«, verkündete Thorsten lauthals. »Unser DGL ist ja auch schon ein alter Mann.«

»Vorsicht, du junger Hüpfer!«, rief ich kampfbereit zurück. »Ich sage nur: Vorsicht! Sonst zeig ich dir heute Nachmittag beim Faustball mal, wo deine Grenzen sind.«

Thorsten winkte gelangweilt ab. »Faustball kannste eh alleine spielen. Das ist doch kein Sport, das ist doch nur was für alte Männer.«

Schon wollte ich eine passende Antwort geben, da unterbrach Robert unseren kleinen Disput. »Was studiert dein Sohn denn?«

»Architektur.«

»Ui, das ist aber ein ziemlich langes Studium.«

»Stimmt, aber mein Sohn – er heißt übrigens auch Robert, genau wie du – ist fleißig. Hat alle Semester ohne Unterbrechung durchgezogen.«

»Klar, Papa zahlt ja auch«, tönte es quer durch den Raum. »Andere Studenten müssen nebenher jobben. Aber wenn man so 'nen reichen Schriftsteller als Vater hat ...«

Da hatten wir es wieder. »Ich weiß gar nicht, wieso ihr immer glaubt, ich wäre reich«, ereiferte ich mich. »Jeder Schwarzarbeiter, der nebenher tapezieren geht oder Taxi fährt, bekommt wesentlich mehr als ich.«

»Was willst du denn damit sagen? Doch nicht etwa, dass ich schwarz arbeite?«

»Hab ich nicht behauptet.«

»Hörte sich aber so an.«

Ich lenkte ein und erklärte beschwichtigend: »Und selbst wenn ... wär mir auch egal. Im Übrigen hat *mein* Sohn *auch* nebenher gejobbt und nicht nur, wie du glaubst, auf Papas Tasche gelegen.«

»War doch nicht so gemeint«, kam es daraufhin etwas kleinlauter zurück.

»Hörte sich aber so an«, konterte ich jetzt und verwendete dabei seine eigenen Worte.

Ein Alarmgong beendete unsere kleine Kabbelei, die übrigens nicht ernst zu nehmen war. Sie hatte eher den Charakter eines belustigenden Wortspiels, was bei uns an der Tagesordnung war. Schlaue Köpfe glaubten zu wissen, dass es sich dabei, psychologisch betrachtet, um Verdrängungs- oder Bewältigungsrituale handelte, die besonders bei gefährdeten Berufsgruppen wie der unsrigen zu beobachten waren.

»Einsatz für den Notarzt Feuerwache 6 und den RTW Feuerwache 7, 7-83-3 zum DRK-Zentrum Potsdamer Straße. Bewusstlose Person.«

Mit dem Ertönen des Gongs begann auch Roberts Funkmeldeempfänger zu piepsen.

»Los, komm, wir müssen«, sagte er zu seinem Spannmann und erhob sich.

Geschmeidig, wie der etwas korpulentere Rolf allgemein genannt wurde, schob sich beim Aufstehen noch schnell einen großen Bissen in den Mund, wischte sich mit dem Handrücken über den Mund und eilte seinem Kollegen nach.

»Schlucken, Rolf, schlucken!«, riefen wir ihm lachend nach, aber er war schon zur Tür hinaus.

Sekunden später hörten wir den RTW mit Tatütata vom Hof fahren, dann kehrte wieder Ruhe ein. Außer dem bekannten Zeitungsblättern war wieder nichts zu vernehmen. Allerdings hielt diese Ruhe nicht lange an. Ein erneuter Gong alarmierte gleich drei Fahrzeuge.

»Einsatz für 7-83-1, die Drehleiter und den Kombi. Hilflose Person in verschlossener Wohnung, Lauterstraße 56.«

Die Durchsage war noch nicht ganz verklungen, da stürmten gleich sechs Mann durch den Nichtraucherraum, rissen die Türen auf und verschwanden so schnell, wie sie gekommen waren.

»Tür zu, ihr Dackel!«, rief ihnen einer hinterher, was natürlich zwecklos war, denn die alarmierten Kollegen liefen längst über den Hof zu ihren Fahrzeugen.

»Mann, ist das heute wieder 'ne Klingelwache. Man kann hier nicht mal in Ruhe die Zeitung lesen.« Stefan, der das mit einem Augenzwinkern äußerte, konnte zu diesem Zeitpunkt noch nicht wissen, wie recht er damit haben sollte.

Das DRK-Zentrum an der Potsdamer Straße war ein Alten- und Pflegeheim. Der große Komplex wurde relativ oft von unseren Rettungsfahrzeugen angefahren. Rolf und Robert trafen noch vor dem Notarzt an der Einsatzstelle ein und wurden bereits an der Pforte erwartet.

»Zweite Etage, Frau Poller, 87, Krebspatientin im fortgeschrittenen Stadium. Als wir sie fanden, atmete sie schon nicht mehr.«

Die Informationen kamen knapp, aber nicht emotionslos über die Lippen der schmächtigen Schwester. Wer hier arbeitete, bekam hautnah das ganze Leid und Elend unserer ach so hoch gelobten Industriegesellschaft zu spüren. Wie wir mit unseren Alten umgingen, war nicht immer schön, und wer sich bei dem katastrophalen Pflegenotstand bei jedem Patienten dem Mitleid hingab, geriet sehr schnell selber an seine körperlichen und emotionalen Grenzen.

Frau Poller lag im Sterben, und jedwede lebensverlängernden Maßnahmen waren nicht mehr angezeigt. Die Entscheidung darüber durfte allerdings nur der Notarzt treffen. Rolf und Robert waren daher erleichtert, als der Arzt unmittelbar nach ihnen eintraf und ihnen mitteilte, dass eine Reanimation nicht mehr angezeigt sein würde.

Wie oft schon hatten die beiden in ähnlichen Situationen reanimieren müssen, nur weil es das Gesetz so von ihnen verlangte. Ein Gesetzeszwang, der mittlerweile in vielen Gremien heiß umstritten war, weil er das Recht des Menschen auf einen friedlichen Tod nicht ausreichend berücksichtigte. Aber wer sollte die Grenze ziehen? *Wer* sollte bestimmen, wann man noch eingriff oder wann man sich dem Unausweichlichen fügte? Wenn man längere Zeit auf einem Rettungswagen gefahren war, wurde einem irgendwann auch der Anblick des Todes vertraut. In manchen Situationen war dieser Anblick jedoch so tief greifend, dass seine Bilder einen nie mehr losließen.

In diesem Fall jedoch konnten die beiden Malteser relativ schnell wieder zur Normalität des Arbeitsalltags zurückfinden. Es war eben ein Unterschied, ob ein kleines Kind starb oder ein alter Mensch, der sein Leben gelebt hatte, wie man gemeinhin sagte. Natürlich versteckte sich hinter dieser Aussage auch ein Schutzmechanismus, aber darüber konnten sich die beiden Rettungsassistenten jetzt wirklich keinen Kopf machen. Ihre Gedanken waren längst schon wieder von einem neuen Einsatzauftrag in Beschlag genommen worden.

Unmittelbar nachdem sie sich noch auf dem Gelände des DRK-Zentrums über Funk frei gemeldet hatten, schickte sie die Rettungsleitstelle zur nächsten Einsatzstelle. »Sie fahren alarmmäßig zum Rangierbetrieb des Reisholzer Bahnhofs.«

»Was liegt an?«

»Bewusstlose Person. Näheres ist nicht bekannt. Sie werden von bahneigenem Personal eingewiesen. Geben Sie Rückmeldung, wenn weitere Hilfe erforderlich ist.«

Den von ihrem jetzigen Standpunkt aus nahe gelegenen Bahnhof hatten sie schnell erreicht. Die Zufahrt zu den Gleisen gestaltete sich hingegen wesentlich schwieriger. Gut, dass die Bahnarbeiter eine Postenkette gebildet hatten, sonst hätten sich die zwei in dem Gewirr aus diversen Gleisüberquerungen und Wegverzweigungen sicher hoffnungslos verfahren. Die recht lange Strecke auf dem bahneigenen Gelände zog sich, und da sie mit ihrem RTW auf dem holperigen Kopfsteinpflaster kaum schneller als ein langsames Fahrrad vorankamen, wartete Fritz Bonner voller Ungeduld auf ihr Eintreffen. Er kniete immer noch bei dem bewusstlosen Achmed. Einer seiner Arbeiter hockte mit sichtlich betroffenem Gesicht neben ihm. Die anderen hatten spontan die Postenkette gebildet und waren froh, dadurch nicht ebenfalls hilflos hier herumstehen zu müssen.

Nur wenige 100 Meter entfernt horchten die Mitarbeiter des Industriegasproduzenten Linde auf. Seit geraumer Zeit schon vernahmen sie das Heulen eines Martinshorns, mal schallte es lauter, mal leiser zu ihnen herüber. Der Gabelstaplerfahrer Franz Buchwald reckte den Hals, um über Hunderte von Druckgasflaschen hinweg in das unmittelbar hinter ihrem Hof verlaufende Bahngelände zu schauen.

»Und, siehst du was?«, rief einer seiner Kollegen, aber Franz schüttelte den Kopf.

»Nichs zu sehen! Weiß der Geier, was da wieder passiert ist. Schätze, da drüben kurvt wieder so ein Krankenwagen rum und findet die Einsatzstelle nicht.«

So ganz falsch lag er nicht mit seiner Vermutung, schließlich wäre es nicht das erste Mal, dass sich ein Einsatzfahrzeug in dem unübersichtlichen Bahngelände verfahren hätte. Und immer wenn sich jenseits des hohen Metallzauns bei ihren Nachbarn ein Unfall ereignete, bekamen sie hier den Lärm der anrückenden Einsatzfahrzeuge hautnah mit. Franz wusste alleine von drei Selbsttötungen zu berichten, die sich in der Zeit, seit er hier arbeitete, drüben auf den Bahngleisen ereignet hatten. Besonders das Gleis, auf dem der ICE durchdonnerte, schien die Lebensmüden magisch anzuziehen.

Franz blinzelte in die grelle Sonne und reckte immer noch den Hals. »Ich seh einen Rettungswagen!«, rief er jetzt, fügte aber schnell mit fast enttäuschter Stimme hinzu: »Ist aber nur einer.«

Damit war seine Aufmerksamkeit erloschen. Franz, dessen muskulöser Oberkörper nur mit einem Unterhemd bekleidet war, ließ sich in den Sitz seines Gabelstaplers zurückfallen und nahm einen großen Schluck aus der Wasserflasche, die hinter seinem Sitz klemmte. Anschließend wischte er sich mit dem nackten Unterarm über den Mund und konzentrierte sich wieder auf seine Arbeit. Er musste bis zum Mittag mehrere Dutzend Niederdruckbehälter umsetzen. Wenn er die Vorgabe seines Chefs schaffen wollte, musste er sich ranhalten. Dazu musste Franz aber den Platz, wo die Behälter künftig abgestellt werden sollten, zuerst einmal frei schaffen, denn noch standen dort reihenweise Flaschenbatterien. Jeweils zwölf Sauerstoffflaschen füllten immer eine dieser Flaschenbatterien, die wiederum aus stabilen Metallkörben bestanden, deren Unterkonstruktionen wie Europaletten geformt waren.

Der Elektromotor des Gabelstaplers brummte. Geschickt vollführte Franz mit seinem wendigen Gerät eine schnelle Drehung, stieß die Gabel zielsicher unter eine Flaschenbatterie und hievte sie in die Höhe. Eine weitere Drehung, und schon rollte die schwere Fracht ihrem neuen Bestimmungsort entgegen.

Mit einem schlürfenden Geräusch beförderte die akkubetriebene Absaugpumpe letzte schleimige Reste von Erbrochenem aus Achmeds Mund- und Rachenraum. Es herrschte betretenes Schweigen, als die Arbeiter dabei zusahen, wie einer der beiden Rettungsassistenten einen fingerdicken milchigen Schlauch aus dem Schlund ihres Kollegen herauszog und ihm eine Sauerstoffmaske über Mund und Nase hielt. Dann drehte er den Verschluss an der kleinen Sauerstoffflasche auf, und sogleich strömte der Sauerstoff durch einen dünnen Verbindungsschlauch über die Maske in Achmeds Lungen.

Der zweite Rettungsassistent – es war Robert – fixierte derweil mit einem Spezialpflaster den venösen Zugang, den er zuvor in Achmeds Unterarmvene gestochen hatte. Dann verband er das vorbereitete Infusionsbesteck mit dem venösen Zugang, hielt die Plastikflasche mit der klaren Lösung hoch und blickte in die Runde der versammelten Arbeiter.

»Wer von Ihnen hat den Mann so auf die Seite gedreht?«

Roberts Frage war in ernstem Ton gestellt und traf Fritz Bonner wie ein Peitschenschlag. Er spürte, wie es ihm unter seiner durchgeschwitzten Drillichjacke siedend heiß wurde. Hatte er etwa was falsch gemacht? Hätte er Achmed vielleicht doch nicht auf die Seite drehen dürfen? Eisiges Schweigen um ihn herum.

Am besten halte ich auch die Schnauze, dachte sich Bonner, aber sein Schweigen nutzte ihm nichts. Einer der Arbeiter streckte die Hand aus und deutete ein wenig zögerlich auf den Rangiermeister. Bonner fühlte sich ertappt wie ein kleines Kind und lief puterrot an. Ob vor Wut oder vor Scham, konnte niemand sagen. Nachdem er seinen Kollegen mit einem wütenden Blick bedacht hatte, wollte er sich rechtfertigen, aber seine zugeschnürte Kehle brachte nur ein verlegen krächzendes »Äh« hervor.

»Also Sie waren das?«, fragte Robert, und seine Feststellung wirkte wie ein Messerstich.

Bonner versuchte vergeblich, den Kloß in seinem Hals hinunterzuwürgen. Schließlich ergab er sich in sein Schicksal, zuckte hilflos mit den Schultern und nickte stumm.

Robert lächelte. »Das war gut. Wenn Sie Ihren Arbeitskollegen nicht auf die Seite gedreht hätten, wäre er mit ziemlicher Sicherheit an seinem eigenen Erbrochenen erstickt.«

Das, was Fritz Bonner in diesem Moment vom Herzen fiel, war nicht nur ein Steinbrocken, sondern was da herabpolterte, konnte man getrost als ausgewachsene Geröllawine bezeichnen.

Als sich der Rettungswagen mit laufenden Blaulichtern entfernte, sahen ihm die Arbeiter noch so lange nach, bis er sich hinter der nächsten Kurve ihren Blicken entzog. Aber erst nachdem der RTW schon eine Weile verschwunden war, löste sich allmählich die Anspannung. Die Kollegen standen dicht beieinander und diskutierten den außergewöhnlichen Vorfall, bis ihr Kolonnenführer sie mit harschen Worten auseinandertrieb. Ganz offensichtlich hatte er sich von dem Schock erholt, denn er verfiel wieder in seine gewohnt ruppige Art.

»Faule Bande«, grummelte Bonner, nachdem sich die Gruppe verteilt hatte. »Glauben wohl, sie könnten den ganzen Vormittag hier rumstehen, aber da haben sie sich geschnitten. Nicht mit mir.« Inzwischen weinte er Achmed schon keine Träne mehr nach. Ob der Kameltreiber nun hier rumlief oder nicht, wo war der Unterschied?, sagte er sich.

Im Laufe des Tages sollte dem Rangiermeister jedoch schmerzhaft bewusst werden, welch herber Verlust der Ausfall seines »Kameltreibers« Achmed für die weiteren Arbeiten noch bedeuten würde.

Während sich die Kolonne des Rangiermeisters schließlich wieder ihren eigentlichen Aufgaben zuwendete, beobachtete Robert im Rettungswagen Achmeds gleichförmigen Sinusrhythmus als grünliche, sich ständig wiederholende Zackenlinie auf dem Monitor ihres EKG-Geräts. Bevor die beiden Rettungsassistenten mit ihrem Patienten abgefahren waren, hatten sie ihn an diverse medizinische Überwachungsgeräte angeschlossen, darunter die 12-polige EKG-Ableitung. Außerdem steckte der Messsensor eines Pulsoximeters an der Kuppe seines Mittelfingers, und die Manschette des Blutdruckmessgeräts umspannte seinen linken Oberarm. Somit war Robert in der Lage, alle wichtigen Parameter, wie die Sauerstoffsättigung des Bluts, den systolischen und diastolischen Blutdruck sowie die Herztätigkeit, permanent zu überwachen. Den anfänglich gemessenen Werten nach zu urteilen schien der Zustand ihres Patienten halbwegs stabil zu sein, aber Robert befürchtete, dass sich die Situation auf dem Transportweg verschlechtern könnte. Einige untrügliche Anzeichen sprachen dafür.

Noch vor wenigen Jahren hätte er sich dafür entschieden, mit dem Patienten an der Einsatzstelle zu bleiben und ihn dort so lange zu betreuen, bis der nachgeforderte Notarzt eingetroffen wäre. Aber mittlerweile wurde den Rettungsassistenten weit mehr abverlangt. Die Ausbildung war immer intensiver und umfassender geworden. Kenntnisse und Fähigkeiten, die als invasive Eingriffe bis dato nur ärztlichem Personal vorbehalten gewesen waren, mussten nun per Gesetzesbeschluss zumindest in Teilen von ihnen durchgeführt werden.

Für den bleich auf der Krankentrage liegenden Achmed hatten sie ursprünglich einen Notarzt nachgefordert.

»Negativ«, hatte die Leitstelle geantwortet und erklärt: »Alle Notärzte sind zurzeit im Einsatz. Wenn es unumgänglich ist, schicken wir Ihnen aber Christoph 6.«

Nach einer kurzen Überlegung entschieden sie, auf den Hubschrauber zu verzichten. Denn ihnen war eines klar: Ganz gleich, ob der Helikopter von der Berufsgenossenschaftlichen Unfallklinik in Duisburg-Buchholz oder von der Verbrennungsklinik in Köln-Merheim abgeflogen wäre, die zu überbrückende Wartezeit wäre länger, als die Fahrt zur nächstgelegenen Klinik dauern würde.

Inzwischen hatte ihr RTW wieder festen Asphalt unter den Rädern. Mit eingeschalteten Sondersignalen näherten sie sich ihrem Ziel, dem Benrather Krankenhaus, bei dem sie sich per Funk angekündigt hatten.

Einige Kilometer weiter nordwestlich bissen sich die Feuerwehrmänner Michael Gross und Andreas Treichel an einer außergewöhnlich stabilen Wohnungstür fast die Zähne aus. Die alleinstehende alte Dame, die hier oben auf der dritten Etage wohnte, war seit mehreren Tagen nicht mehr gesehen worden. Angeblich wollten Nachbarn am Abend zuvor einen unterdrückten Schrei und danach einen dumpfen Aufprall gehört haben.

Den ersten Schließzylinder hatten die Feuerwehrmänner problemlos mit Spezialwerkzeug ziehen können. Aber leider gab es da noch dieses zweite, etwas höher platzierte Zusatzschloss, und das bereitete ihnen massive Probleme. Andreas hatte längst die dicke Jacke ausgezogen. Nachdem ihm die erste Schraube abgerissen war, versuchte er eine weitere Schraube etwas tiefer in den Schließzylinder einzudrehen.

»Lass gut sein, Andi«, forderte ihn Michael auf und stellte resigniert fest: »Das wird eh nichts mehr. Ich denke, es ist besser, wenn wir den kompletten inneren Kern ausbohren oder direkt die Schlossfräse einsetzen.«

»Nur noch diesen Versuch«, antwortete Andreas zähneknirschend und drehte die Knarre zeitlupenartig weiter.

Quietschend fraß sich die selbstschneidende Schraube aus Spezialstahl in das Metall des Schließzylinders. Die Luft im Treppenhaus war stickig und warm. Für einen Moment hielt Andreas inne und wischte sich die schweißnassen Hände an der Hose ab. Danach schraubte er verbissen weiter.

»Ich glaube, du ziehst sie schräg!«

»Kann ich jetzt eh nicht mehr ändern«, keuchte Andreas. »Aber wenn die auch reißt, kannst du mir wirklich die Schlossfräse geben.«

Gespannt beobachteten die anderen sein Tun. Jeder hier anwesende Feuerwehrmann hatte schon ähnliche Situationen erlebt, und alle wussten, wie kritisch diese Arbeit war. Es war jedes Mal eine Gratwanderung. Man benötigte eine absolut ruhige Hand, durfte nicht zu schnell schrauben und die Schraube auf keinen Fall verkanten.

Nur im Zehntelmillimeterbereich kam Andreas voran. Möglicherweise gab es eine Verhärtung im Material, möglicherweise hatte er auch etwas zu viel einseitigen Druck ausgeübt? Wer konnte das schon sagen? Jedenfalls hatte er es fast geschafft, als plötzlich ein lautes *Knack* ertönte – die zweite Schraube war abgerissen. Andreas, der während der Arbeit vor der Tür gekniet hatte, ließ deprimiert die Hände in den Schoß sinken.

»So ein Mist, und dabei war ich schon so weit.«

Zwei Polizisten und die RTW-Besatzung, die ebenfalls hier oben darauf warteten, dass die Tür geöffnet wurde, sahen sich betreten an, aber niemand meckerte. So etwas passierte nun mal. Selbst bei noch so umsichtiger Vorgehensweise konnten wir nie sicher sein, dass die Arbeit reibungslos funktionierte.

Natürlich könnten wir uns auch mit brachialer Gewalt Zugang verschaffen, aber schließlich waren wir keine Einbrecher, die rücksichtslos und ohne Skupel zerstörerisch zu Werke gingen. Nein, wir waren die Feuerwehr und als solche gehalten, mit möglichst geringem Schaden in die Wohnung zu gelangen. Dazu gehörte, dass wir uns ein umfassendes Bild über alle Zugangsmöglichkeiten verschafften. Nur bei akuter Gefahr im Verzug durften wir von dieser Vorschrift abweichen. Natürlich hatten wir immer einen gewissen Ermessensspielraum. Aber ab wann war es dringend? Ab wann musste es wirklich schnell gehen? Ab wann konnten wir uns »Zeit lassen«?

Diese Fragen musste sich jeder Einsatzleiter jedes Mal neu stellen, und letztlich musste er sich im Nachhinein für seine getroffene Entscheidung auch verantworten.

Michael hatte sich für die »humanere« Variante entschieden, also für ein moderates Eindringen durch die Wohnungstür bei gleichzeitigem Versuch, über einen weiteren Zugang in die Wohnung zu gelangen. Im Feuerwehrjargon hieß das: Angriff über zwei verschiedene Wege. Der erste bestand im Öffnen der Tür durch Ziehen der Schließzylinder. Der zweite Weg war das Anleitern der mechanischen Drehleiter an einen außen liegenden Balkon oder ein Fenster.

Während Michael sich als Einsatzleiter mit Andreas im Treppenhaus abmühte, hatte die Leiterbesatzung ihre Aufgabe auf der Straße ebenfalls erfüllt und die Drehleiter in Stellung gebracht. Vier seitlich ausgefahrene Pratzen hatten den tonnenschweren Leiterwagen aus seinen Federn gehoben und ihm somit die Stabilität verliehen, die benötigt wurde, um den stabilen Leiterpark mit dem Rettungskorb an der Spitze sicher in die Höhe zu fahren. Stefan Wagner, der Drehleiterführer, bediente die beiden Joysticks der Korbsteuerung. Unten auf dem Maschinistenposten saß Heiner Schröer und verfolgte jede seiner Fahrbewegungen mit Argusaugen. Seine Hände lagen dabei auf den rechts und links von seinem Sitz angeordneten Steuerhebeln, ohne diese jedoch zu bedienen. Sollte im Korb aber irgendetwas schieflaufen, könnte Heiner dank einer Vorrangschaltung jederzeit eingreifen, um eine kritische Situation zu entschärfen. In Sturmnächten und bei Brandeinsätzen konnten solche gefährlichen Situationen immer wieder auftreten. Bei ihrem jetzigen Einsatz war damit allerdings nicht zu rechnen.

Alles verlief normal, trotzdem ließ Heiner in seiner Wachsamkeit nicht nach. Akribisch beobachtete er, wie sich der Rettungskorb zentimetergenau einem Fenster der dritten Etage näherte. Das Fenster war geschlossen. Stefan blickte in eine kleine Küche. Niemand war zu sehen, und da die Küchentür zugezogen war, wurde ihm der Blick in den dahinterliegenden Raum verwehrt. Daher schwenkte er zum nächsten Fenster hinüber. Es war ebenfalls verschlossen, aber was er jetzt sah, genügte dem erfahrenen Hauptbrandmeister, um seinen Kollegen im Treppenhaus anzufunken. »Michael, hörst du mich?«

»Was gibt's, Stefan?«

»Ich sehe jetzt genau ins Wohnzimmer. Die alte Dame ist tot. Ihr könnt euch also Zeit lassen.«

»Bist du sicher?«

»Hundertpro. Ich fahr wieder runter, dann nehmen wir die Leiter zurück, und ich komm zu euch hoch. Ende.«

Es war genau, wie Stefan gesagt hatte. Die untrüglichen Todeszeichen waren selbst über die Distanz und durch das geschlossene Fenster von außen zu erkennen gewesen. Es gab keinen Zweifel, dass die alte Dame verstorben war.

Andreas setzte die Schlossfräse an, die einen Höllenlärm verursachte. Daher hatte er sich zusätzlich zur Schutzbrille mit Gehörschutz ausgestattet. Der mit Diamantsplittern besetzte gehärtete Fräßstift fraß sich rotierend in den verbliebenen Schließzylinder der Tür. Zwei Minuten später stand die Tür offen, und der Verwesungsgeruch überlagerte den typischen Geruch von Metall, wie er bei jedem mechanischen Zerspanungsvorgang entsteht.

Wenngleich niemand auch nur eine Sekunde an Stefans

Beobachtung gezweifelt hatte, so waren die Kollegen der Rettungswagenbesatzung wie auch die Polizisten dazu verpflichtet, sich persönlich von der Unumkehrbarkeit der Situation zu überzeugen. Diese Aufgabe kostete sie große Überwindung, denn die Verwesung war bei den hohen sommerlichen Temperaturen extrem weit fortgeschritten, sodass ihnen beim Eintritt in die Wohnung ein unbeschreiblich ekelerregender Gestank entgegenschlug.

Michael und Andreas packten stumm ihre Werkzeuge ein. Sie verzichteten gerne darauf, die Wohnung persönlich in Augenschein zu nehmen. Bevor sie nach unten gingen, deutete Andreas auf den Türrahmen.

»Ich schätze, ohne die umlaufende, fest anliegende Gummidichtung wäre der Verwesungsgeruch den Mitbewohnern bestimmt schon früher aufgefallen.«

»Wahrscheinlich«, pflichtete ihm Michael bei. »Zu spät gekommen wären wir in diesem Fall aber trotzdem.«

Michi Müller wirbelte in der Küche. Wie alle Küchenchefs arbeitete er am liebsten getreu dem Motto »Frisch schmeckt's am besten!«.

Frisch bedeutete allerdings auch, dass täglich einer aus der Mannschaft zum Einkaufen geschickt werden musste. Prinzipiell stellte das kein Problem für unsere personalstarke Löschzugwache dar, nur hatte die Leitstelle heute während der Frühstückspause mehrere Fahrzeuge gleichzeitig alarmiert, sodass jetzt niemand mehr außer der Reihe die Wache verlassen durfte. Wie sollte Michi da etwas Frisches kochen?

Michael Gross war der heutige Tagesdienst, an ihn müsste Michi sich eigentlich wenden, aber der Kollege war mit dem Kombi zum Türöffnen rausgefahren. Also wandte er sich an den HBM-Rett. Mario Schneider, der die Tagesdienstposition übernommen hatte, solange der sich im Einsatz befand.

»He, Mario, wen kann ich denn jetzt noch einkaufen schicken, wo die Leiter und der Kombi draußen sind?«

Mario zog ein langes Gesicht. »Kann ich dir auch nicht sagen. Ich denke, das jetzt gar keiner mehr rausfährt.«

»Ja wie, keiner?« Michi fuchtelte mit den Armen in der Luft. »Ich brauch schließlich was zum Kochen. Oder soll ich mir das Fleisch etwa aus den Rippen schneiden?«

»Mann, Michi, nerv nicht! Lass dir was einfallen! Du wirst doch wohl irgendwas in deiner Küche haben, das du kochen kannst.«

»Klar hab ich was, aber dann möchte ich nicht eure Gesichter heute Mittag sehen.«

Mario verzichtete auf eine Antwort und wollte die Küche verlassen.

»Was denn jetzt?«, rief ihm Michi hinterher.

»Ja, nichts«, rief Mario zurück und drehte sich noch einmal um. »*Du* kannst dir kein Fleisch aus den Rippen schneiden, und *ich* kann mir auch keine Leute aus den Rippen schneiden, damit sie für dich einkaufen gehen.«

»Ich kann auch selber fahren!«

Mario kam zurück und erklärte geduldig: »Michi, das bringt doch nichts. Wenn jetzt was Dickes kommt, müssen wir alle mit, auch du, und dann kannste deine Küche eh vergessen.«

Das Gesicht des Küchenchefs sprach Bände. »Okay«, lenkte Mario ein, »ich frag den DGL. Soll der doch entscheiden, ob du rausfahren kannst, oder nicht. Ich glaub allerdings nicht, dass ...«

»Lass mal, ich frag ihn selbst.«

Und schon drängte sich der heutige Küchenchef Michi Müller an dem heutigen Ersatztagesdienst Mario Schneider vorbei, um mit weit ausholenden Schritten dem Büro des heutigen Dienstgruppenleiters zuzustreben.

Der heutige Dienstgruppenleiter war ich. Die Tür zum Büro stand wie gewöhnlich weit offen. Michi Müller rauschte mit der weißen Schürze um seine Lenden gegurtet und einem honigsüßen Lächeln herein.

»Hör mal, Chef, das mit den Brötchen heute morgen war nicht so gemeint. Ich ...«

»Was willst du?«

»Äh ... ja, eigentlich wollt ich dich nur fragen, ob ich einkaufen fahren kann?«

»Okay, frag mich.«

»Ja ... kann ich?«

»Was?«

»Na, einkaufen fahren.«

»Frag den Tagesdienst.«

»Eh, Martin!« Michi stemmte die Hände in die Hüften. »Willst du mich verarschen?«

»Sind der Kombi und die Leiter schon wieder zurück?«

»Okay, hab schon kapiert.« Michi machte auf dem Absatz kehrt. »Aber fang du nicht auch noch an zu meckern, wenn ich euch heute Mittag nur warmes Wasser serviere.«

»He, Michi, jetzt warte doch!«

»Warum? Ihr hackt doch heute eh alle nur auf mir rum.«

»Michi!«, rief ich vorwurfsvoll. »Jetzt komm schon zurück!«

»Also gut, ich komme, aber erzähl mir jetzt nicht irgend so 'nen Scheiß.«

»Ich erzähl dir nicht *irgend* so 'nen Scheiß. Ich finde nur, dass es heute sowieso zu warm zum Kochen ist. Mach doch einen schönen Salat oder so.«

»Ha!«, trumpfte Michi auf. »Was meinst du, was ich vorhatte? Aber dafür brauche ich frische Sachen, und die hab ich nicht in meiner Küche. Nudeln könnte ich natürlich machen. Aber willst *du* Nudeln? Bei dem Wetter?«

Ich schüttelte energisch den Kopf.

»Na also, und genau darum würde ich jetzt gerne selber einkaufen fahren.«

»Kannst du das nicht auch später machen? So ein Salat geht doch eigentlich schnell, oder?«

»Oh, Mann!«, ereiferte sich Michi. »Du hast anscheinend

keine Ahnung! Weißt du überhaupt, wie viel Arbeit so ein richtig guter Salat macht?« Ohne eine Antwort abzuwarten hob Michi zur Bekräftigung seiner Aussage die rechte Hand, formte mit Daumen und Zeigefinger ein rundes O und schürzte mit Kennermiene die Lippen. »Und, Martin, ich spreche hier von 'nem *richtig* guten Salat, so mit leckeren Gürkchen, kleinen Maiskörnern, hart gekochtem Ei, Thunfisch und, und, und.« Er war regelrecht ins Schwärmen geraten und fragte mich jetzt provokant: »Du hast anscheinend wirklich keine Ahnung, wie lange man dafür braucht, oder?«

»Bhhhh.«

»Sag ich doch. Also was ist jetzt?«

Ich zögerte ein wenig mit der Antwort und entschied schließlich listig: »Na meinetwegen, dann fahr.«

»Ja!« Michi boxte sich zufrieden mit der Faust in die offene Hand. »Sehr gut.«

»Eh! Moment. Du fährst aber erst, wenn entweder die Leiter oder der Kombi wieder drin ist, vorher nicht.«

Michis gerade noch straffe Haltung fiel schlagartig in sich zusammen. »Dann gibt's aber heute auch erst später Mittag.«

»Okay.«

Kurz nachdem ich wieder allein war, klingelte das Telefon. Ich hob ab. »Feuerwache 7, Meyer-Pyritz, guten Morgen.«

»Ja, ja, spar dir deinen Spruch. Ich bin es, Mario. War der Michi schon bei dir?«

»Ist gerade gegangen.«

»Pass auf. Ich hab da 'ne Idee. Was hältst du davon, wenn wir mit dem Baby-LF einkaufen fahren? Der Ugü hat mir gerade gesagt, dass wir unter halb sind. Wir müssen also noch tanken. Dann könnte der Michi doch mit dem Gunther die Position tauschen und sich sein Grünzeug holen. Der Laden liegt eh auf dem Weg.«

»Meinetwegen. Ihr seid ja über Funk erreichbar.«

»Na klar. Wir haben das ja sonst auch schon so gemacht.«

»Okay, dann fahrt raus. Rufst du die Leitstelle an?«

»Mach ich.«

Ich hängte auf. Na bitte, es ging doch. Irgendeinen Weg fanden wir immer, stellte ich zufrieden fest. Unser Mittagessen wäre somit gerettet – zumindest glaubte ich das. Aber es kam alles ganz anders ...

Rangiermeister Bonner bellte ziemlich ungehalten in das Funkgerät, das an einem starken Lederriemen um seinen Hals hing. »Was ist mit der Rangierlok? Kriegt ihr das heute noch auf die Reihe, oder können wir nach Hause gehen?«

»Ganz ruhig, Bonner! Wir tun, was wir können. Aber zaubern können wir auch nicht.«

Nachdem die erste Rangierlok mit unerklärlichem Motorschaden ausgefallen war, arbeiteten die Männer im Stellwerk auf Hochtouren daran, ihrem cholerischen Kollegen eine Ersatzlok zu beschaffen. Dabei war das eigentliche Problem nicht die Beschaffung dieser Lok, sondern des Lokführers, denn heute war Samstag. Die meisten hatten frei, und daher war es nicht so einfach, mal eben, wie Bonner leichthin forderte, einen dienstfreien Mann zu aktivieren. Zumindest lief es nicht so glatt, wie der Rangiermeister sich das wünschte.

»Du hast doch selber einen Lokführer in deiner Kolonne«, sagte sein Gegenüber im Stellwerk. »Nimm den doch.«

»Und wer bitte sollte das sein?«, fragte Bonner giftig.

»Na, dein ganz spezieller Liebling, der Hakan«, kam es ironisch zurück.

Für eine ganze Weile blieb die Leitung daraufhin stumm. Dann fiel es Bonner wieder ein. Es stimmte, sein kleiner verhasster Achmed Hakan durfte tatsächlich Rangierloks fahren, nur hatte er ihn aus Frack so gut wie nie rangelassen. Und jetzt ärgerte er sich über seinen Mitarbeiter. So ein Mist! Warum musste der Typ auch gerade heute ausfallen, wo er ihn zum ersten Mal wirklich brauchte?

»He, Bonner! Bist du noch dran?«

Missmutig knurrte der Rangiermeister in die Sprechmembran seines Funkgeräts: »Natürlich bin ich noch dran. Und, Kollege … verarschen kann ich mich auch alleine.«

»Sag mal, Bonner, spinnst du jetzt endgültig? Wie redest du denn mit mir?«

»Ph! Tu doch nicht so scheinheilig. Als ob ihr da oben nicht wüsstet, dass der kleine Scheißer vorhin ins Krankenhaus gefahren wurde.«

Sendepause. Dann meldete sich die Stimme wieder zurück, diesmal etwas kleinlauter. »Hör mal, das hab ich wirklich nicht gewusst.«

»Vergiss es.« Bonner war immer noch sauer. »Sieh lieber zu, dass hier schnellstmöglich ein Neuer antanzt, am besten schon gestern.«

»Wird nicht so einfach werden. Du weißt ja, heute ist Samstag und …«

»Mann, verschon mich mit deinem Gequatsche!«, brüllte Bonner unwirsch. »Hier ist eh schon die Kacke am Dampfen, und ich sag dir nur eins: Wenn ihr da oben nicht spurt, läuft hier bei uns auch nichts mehr. Kapierste?«

Nach diesem für beide Seiten nicht gerade motivierenden Gespräch schaltete Bonner einfach sein Funkgerät ab und stapfte frustriert quer über das Schotterbett auf die Güterwaggons zu, die in einiger Entfernung standen. Diese Waggons mussten sie zuerst abfertigen. Auf dem Weg dorthin wurde dem Rangiermeister bewusst, dass er eigentlich selber derjenige wäre, der die Rangierarbeit übernehmen müsste. Zumindest wenn man ihnen in der nächsten halben Stunde keinen anderen Lokführer schickte. Bei dieser Erkenntnis wurden seine Gedanken mit jedem Schritt düsterer. Seit dem Zwischenfall vor drei Jahren hasste Bonner nämlich diese Rangiererei auf der Lok, und er hasste diesen Achmed, weil er fand, dass der sich unfair aus dem Staub gemacht und ihm dadurch die ganze Sache erst eingebrockt hatte.

Die Drehleiter der Feuerwache 7 befand sich wieder an ihrem angestammten Platz in der Fahrzeughalle. Die Besatzung des Kombi war kurz danach ebenfalls wieder eingerückt, und nun saßen die Männer mit der übrigen Mannschaft unter dem Schatten spendenden Laubdach eines Baumes auf dem kleinen Rasenflecken in der Nähe des Eingangsbereichs.

Im Gegensatz zu weniger heißen Tagen war heute Diensterleichterung »befohlen«. Das hieß, kurze Hose und Sandalen waren erlaubt. Angesichts der extrem hohen Temperaturen hatten wir alle gerne davon Gebrauch gemacht. Das Wetter übte eine regelrecht lähmende Wirkung auf uns aus, und so wie wir hier lustlos auf den Gartenstühlen hingen, würde unsere Truppe, zumindest für einen Außenstehenden, eher den Eindruck von abgeschlafften Sommerfrischlern in einem Biergarten denn einer jederzeit einsatzbereiten Feuerwehrmannschaft machen. Allerdings fehlte zu einem richtigen Biergarten ein elementar wichtiges Utensil: das Bier!

Alkohol, gleich in welcher Form, war auf den Feuerwachen schon seit Langem absolut tabu. Das war nicht immer so gewesen, und somit wurde Alkohol in diesem Moment zum Gegenstand unserer Unterhaltung. Ich selber war es, der eine Geschichte aus der Vergangenheit zum Besten gab und damit die allgemeine Lethargie durchbrach.

»… und dann hatten wir das zweite Fass angestochen!«

»Nee, nicht wirklich, oder?«

»Na klar«, bekräftigte ich lachend und relativierte meine Erzählung, indem ich erklärte: »Das ist aber schon über 30 Jahre her. Damals war so was noch möglich, und der Stefan und ich, wir haben jeder ein Fass Bier bei unserem Einstand an Wache 3 ausgegeben.«

»Etwa *der* Stefan Boddem?«

»Ja, ja, genau der.«

»Und *mit dem* hast *du* damals an Wache 3 angefangen?«

»Na klar. Wir waren ja auch im selben Grundausbildungslehrgang.«

Derjenige, der die Frage gestellt hatte, sah mich erstaunt an, während einige ältere Kollegen, die meine Geschichten schon kannten, gelangweilt die Augen verdrehten und spontan begannen, demonstrativ grüne Blätter zu zählen.

»Und wieso«, fuhr der jüngere Kollege unbeirrt fort, »ist der dann Direktor geworden, und nicht du?

»Boah, du kannst vielleicht Fragen stellen.«

»He, Martin, sag dem jungen Burschen doch einfach, er soll dein Buch kaufen.« Bei dieser Andeutung grinste mich der Kollege, der gerade noch Blätter gezählt hatte, spitzbübisch an und erklärte den anderen bedeutungsvoll: »Da steht nämlich alles drin. Von wegen irgendwo reinfallen und so.«

Nachdem er die anderen so angefüttert hatte, lehnte er sich genüsslich zurück und betrachtete erneut die Blätter. Das war wieder typisch Feuerwehr: Erst wurde ein Brocken in die Runde geworfen und dann so getan, als ob man überhaupt nichts gesagt hätte. Jedenfalls stürmten danach die Fragen nur so auf mich ein.

»Los, erzähl mal.«

»Was war denn damals passiert?«

Und, und, und …

Aber ich schüttelte energisch den Kopf. »Vergesst es!«

»Och, Martin, nun red schon. Du erzählst doch sonst auch gerne Geschichten.«

Aber ich blieb eisern. »Ihr habt es doch gehört. Das könnt ihr alles nachlesen, steht alles in meinem Buch ›Der Feuerwehrmann‹.« Ich sah aufmunternd in die Runde. »Also was ist? Wer will eins?«

Unglücklicherweise unterbrach ein völlig unpassender Löschzugalarm den Moment höchster Kaufwilligkeit, sodass aus dem Geschäft meines Lebens leider nichts mehr wurde.

Der Vierfachgong brachte schlagartig Bewegung in unsere müde Truppe. Während aus den unzähligen Lautsprechern innerhalb und außerhalb des Wachgebäudes noch die Alarmierungsdurchsage ertönte, rannte die Mannschaft bereits zu den

Fahrzeugen, wo sich jeder in Windeseile in seine bereitstehende Schutzbekleidung warf und dann seine genau vorgesehene Position einnahm. Nach kaum mehr als einer Minute rollte der Löschzug 7 in Richtung Ausfahrttor, wo ich zustieg.

Im Gegensatz zu den anderen war ich nach vorne geeilt, wo im Vorraum zum DGL-Büro meine dicke Einsatzjacke hing. Noch vor dem endgültigen Verklingen des Vierfachgongs hatte ich den Raum erreicht. Hier standen auch meine Feuerwehrsicherheitsstiefel mit der über die Schäfte gestülpten Hose.

Ich hatte längst die dicken Klamotten übergezogen, da war »der Mann aus der Wand« noch immer nicht mit seiner endlos langen Aufzählung ausrückender Fahrzeuge fertig. Angeblich war ein Güterzug im Bereich des Reisholzer Bahnhofs entgleist, weshalb die »halbe« Feuerwehr alarmiert wurde. »Weltalarm« würde mein DGL-Kollege dazu jetzt sicher sagen. Aber Sterni, wie Reinhard Sternberg allgemein genannt wurde, hatte heute frei. Die Position des Gruppenführers auf dem zweiten LF hatte deshalb Roberto inne.

Mit dem Alarmschreiben, das der Drucker in gleich 4-facher Ausfertigung ausgespuckt hatte, in der Hand schwang ich mich auf den Beifahrersitz des ersten Fahrzeugs.

»Auf geht's, Uli.«

Ulrich Hein war mein heutiger Maschinist, und das Wissen, diesen verlässlichen und erfahrenen Mann neben mir am Steuer sitzen zu haben, verlieh mir ein sicheres Gefühl. Das konnte ich auch verdammt gut gebrauchen, denn die aktuelle Funkdurchsage, die wir kurz nach dem Verlassen der Feuerwache von der Leitstelle erhielten, war alles andere als beruhigend.

»Achtung! An alle Einsatzkräfte zum Reisholzer Bahnhof! Es sind mehrere Güterwaggons in eine Produktionshalle der Linde Gas gerast. Wir erhöhen die Alarmstufe wegen akuter Explosionsgefahr. Ende der Durchsage.«

Ende der Durchsage? Einen Moment herrschte in unserem LF gespenstische Stille. War er das also, der schon immer befürchtete Super-GAU? Der Monsterunfall, den keiner haben wollte?

Wie oft hatten wir scherzhaft gesagt: »He, Leute, wenn bei Henkel der Pritt-Stift in die Luft fliegt, werde ich spontan krank.« Oder: »Also wenn es bei Linde mal so richtig rumst, dann fahren wir am besten in die andere Richtung.«

Aber anstatt in die entgegengesetzte Richtung zu fahren, um uns in Sicherheit zu bringen, schwenkte der komplette Löschzug natürlich links herum und nahm direkten Kurs auf die Reisholzer Werftstraße.

Wie hieß es doch so zutreffend: Wo alle wegrannten, da liefen wir hin! Das war unser Job! Dafür standen wir Tag und Nacht bereit, 24 Stunden lang, 365 Tage im Jahr! Obwohl die schrecklichsten Dinge jederzeit auch bei uns passieren konnten, hatten wir eigentlich nie ernsthaft damit gerechnet. Natürlich trainierten wir auch schlimme Szenarien, aber dennoch gab es Einsätze, die wir lieber nur im Fernsehen sahen – oder noch besser: überhaupt nicht.

Unwillkürlich musste ich an Eschede und an die verheerenden Zugunglücke in Indien mit massenhaft Toten und Verletzten denken. War es jetzt also soweit? Hatte der Super-GAU diesmal uns erwischt – hier, mitten in unserem eigenen Brandschutzabschnitt?

Ich schob die belastenden Gedanken gewaltsam beiseite und zwang mich, die Gedanken auf Wichtigeres zu konzentrieren. Denn egal was uns gleich auch erwarten würde, auf jeden Fall wären wir die ersten eintreffenden Einsatzkräfte und ich wäre der erste Einsatzleiter vor Ort – zumindest so lange, bis der erste C-Dienst oder B-Dienst eintreffen würde.

Wir fuhren die Werstener Friedhofstraße entlang. In der Tempo-30-Zone gab es mehrere einmündende Rechts-vor-Links-Straßen. Danach folgte eine nicht ungefährliche scharfe Linkskurve, deren Straßenrand von alten hochstämmigen Platanen gesäumt war. Im Herbst, wenn die Blätter fielen, oder im Winter, wenn es gefroren hatte, hatte es hier schon so manchen unvorsichtigen Raser aus der Kurve getragen. Mein Maschinist tat also gut daran, trotz der Eile, die geboten war, ein gemäßigtes Tempo zu fahren. Schließlich wollten wir ankommen.

Mit Durchfahren der Kurve befanden wir uns in der Halbuschstraße. Rechter Hand erstreckte sich der wie eine Raffinerie anmutende Teil der Henkel-Werke. Deutlich ragte der Schornstein mit dem weithin sichtbaren überdimensionalen Pritt-Stift in den Himmel.

»Mann, bin ich froh, dass der Pritt-Stift noch da ist und wir nur zu Linde fahren müssen!«, rief jemand scherzhaft im Mannschaftsraum.

Danach schlug die angespannte Stimmung schlagartig um, und die »Jungs« tönten wieder, als würden sie nur zu einem lustigen Kaffeekränzchen fahren. Vielleicht war das eines jener Geheimnisse, wie man bedrohlichen Situationen gelassen entgegensah, ohne allerdings den nötigen Respekt vor möglichen Gefahren zu verlieren.

Und auf solche Gefahren musste ich mich einstellen. Von früheren Einsatzstellen hatte ich nur allzu deutlich die verheerende Zerstörungskraft explodierender Gasflaschen vor Augen: Druckgasflaschen, deren stabile dickwandige Stahlmäntel unter ohrenbetäubendem Krach wie brüchiges Pergamentpapier zerborsten waren; Gasflaschen, die mit ihrem brennbaren Inhalt raketengleich Hunderte von Metern durch die Luft geschleudert worden waren. Im Brandfall reichte schon eine einzige Gasflasche, um eine ansonsten recht harmlose Einsatzstelle in eine höchst brisante Einsatzstelle zu verwandeln. Und hier handelte es sich nicht nur um eine einzige Flasche. In der Produktionsstätte der Linde Gas lagerten gleich Hunderte von Druckgasflaschen!

Allerdings war es mir ein Rätsel, wie dort ein Güterzug hineingeraten konnte. Zwar gab es zu beiden Seiten der Oerschbachstraße Bahngleise, aber doch nicht bei Linde.

Vor meinem geistigen Auge zeichneten sich die Örtlichkeiten ab. In einiger Entfernung hinter Linde verliefen parallel zur Straße Gleise der Deutschen Bahn. Auf der viel befahrenen Strecke donnerte der ICE durch, hier rollten die S6 sowie die Regiobahnen RE1 und RE5 entlang, und natürlich ratterten auch diverse Güterzüge durch. Aber waren diese Gleise nicht alle viel zu weit von Linde entfernt, um dem Betrieb gefährlich werden zu können? Hm, es gab natürlich auch noch den Schienenverkehr von Henkel und von IDR. Beide Firmen wurden über ein Gleis versorgt, welches die Oerschbachstraße querte, um in ein Rangiergleis neben der S-Bahnstrecke einzumünden. Aber auch dieses Gleis kam meines Erachtens nicht bis an das Gelände von Linde heran.

Sollte sich vielleicht wieder jemand nur einen schlechten Scherz mit der Feuerwehr erlaubt haben? Es wäre schließlich nicht das erste Mal, dass wir durch einen böswilligen Alarm hinausgelockt wurden. Erst letztens erzählte mir ein Kollege von der Leitstelle, dass sie an besonders schlimmen Tagen weit über 100 solcher Fehlalarme erhielten.

Wir bogen jetzt in die Oerschbachstraße ein. Rechts lag IKEA, und hier ging es zu wie in einem Bienenstock. Uli musste verdammt vorsichtig fahren. Der Parkplatz war schon rappelvoll, aber immer noch drängten weitere Autofahrer nach, während andere bereits das Gelände verließen. Erst unmittelbar hinter dem neu erbauten Kreisverkehr konnte Uli wieder Gas geben. Hier hatte sich der Verkehr wieder normalisiert, und die Straße machte eine übersichtliche lang gestreckte Kurve.

Nun war es nicht mehr weit. Circa 200 Meter voraus befand sich auf der linken Seite das Gelände von Linde. Ich fokussierte meinen Blick, aber es war noch nichts zu erkennen, zumindest gab es keine einsatztypischen Auffälligkeiten. Weder sah ich aufsteigenden Rauch, noch vernahm ich das scharfe Knallen zerberstender Druckgasflaschen. Fast war ich geneigt, an einen Fehlalarm zu glauben, da riefen meine Männer hinten im Mannschaftsraum aufgeregt: »Links, links! Guck mal links aus dem Fenster!«

Weil ich mein Augenmerk die ganze Zeit nach vorne gerichtet hatte, konnte ich nur einen kurzen Blick auf das Bild werfen, das sich mir bot, aber es genügte, um zu wissen, dass es da drüben mächtig gekracht hatte. Zwei Güterwaggons hatten sich ineinander verkeilt und bildeten ein hohes Dreieck. Mehr hatte ich nicht sehen können, denn schon versperrten mir die Gebäude wieder die freie Sicht auf die Bahngleise.

»Wow! Hast du das gesehen?«

Ja, ich hatte es gesehen, und in diesem Moment wurde jedem klar, dass wir keinem Fehlalarm aufgesessen waren!

Die Männer hatten hart geschuftet, um die 40 Waggons pünktlich zusammenzustellen – alle, ausnahmslos. Eigentlich hätte Fritz Bonner mit ihrer Arbeit zufrieden sein müssen, da es ihnen trotz brütender Hitze und enormem Zeitdruck in einem regelrechten Kraftakt gelungen war, den vorgegebenen Zeitplan einzuhalten. Aber ihren Kolonnenführer würden sie wohl nie zufriedenstellen können. Das wussten sie, und deshalb wollte auch keine Freude über die erbrachte Leistung aufkommen, zumal Bonner jetzt seinen kantigen Schädel aus dem Führerstand der Rangierlok streckte und sie schon wieder antrieb.

»He, ihr Pfeifen, Zigarettenpause ist später! Ich kann mich nicht erinnern, was von Pause gesagt zu haben! Los, macht hin, oder denkt ihr, die Arbeit erledigt sich von alleine?«

»Sklaventreiber«, murrten einige, beließen es aber bei diesem leisen Protest und begaben sich wieder an die Arbeit.

»Hemmschuhe entfernen!«, brüllte Bonner und setzte die dieselbetriebene Rangierlok in Gang.

»Hemmschuhe sind weg!«, kam kurz darauf die Antwort.

Bonner musste die 40 Güterwaggons über einen kleinen Ablaufhügel in Richtung eines Abstellgleises schieben. Ratternd setzte sich der teilweise mit Stahlblechen beladene, mehrere 100 Tonnen schwere Verband in Bewegung. Mit jedem weiteren Waggon, der den Ablaufhügel überwand, wurde die Schubleistung, die die Rangierlok erbringen musste, weniger.

Dafür zog jetzt das Gewicht der abrollenden Waggons mit zunehmender Kraft an den Kupplungen. Nachdem Bonner die Hälfte der Waggons über den Hügel geschoben hatte, galt es, das unkontrollierte Ablaufen der 40 Waggons zu verhindern. Denn obwohl es jetzt nur noch abwärts ging, war der Einsatz der Rangierlok weiterhin unverzichtbar. Das Abstellgleis besaß zwar nur ein minimales Gefälle, aber einen frei abrollenden Waggon hätte hier niemand mehr aufhalten können.

Bonner stand schwitzend im Führerstand der Rangierlok. Er war der Einzige, der jetzt noch arbeitete. Das gab den Männern zumindest für die nächsten paar Minuten Gelegenheit zu einer willkommenen Pause, denn so lange der Zugverband nicht seine vorgeschriebene Position auf dem Abstellgleis eingenommen hatte, konnte er sie nicht antreiben und musste sie in Ruhe lassen. Also standen sie neben den Gleisen, die Hände tief in den Hosentaschen vergraben, die unvermeidliche Zigarette im Mundwinkel, und sahen mit versteinerten Gesichtern schweigend zu, wie sich Waggon um Waggon langsam über den Abrollhügel bewegte.

Die eisernen Räder kreischten. Ständig stießen die massiven Puffer der Waggons gegeneinander, um dann mit laut krachender Urgewalt an ihren Kupplungen zu reißen, wenn sie das Gefälle erreichten. Eigentlich war es Vorschrift, bei diesem Höllenlärm Gehörschutz zu tragen, aber nicht alle Männer hatten ihre »Mickymäuse« aufgesetzt. Die älteren waren mit den Jahren so taub geworden, dass ihnen das ständige Lärmen und Kreischen längst nichts mehr ausmachte.

Den außergewöhnlich scharfen Knall, der jeglichen anderen Lärm übertönte, vernahmen jedoch alle. Er war so heftig, dass sein Schall sogar noch die Arbeiter bei Linde zusammenzucken ließ. Franz Buchwald, der immer noch auf seinem Gabelstapler saß und soeben eine rasante Wendung vollführte, wäre vor Schreck beinahe in eine Flaschenbatterie hineingerauscht. Reflexartig riss er sein Gefährt im letzten Moment noch herum und brachte die Elektrokarre danach zum Stehen, um tief durchzuatmen. Dann sah er zu seinem Kollegen hinüber, der ebenfalls erschrocken die Arbeit unterbrochen hatte und Franz seinerseits einen fragenden Blick zuwarf, der besagte: He, was war das denn?

Unwillkürlich schauten beide danach in den Himmel. Aber von dem vermeintlichen Starfighter, der, wie sie glaubten, gerade über ihren Köpfen die Schallmauer durchbrochen hatte, war weit und breit nichts zu sehen.

So ein Quatsch!, dachte Franz. Der letzte Starfighter war schon vor Jahren abgestürzt, und überhaupt – wann war seitdem wieder ein Jagdflieger über Düsseldorf gesehen worden?

Während er noch darüber nachgrübelte, was der Auslöser für diesen ungewöhnlich lauten Knall war, erhob sich jenseits des Zaunes ein mächtiger Tumult. Menschen schrien aufgeregt durcheinander, als ginge es um ihr Leben.

Und dann rollte es heran. Zuerst war nur ein dumpfes Grollen zu hören. Dann wurde das Grollen lauter, vermischte sich mit dem immer noch anhaltenden Geschrei, um es schließlich fast vollständig zu übertönen. Franz Buchwald verspürte schlagartig ein tiefes Unwohlsein. Ohne zu wissen wieso und weshalb, erahnte sein Inneres die drohende Gefahr. Mit wachsweichen Knien richtete er sich in seinem Gabelstapler auf und schaute über den Zaun hinweg auf das Bahngelände.

Was er dort sah, ließ ihm das Blut in den Adern gefrieren. Unfähig, auch nur ein Fingerglied zu rühren, sahen seine vor Schreck geweiteten Augen das Unheil auf sich zu rasen. Franz' Magen krampfte sich zusammen, dann hörte er wie durch einen Nebel, dass ihm sein Kollege zurief: »Was ist Franz? Was siehst du?«

Aber es war bereits zu spät, um noch antworten zu können. Es tat einen erneuten Schlag, und schon brach sich der erste Waggon wie ein riesiges stählernes Ungetüm seinen Weg durch die Flaschenbatterien. Mehrere Stahlflaschen spritzten wie Kegelpuppen zur Seite, irgendetwas zischte laut und gefährlich, und dann war die mächtige rot-graue Masse da.

Nachdem sie die ersten Schrecksekunden überwunden hatten, kam Bewegung in die Bahnarbeiter, die gerade noch lethargisch neben dem Gleis verharrt hatten. Während einige lediglich staunend den Mund aufrissen und losbrüllten, rannten die übrigen, ebenfalls laut schreiend, neben dem Abstellgleis her. Einige schafften es sogar, die Güterwaggons, die sich selbstständig gemacht hatten, zu überholen. Aber weder ihre verzweifelten Rufe noch ihre vergeblichen Versuche, unter hohem Risiko eiserne Hemmschuhe auf die Schienen zu werfen, konnten die einmal in Fahrt gekommenen Waggons aufhalten.

Der Einzige, der noch nicht begriffen hatte, was eigentlich vor sich ging, war Bonner. Natürlich hatte auch er den extremen Knall gehört und den mächtigen Ruck verspürt, aber er konnte sich keinen Reim darauf machen. Denn im Unterschied zu seinen Arbeitern, die den gesamten Zugverband von außen überblicken konnten, saß er in seiner Rangierlok an dem einen Ende, wodurch ihm die Sicht auf das Ereignis, das sich weiter vorne abgespielt hatte, versperrt war.

»Was zum Teufel …?«

Dann hörte er die Männer auch schon lauthals schreien und wild gestikulieren. Einige rannten, wie von Furien gehetzt, in Richtung Prellbock, was dem Ende des Abstellgleises gleichkam. Plötzlich dämmerte Bonner, was passiert war. Aber das Wissen darum war so ungeheuerlich, dass er es nicht wahrhaben wollte. Draußen brüllten die Männer immer noch wie am Spieß. Voller Panik stoppte Bonner die Lok, sprang aus dem Führerstand und rannte zu einer seitlichen Position, von der aus er das weitere Unheil in ohnmächtiger Hilflosigkeit verfolgte.

Weiter vorne, viel zu weit, um noch einschreiten zu können, war zwischen zwei Waggons eine Kupplung gerissen. Allerdings war dem Rangiermeister sofort klar, dass sie in solch einer Situation ohnehin gar nichts mehr unternehmen konnten. Jetzt rollten die abgetrennten Waggons ungebremst auf das Ende des Gleises zu, wo bereits mehrere abgestellte Waggons standen. Bonner sah voller Schrecken, wie einige seiner Arbeiter neben dem Gleis herliefen und verzweifelt versuchten, metallene Hemmschuhe darauf zu platzieren, um die Waggons doch noch zum Stehen zu bringen.

Ja, waren die denn total bescheuert? Er legte beide Hände trichterförmig um den Mund und brüllte aus Leibeskräften: »Weg von den Waggons! Weg von den Waggons!«

Aber sein Warnruf ging in dem allgemeinen Krach und dem Geschrei der anderen unter. Wahrscheinlich waren die Männer eh schon zu weit weg, um ihn noch hören zu können. Trotzdem versuchte Bonner es weiter. Mein Gott, die mussten unbedingt den Waggons fernbleiben!

Im Gegensatz zu ihm war seinen Männern anscheinend nicht bewusst, in welcher Gefahr sie sich befanden. Die mehrere Hundert Tonnen schweren Waggons würden sie mit den Hemmschuhen sowieso nicht mehr bremsen können, dafür hatte die gewaltige Masse schon viel zu viel Fahrt aufgenommen. Aber ein falsch platzierter Hemmschuh konnte von den eisernen Rädern eines schnell rollenden Waggons wie ein Geschoss zur Seite katapultiert werden und ihnen die Knochen zerschmettern. Im schlimmsten Fall konnten die Waggons durch ihre unbedachte Aktion sogar aus dem Gleis springen, und dann gnade ihnen Gott.

Unaufhaltsam näherte sich die außer Kontrolle geratene Masse dem Prellbock mit den davor abgestellten Güterwaggons. Die Arbeiter, die vergeblich versucht hatten, ihren letzten Hemmschuh zu platzieren, gaben schließlich auf.

Bonner schickte ein Stoßgebet zum Himmel. Endlich blieben diese Wahnsinnigen stehen. Keuchend vor Anstrengung, frustriert und mit hängenden Schultern sahen sie dem weiterrollenden Unheil hinterher. Die Entfernung zu den Waggons betrug jetzt nur noch 30 Meter, noch 20, zehn, fünf, vier, drei, zwei … Dann folgte ein erneutes Krachen und ein gewaltiges Beben erschütterte den Boden, auf dem sie standen.

Obwohl sich das Folgende in nur wenigen Sekunden abspielte, hatte Bonner das Gefühl, alles in Zeitlupe mit anzusehen. Die Kette der losgerissenen Waggons war unaufhaltsam weitergerast und mit ungebremster Kraft auf die bereits abgestellten Güterwaggons geprallt. Der Aufprall war so gewaltig, dass mehrere Waggons wie Spielzeuge aus dem Gleis sprangen. Unter ohrenbetäubendem Kreischen schoben sie sich, wie von einem unsichtbaren Kranhaken gezogen, in die Höhe, um dort einer Pyramide gleich zu verharren.

Bonner stand wie erstarrt. Ihm graute bei dem Gedanken daran, was alles hätte geschehen können, wenn seine Leute nicht stehengeblieben, sondern weitergelaufen wären. Das hätte Tote geben können!

Aber der Spuk war noch immer nicht vorüber, denn die hier abgestellten Waggons hatten ihrerseits jetzt so einen gewaltigen Stoß erhalten, dass sie den Prellbock wie nichts wegfegten und weiter auf den unmittelbar in ihrer Nähe befindlichen Metallzaun der Firma Linde zurasten.

Bonner schwindelte. Er fasste sich an den Kopf. »Oh nein, bitte nicht! Bitte nicht in das Druckgasflaschenlager.«

Aber ungeachtet seiner geflüsterten Worte rumpelten die Waggons nunmehr, ohne Schienen unter den Rädern zu haben, über ein Pflaster aus grauen Betonverbundsteinen. Auf den wenigen Metern bis zu dem trennenden Zaun rissen sie zwei junge Birken mit sich, als wären es lediglich dünne Streichhölzchen. Die tonnenschweren Waggons begruben die erste Birke samt Wurzelballen unter sich, durchbrachen den Metallzaun und krachten mitten in das Flaschenlager hinein.

Japan 2005:

In der Folge eines relativ harmlosen Unfalls kam es in einem Industriegebiet inmitten einer japanischen Großstadt zu einem Brand in einem Druckgasflaschenlager. Aufgrund der brisanten Lage wurden sofort mehrere Löschzüge zur Einsatzstelle beordert. Als die Einsatzkräfte eintrafen, hatte das Feuer bereits auf Teile des Flaschenlagers übergegriffen. Aus sämtlichen Rohren bekämpften die Feuerwehrmänner den Brand. Weitere

Einsatzkräfte trafen ein. Im Umkreis von mehreren Hundert Metern wurden sämtliche Gebäude evakuiert. Die Einsatzkräfte kämpften einen verzweifelten Kampf gegen die inzwischen hoch auflodernden Flammen. Löschhubschrauber warfen tonnenweise Wasser über der Einsatzstelle ab.

Die Situation spitzte sich zu. Immer wieder zerrissen Druckgefäßzerknalle die Luft. Zerfetzte Stahlflaschen wurden wie Geschosse in die Höhe geschleudert und schlugen wie Granateneinschläge noch in weiterer Entfernung auf. Trotz des massiven Großaufgebots gelang es den Feuerwehrmännern nicht, das Übergreifen der Flammen auf einen abgestellten Tanklastzug mit Flüssiggas zu verhindern. Schließlich eskalierte die Lage endgültig.

Eine gewaltige Detonation ließ die ganze Region erbeben. Ein glutroter Feuerball von annähernd 200 Metern Durchmesser stieg in den Himmel. Im Umkreis von 600 Metern versengte die Strahlungswärme alles, was nur halbwegs brennbar war. Ganze Gebäude wurden in Schutt und Asche gelegt, Hunderte von Fahrzeugen gingen in Flammen auf. Dank der raschen Evakuierung gab es wie durch ein Wunder nur wenige Tote, allerdings eine große Anzahl Verletzter. Diejenigen, die der Flammenhölle nicht mehr rechtzeitig entkommen konnten, trugen meist schwere Verbrennungen davon. Für vier Feuerwehrmänner kam jedoch jede Hilfe zu spät. Genau wie ihre Löschfahrzeuge verglühten sie bis zur Unkenntlichkeit in dem gigantischen Feuerball.

Die japanische Feuerwehr benötigte zwei Tage, um das Feuer unter Kontrolle zu bringen, und zwei weitere Tage vergingen, bis auch die letzten Flammen gelöscht waren.

In außergewöhnlichen Situationen war das menschliche Gehirn oft zu außergewöhnlichen Leistungen fähig. Diese enorme Leistungsfähigkeit unseres Gehirns ließ sich am besten an Träumen aufzeigen, welche in der Realität gleich mehrere Tage in Anspruch nehmen würden. Unser Unterbewusstsein durchlebte deren detailgetreue zeitliche Abläufe in nur wenigen Minuten, ja manchmal sogar nur in Sekunden! Ähnlich erging es uns, wenn wir außergewöhnlichen Situationen ausgesetzt waren und aus dem Bauch heraus handelten. Dann mussten spontane Entscheidungen gefällt werden, für deren logische Begutachtung wir wesentlich mehr Zeit benötigt hätten, die uns im Moment der Gefahr aber nicht zur Verfügung stand. Natürlich lagen wir nicht immer richtig mit solchen Bauchentscheidungen, aber ich habe zumindest bei mir selbst festgestellt, dass ich sehr oft gut damit beraten war, mich auf meine Intuition zu verlassen. So auch jetzt.

Quasi als Warnung vor dem, was uns gleich erwarten könnte, spulten sich die eindrucksvollen Fernsehbilder der japanischen Ereignisse vor meinem inneren Auge ab. Nüchtern verglich ich die Katastrophe, die mehrere Tausend Kilometer entfernt von hier stattgefunden hatte, mit den mir bislang bekannten Fakten.

Als Feuerwehrmann lernte man anhand immer wiederkehrender logischer Überlegungen kritische Situationen zu analysieren. Jeder Einsatzleiter kannte den klassischen Regelkreis aus Sehen, Überlegen, Handeln. Jeder Einsatzleiter versuchte die Gefahrenschwerpunkte zu erkennen und stand bei seinen Entscheidungen unter einem enormen Zeitdruck. Aus einer Fülle von Eindrücken musste er sich schnellstmöglich ein umfassendes Bild der Lage verschaffen und daraus seine Schlüsse ziehen. Nachdem er das Für und Wider verschiedener Möglichkeiten abgewägt hatte, entschied er sich schließlich für die seiner Meinung nach beste Angriffsstrategie und erteilte seinen Männern die entsprechenden Einsatzbefehle. In besonders extremen Situationen griff sein Unterbewusstsein dabei verstärkt auf Erfahrungswissen zurück. Nicht immer war jede Entscheidung ausschließlich logisch zu begründen. Viele basierten auf dem erwähnten Bauchgefühl und erfolgten rein intuitiv. Aber ganz gleich, wie die Sache später auch ausging, jeder Einsatzleiter musste selber für seine Entscheidungen geradestehen.

In genau dieser Situation befand ich mich gerade. Als erster Löschzug vor Ort war ich zurzeit der dienstranghöchste Einsatzleiter und musste erste, und unter Umständen für das gesamte Folgegeschehen schwerwiegende Entscheidungen treffen. Natürlich durfte ich auf baldige Entlastung durch dienstranghöhere Führungskräfte hoffen, aber bis zu deren Eintreffen war ich erst einmal auf mich allein gestellt.

Ich betätigte die Sprechtaste meines Handsprechfunkgeräts: »7-1 für Gruppenführer 7-2 und Drehleiterführer. Bleibt mit euren Fahrzeugen so lange draußen auf der Straße, bis ich euch nachfordere. Bestätigen.«

Sofort meldete sich Roberto, der Gruppenführer des zweiten LF: »Sollen wir nicht lieber gleich nachrücken?«

»Nein! Wenn es hier wirklich rumst, reicht es, wenn nur ein Fahrzeug in die Luft fliegt. Ihr baut draußen die Wasserversorgung auf und sperrt mit der Leiterbesatzung weiträumig die gesamte Straße.«

Ich glaubte nicht ernsthaft an eine solche Gefährdungslage, denn noch immer gab es keine Anzeichen eines Brandes. Dennoch wollte ich auf Nummer sicher gehen. Im Übrigen hätte ich meine Männer nie wissentlich einer solchen Gefahr ausgesetzt.

Über Funk gab ich eine erste Rückmeldung an die Leitstelle. Viel konnte ich ja noch nicht mitteilen, denn der Hofbereich, in den die Güterwaggons hineingerast waren, lag auf der anderen Seite des lang gestreckten Firmengebäudes und war somit unseren Blicken entzogen. Erst als wir die breite Lkw-Einfahrt passierten und um die Gebäudeecke bogen, konnte ich im weiter hinten liegenden Bereich die eigentliche Einsatzstelle ausmachen.

»Weiterfahren?« Uli sah mich skeptisch an.

Ich schüttelte den Kopf. Bis zu dem Punkt, an dem ich den ersten Güterwaggon inmitten des Flaschenlagers ausmachen konnte, betrug die Entfernung nicht einmal 50 Meter. Nicht einmal 50 Meter! Also weniger als die Mindestentfernung, die wir bei solch besonders gefährlichen Einsatzlagen einzuhalten hatten. Aber zwischen den einsatzbedingten Realitäten vor Ort und den gängigen Lehrbuchmeinungen klafften eben oft unüberbrückbare Lücken.

Ich wies meinen Maschinisten an, mit dem LF hier stehen zu bleiben, und erteilte der Mannschaft erste Anordnungen.

»Hört zu, Männer. Da hinten ist zwar kein Feuer zu sehen, aber solange wir noch nichts Genaues wissen, will ich unbedingt auf Nummer sicher gehen. Ihr zieht alle Atemschutzmasken mit Filter an. Angriffstrupp und Schlauchtrupp tragen Pressluftatmer und verlegen eine B-Leitung und eine C-Leitung nach vorne. Sucht euch eine gesicherte Deckung und wartet auf meine weiteren Befehle.«

Den letzten freien Mann wies ich an, den Durchgang hinter uns mit Flatterband abzusperren und niemanden durchzulassen. Danach machte ich mich alleine zu Fuß auf den Weg, um die Lage unmittelbar vor Ort zu erkunden. Natürlich trug auch ich eine Atemschutzmaske mit Filter.

Unterwegs stieß ich auf den Gabelstaplerfahrer Franz Buchwald. Von ihm bekam ich erste wichtige Informationen. Allerdings reichten diese bei Weitem nicht aus, um mir ein umfassendes Bild von der Gesamtsituation machen zu können.

Nachdem der heranrasende Güterwaggon nur wenige Meter vor seinem Gapelstapler zum Stehen gekommen war, hatte Franz sich relativ schnell wieder von dem Schreck erholt. Wie die meisten praktisch veranlagten Menschen hatte er schnell begriffen, was geschehen war, und sofort Alarm geschlagen. Bis auf einige wenige hatten daraufhin fast alle Mitarbeiter den gefährdeten Bereich verlassen und sich in Sicherheit gebracht. Franz war einer derjenigen, die geblieben waren. Von ihm erfuhr ich, dass die meisten getroffenen Gasflaschen zum Glück leer gewesen seien. Nach dem Zusammenprall hatten einige der vollen Flaschen zwar auch ihr Gas abgeblasen, aber es war zu keiner Zündung gekommen.

»Was ist mit den Arbeitern? Sind irgendwelche Personen zu Schaden gekommen?«

Franz pustete die Backen auf. »Ich glaub nicht. Zumindest nicht bei uns.«

Während meiner Erkundigungen waren wir stehengeblieben. Der Linde-Mitarbeiter machte einen stabilen Eindruck und versicherte mir, dass an der Unfallstelle keine gefährlichen Gase austraten. Aber ich wollte kein Risiko eingehen und wies den Mann an zurückzubleiben. Schließlich trug er keinen Atemschutz. Die letzten Meter legte ich also alleine zurück.

Ich sah eine Vielzahl von verbeulten Stahlflaschen sowie komplett zusammengedrückte Flaschenbatterien. Alles lag wild durcheinander, dazu zischte es verdächtig aus mehreren Ecken und Winkeln. Fürs Erste hatte ich genug gesehen und ging zu dem wartenden Linde-Mitarbeiter zurück.

Der streckte seinen Arm aus und deutete über das Tohuwabohu aus durcheinandergewürfelten Druckgasflaschen hinweg. »Sie haben mich eben nach Verletzten gefragt. Ich weiß allerdings nicht, wie es da drüben aussieht.«

Ich nickte. Dort begann das Bahngelände, darum würde ich mich später kümmern müssen. Zunächst galt es, hier die Lage unter Kontrolle zu bringen. Bliesen hier wirklich keine Flaschen brennbare Gase ab, oder irrte sich der Linde-Mitarbeiter möglicherweise? Solange diese Gefahr nicht 100-prozentig auszuschließen war, mussten meine beiden Trupps jedenfalls weiter in Bereitschaft bleiben. – Und was hatten die Güterwaggons geladen? Darüber wusste ich noch gar nichts. Außerdem konnte es irgendwo verletzte Menschen geben, denen als Erstes Hilfe zukommen musste. Es gab also noch viele Fragen, die unbedingt geklärt werden mussten, die ich bei der Weitläufigkeit der Einsatzstelle aber unmöglich alleine abarbeiten konnte.

Daher war ich sehr froh, als jetzt mit schnellen Schritten Jürgen Leineweber, mein C-Dienst, angelaufen kam. Mit wenigen Sätzen berichtete ich ihm, was ich bislang unternommen und erkundet hatte.

Jürgen nickte. »Gut, Martin. Du bleibst mit deinen Leuten hier in Bereitschaft. Ich kümmere mich um das Weitere.«

»Und drüben auf dem Bahngelände?«, wollte ich wissen.

»Da sind schon andere Wachen zugange. Du hältst hier nur die Stellung, verstanden?«

»Geht klar.«

Die Atemschutzmaske hatte ich längst wieder abgezogen, sie baumelte nur noch an einem breiten Gummiband vor meiner Brust. Einen Moment sah ich meinem Chef nach, bis er mit einem weiteren Feuerwehrmann irgendwo hinter dem Waggon und den durcheinandergewürfelten Flaschen meinen Blicken entschwand, dann ging ich zu meinen Männern.

Beide Trupps hatten sich gut positioniert. Nicht zu nah, um im Fall einer möglichen Zündung nicht im unmittelbaren Gefahrenbereich zu sein, aber auch nicht zu weit entfernt, sodass die Wurfweite ihrer Strahlrohre noch ihre volle Wirkung entfalten konnte. Die Deckung war auch nicht schlecht gewählt. Unter den gegebenen Umständen war der Platz hinter dem massiven Betonvorsprung einer Lkw-Laderampe sogar ideal.

Als ich vorhin mit Jürgen sprach, hatte der zweite Feuerwehrmann mit einem Gasspürgerät Messungen durchgeführt. Die Messungen waren jetzt ausgewertet, und ich bekam über Funk mitgeteilt, dass Entwarnung gegeben wurde. Also hatte der Linde-Mitarbeiter recht gehabt, als er behauptete, es strömten keine brennbaren Gase aus. Ein äußerst beruhigender Gedanke. Aber woher kam dann dieses verdächtige Zischen? Da musste doch noch irgendetwas anderes abblasen als die betroffenen Sauerstoffflaschen.

Ich beschloss der Sache auf den Grund zu gehen und forderte meinen Angriffstruppführer Thorsten van Es auf, mich zu begleiten. Inzwischen schwirrten in der unmittelbaren Nähe unserer Einsatzstelle etliche Menschen herum, die nach meiner Einschätzung hier nichts zu suchen hatten. Es war jetzt fast schon Mittagszeit, und die Sonne brannte gnadenlos von einem strahlend blauen, wolkenlosen Himmel auf uns herab. Alle Feuerwehrleute trugen Vollschutz, und ich hatte weder eine allgemeine Entwarnung, geschweige denn eine Freigabe unseres Einsatzstellenabschnitts gegeben.

Aus diesem Grund ärgerte ich mich über den Kollegen, der all die Menschen durchgelassen hatte, und teilte Thorsten meinen Ärger mit. »Jetzt guck dir diese Typen an! Rennen hier sorglos in ihren kurzärmeligen Hemden und den schicken Krawatten herum, als spazierten sie über 'nen Golfplatz.«

Thorsten lachte laut auf. »Und was willst du jetzt machen? Alle wieder verjagen?«

»Wäre wahrscheinlich das Beste. Was meinst du, wenn jetzt noch was passiert?«

Ich dachte mit Schrecken daran, was dann hier los wäre. All diese Zivilisten zwischen den umgestürzten Druckgasflaschen.

Thorsten merkte mir wohl an, dass ich es ernst meinte damit, die Leute zu verscheuchen, und hielt mich am Ärmel zurück. »Komm, vergiss es. Da hinten kommen mittlerweile ganz andere, die hier jetzt das Sagen haben.« Er deutete mit dem Kopf in die Richtung, in die ich sehen sollte.

Ah ja, jetzt erkannte ich ihn auch. Da kam unser B-Dienst. Wusste er schon mehr als ich, oder warum durften diese vielen Zivilisten hier herumlaufen?

Thorsten zerrte mich weiter. »Los, komm jetzt, oder hast du ernsthaft vor, dir den Mund zu verbrennen?«

Nein, das hatte ich jetzt nicht mehr vor. Noch vor wenigen Sekunden war ich ja bereit gewesen, die Zivilisten aufzufordern, sich hinter die weit entfernte Absperrung zu begeben, bis wir die Lage hier vollständig geklärt hätten. Aber angesichts der Tatsache, dass sich jetzt auch der B-Dienst an der Einsatzstelle befand, hätte ich mich höchstens lächerlich machen können. Also widmete ich mich wieder der Aufgabe, wegen der ich mit Thorsten eigentlich losgegangen war.

Bei den beschädigten Behältern handelte es sich um Niederdruckflaschen, von denen konnte also keine Gefahr ausgehen.

Und die diversen gerammten Gasflaschen waren überwiegend leer und somit ebenfalls ungefährlich.

»Aber irgendetwas zischt hier immer noch. Ich höre das doch ganz deutlich.«

Thorsten nickte. »Sei mal still. Ich meine, das kommt da irgendwo von links.«

Dass ich jetzt schwieg, half uns auch nicht sonderlich weiter, denn nur wenige Meter entfernt wurde heftig diskutiert. Trotzdem war das Zischen noch deutlich zu hören. Wir kletterten über einige kreuz und quer liegende Druckgasflaschen hinweg und näherten uns dem Zaun an einer Stelle, wo er noch unbeschädigt war. Das Zischen wurde lauter. Dann entdeckten wir eine Hochdruckleitung für flüssigen Sauerstoff. Sie verlief direkt parallel zu dem Metallzaun und war glatt von den Stahlrädern des tonnenschweren Güterwaggons überrollt worden. Erstaunlicherweise hatte diese aus Kupferrohr bestehende Leitung die Attacke überlebt. Lediglich eine Vermuffung hatte den starken Zugkräften nicht standhalten können und war jetzt undicht, sodass der Sauerstoff zischend aus der Leckage strömte. Wirklich beunruhigen konnte uns das jedoch nicht. Solange hier niemand eine Zündquelle anbrachte, blieb die Ausströhmung relativ ungefährlich. Dennoch war es unabdingbar, die beschädigte Hochdruckleitung sperren zu lassen. Aus diesem Grund lief ich zu dem inzwischen nur wenige Meter von uns entfernt stehenden B-Dienst und teilte ihm unsere Feststellung mit. Er veranlasste sofort das Nötige.

Überhaupt hatte er verschiedene Aktivitäten in Gang gesetzt, von denen wir hier auf unserer Position nichts bemerkt hatten. So war draußen auf der Oerschbachstraße ein Großaufgebot an Feuerwehrfahrzeugen vorgefahren. Unter ihnen befanden sich auch diverse Sonderfahrzeuge der Umweltschutzwache. Wenngleich nach umfassender Erkenntnislage auch keine akute Gefahr mehr bestand, so teilten sich doch gleich mehrere Feuerwachen die Arbeit an den unterschiedlichen Stellen dieser recht weit auseinandergezogenen Einsatzstelle. Allmählich sickerte das Gerücht zu uns durch, wonach wir die letzte verbliebene Einheit an der Einsatzstelle sein sollten. Eine Bestätigung dieser Tatsache erhielt ich allerdings erst, nachdem Jürgen Leineweber zu uns kam und mich zur Seite nahm.

»Hör zu, Martin. Alle anderen Einsatzkräfte sind abgezogen worden und wieder eingerückt. Lediglich unser Löschzug ist noch vor Ort. Ich schicke das Baby-LF und die Leiter jetzt aber auch rein. Ihr müsst leider noch bleiben. Zumindest so lange, bis die Mitarbeiter von der Firma Linde ihre Aufräumungsarbeiten abgeschlossen haben. Das ist wahrscheinlich nicht ganz ungefährlich. Die müssen nämlich sämtliche zerquetschten Gasflaschen bergen und wollen dazu ihre Gabelstapler einsetzen. Im Prinzip ist das zwar nix mehr für die Feuerwehr, aber unsere Führung möchte, dass wir zur Absicherung noch hierbleiben.«

»Also bleiben wir mit unseren Strahlrohren in Bereitschaft, für den Fall der Fälle?«

»Genau. Wir glauben ja nicht, dass jetzt noch etwas passiert, aber wir möchten auch nicht, dass es später heißt, die Feuerwehr hätte ihre Aufgabe nicht wahrgenommen, verstehste?«

Klar verstand ich. Welche Feuerwehr wollte schon eine schlechte Presse erhalten? Und die bekämen wir garantiert, wenn wider Erwarten doch noch ein Ungück geschehen würde und kein einziger Feuerwehrmann mehr vor Ort gewesen wäre. Ich informierte meine Männer.

»Okay, Leute. Angesichts dieser Affenhitze machen wir Folgendes: Bis auf den Angriffstrupp, der hier am C-Rohr bleibt, können alle ihre dicken Klamotten ausziehen.«

»Den Helm auch?«

»Ja, klar. Wir ziehen uns in den Schatten zurück und lösen alle zehn Minuten ab.«

»Was ist mit dem PA? Müssen wir hier vorne weiter Atemschutz tragen?«

Ich schüttelte den Kopf. »Den PA könnt ihr ausziehen. Aber die HuPF-Kleidung lasst ihr an.«

»Und was ist mit dem da?«

Markus Beuke deutete auf den Gabelstaplerfahrer, der jetzt angefahren kam und sogleich begann, die beschädigten Flaschenbatterien wegzufahren. Er trug zwar den typischen Bauarbeiterhelm und dazu halbhohe Sicherheitsschuhe, aber ansonsten war er lediglich mit einer kurzen Hose und einem ärmellosen Unterhemd bekleidet.

Ich zuckte die Schultern. »Ist nicht unser Bier. Wir gehen jedenfalls auf Nummer sicher.«

Wir hatten uns in gesicherter Entfernung ein schattiges Plätzchen gesucht, von dem wir die Aufräumungsarbeiten gut überblicken konnten. Sebastian Datema hatte schließlich die geniale Idee mit den Wasserflaschen. Eigentlich verwunderlich, dass wir nicht schon vorher darauf gekommen waren. Immerhin besaßen wir einen Vorrat an Getränken in unserem LF, und sogar gekühlt. Also zog er los, um für alle Wasserflaschen zu holen.

Als er mit dem erfrischenden Nass zurückkam, fragte er mich: »Hör mal, Martin, der Maschinist würde gerne eine rauchen. Wenn du nichts dagegen hast, löse ich den Uli mal für ein paar Minuten ab. Geht das?«

Ich hatte nichts dagegen einzuwenden. Die Jungs hatten alle gute Arbeit geleistet, und ich fand es bemerkenswert, dass Uli, der ja immerhin in ausreichender Entfernung zur Einsatzstelle stand, bislang auf den geliebten Glimmstengel verzichtet hatte.

Nachdem Sebastian wieder losgezogen war, meinte Thorsten: »Wenn der Uli aufgeraucht hat, könnte ich doch eigentlich auch mal gehen, oder spricht was dagegen?«

Und so lösten sich nicht nur die Männer am Strahlrohr ab, sondern auch die Raucher, die sich lange genug diszipliniert hatten.

Auf dem Rückweg zur Wache sahen wir noch einmal die Pyramide aus aufgerichteten Waggons. Hier wieder alles ins rechte Lot zu bringen, war ausschließlich Aufgabe der Bahn.

Der feuerwehreigene Kranwagen war daher nicht zum Einsatz gekommen.

Auf unserer nächsten Dienstschicht lasen wir den Bericht in der WZ. Unter einem unspektakulären Foto, auf dem einer der Güterwaggons in dem weitestgehend aufgeräumten Teil des Flaschenlagers abgebildet war, stand:

Führerlose Güterwaggons landeten zwischen Gasflaschen
Unfall in Reisholz: Tonnenschwerer Güterzug machte sich selbstständig
Von Marc Herringer
Den Sozialismus in seinem Lauf halten weder Ochs noch Esel auf. Erich Honeckers Lieblingsspruch wurde von der Realität fulminant widerlegt. Bei der Eisenbahn weiß man jedoch, dass dieser Satz absolute Wahrheit ist: Wenn man Sozialismus durch Waggon ersetzt.
Gestern Vormittag rumpelte nämlich ein außer Kontrolle geratener Güterzug mit 40 Waggons auf ein Abstellgleis des Reisholzer Bahnareals rund um das Henkel-Werk unaufhaltsam auf weitere abgestellte Waggons zu. Die Kupplungen von zwei Waggons des rangierenden Zuges rissen urplötzlich und ohne Vorwarnung. Auf dem abschüssigen Gelände ratterten die führerlosen Güterwaggons, zum Teil mit schweren Stahlblechen beladen, ins Unglück.
Die am Ende des Abstellgleises stehenden Wagen wurden gerammt und fuhren einfach durch den Prellbock, durch den Zaun und durch diverse Bäume auf das Werkgelände des Industriegasproduzenten Linde an der Reisholzer Bahnstraße. Ein Waggon wurde fast komplett auf das Werkgelände geschoben. Er traf mehrere Niederdruckbehälter und rammte diverse Gasflaschen. »Die meisten davon waren leer«, sagte Feuerwehrsprecher Egon Pöhl. Bei den Behältern handelte es sich außerdem um Niederdruckflaschen. »Es bestand daher keine Explosionsgefahr«, erklärte Pöhl. Erstaunlicherweise überlebte eine Hochdruckleitung für

flüssigen Sauerstoff die »Attacke« des Waggons, der die Kupferleitung sogar überrollte. »Die Hauptsache ist ja, dass niemand zu Schaden gekommen ist«, sagte Jürgen Theis von der IDR, die im Auftrag einer Bahn-Cargotochter die Rangierarbeiten auf dem Gelände durchführte. »Wir müssen jetzt erst einmal die Unglücksursache untersuchen«, erklärte ein Bahnsprecher.

Linde-Werksleiter Jochen Pehl ist allerdings gar nicht mehr gut zu sprechen auf die Nachbarn von der Bahn. »Anfang der Neunziger ist so etwas schon einmal passiert. Man hört es da draußen immer wieder rumpeln und knallen. Die reagieren da wohl eher etwas rustikal«, vermutete der Linde-Mann. Er wird seine Geschäftsleitung bitten, bei der Bahn Druck zu machen. »So etwas darf hier nie wieder passieren.« Die Bahn erklärte im Gespräch mit der WZ, auch über bauliche Veränderungen nachzudenken.

Eine Möglichkeit, den Unfall nach Riss der Kupplung zu verhindern, hatte allerdings niemand. Die mehrere hundert Tonnen schweren Waggons waren nicht mehr zu stoppen. Stahlräder auf Stahlgleisen – da entsteht fast keine Reibung. Ein Prellbock ist ebenfalls nicht in der Lage, diese Wucht aufzuhalten. Auch wenn die Waggons kaum mehr als zehn Stundenkilometer schnell waren.

Vermutlich konnten nur die wenigsten Menschen, die diesen Bericht lasen, erahnen, an welcher Katastrophe die Stadt gerade noch einmal vorbeigeschliddert war. Wir, die Männer vom Löschzug 7, waren jedenfalls heilfroh, dass dieser Unfall so glimpflich verlaufen war.

»... vermutlich Zimmerbrand!«

»Tschüss Leute. Ich fahre zur Wache 6 und will hoffen, dass ich euch heute nicht mehr sehe, besonders nicht nachts.«

Mit diesen lachend gesprochenen Worten verließ C-Dienst Hans-Peter Valdor unser Dienstgruppenleiterbüro, um mit seinem Fahrer die heutige 24-Stunden-Schicht an Feuerwache 6 aufzunehmen. Es war kurz nach der Wachablösung, und Reinhard Sternberg, Wolfgang Schüler und ich saßen im Büro um den Doppelschreibtisch versammelt. Somit befanden sich alle drei Dienstgruppenleiter im Dienst. Wolfgang war heute der DGL und gleichzeitig Gruppenführer auf dem ersten Löschgruppenfahrzeug. Reinhard war Leiterführer auf der Drehleiter, und ich Gruppenführer auf dem zweiten LF.

Als wir zur Wachablösung in der Fahrzeughalle erschienen, hatte sich die Mannschaft wie gewohnt vor dem Baby-LF versammelt und empfing uns mit spitzfindigen Kommentaren.

»Wow! Da kommt ja unsere geballte Macht!«

»Boah, gleich drei DGL.«

»Na, dann kann ja nichts mehr schiefgehen.«

Unbeeindruckt von solchen und ähnlichen Kommentaren verlas Wolfgang den Dienstplan für die heutige Schicht. Obwohl der Plan bereits in der letzten Schicht geschrieben worden war und seither am Schwarzen Brett aushing, wies er noch einmal jedem seine Aufgabe zu: »A-Dienst Boddem, B-Dienst Kronenberg, C-Dienst Valdor.« Die Verteilung dieser drei Führungspositionen fiel nicht in unseren Zuständigkeitsbereich und wurde automatisch in den Dienstplan eingedruckt. Unabhängig davon wurden sie trotzdem, genau wie die nun folgenden Positionen, die wir selber vergaben, jeden Morgen vorgelesen. Und weiter ging es: »Tagesdienst Wagner, Koch Bothe, Hausdienst Basting, Fahrzeughalle und Megacodetrainer Krug, C-Dienst-Fahrer Link. 7-46-1: Maschinist Gülicher, Angriffstruppführer Brings, Angriffstruppmann Basting, Schlauchtruppführer Stöcker, Schlauchtruppmann Datema. DL-Führer Sternberg, Maschinist van Es. 7-44-1: Gruppenführer Meyer-Pyritz, Maschinist Bothe, Angriffstruppführer Schmidtke, Angriffstruppmann Hinsen, Schlauchtruppführer Wagner, Schlauchtruppmann Kather, TLF und KEF ebenfalls Wagner und Kather. RTW 1 Heine und Heuer, RTW 2 Beuke und Rosendahl. Und die erste Unfallreserve übernehmen Schmidtke und Hinsen.«

Jeder Aufgerufene hatte seine Position bestätigt. Alle 19 Mann waren also anwesend, niemand fehlte.

»Okay, Fahrzeuge übernehmen!«

Schon löste sich die Truppe auf, da rief Wolfgang sie noch einmal zurück. »Moment mal! Ich hab da noch was!« Die Karawane stockte. »Um zehn Uhr kommt ein Kindergarten, und für heute Nachmittag hat sich der B-Dienst angesagt. Der will uns etwas zu der neuen Dienstzeitregelung erzählen. Wachunterricht fällt deshalb heute aus. So, das war's.«

Von wegen, das war's! Die neuen Dienstzeitregelungen waren das Thema schlechthin. Schon seit Monaten spukten die abenteuerlichsten Vorstellungen durch die Köpfe aller Düsseldorfer Feuerwehrleute. Seit durch einen Antrag beim Europäischen Parlament die überlangen Arbeitszeiten für Krankenhausärzte in die Diskussion gekommen waren, sollten veränderte Arbeitszeitmodelle möglicherweise auch auf andere Schichtdienstler übertragen werden. Und dazu gehörten nun einmal auch wir Feuerwehrleute. Im Grunde hatte, zumindest bei uns, niemand ein Interesse daran, unseren bisherigen, gut funktionierenden 24-Stunden-Schichtdienst gegen ein anderes Dienstplanmodell einzutauschen. Aber wenn so etwas einmal in die Mühlen des Gesetzes geriet, gab es kein Entrinnen.

Viele Kollegen nahmen gerne weitere Anfahrtzeiten für den guten Arbeitsplatz in Kauf, etliche hatten Fahrgemeinschaften gebildet. Wenn aber ein 8- oder 16-Stunden-Dienst kommen sollte, so würde der die Vielfahrer besonders hart treffen. Einige Kollegen hatten uns bereits wegen der drohenden Arbeitszeitveränderung verlassen.

Wir waren daher gespannt, wie die Dienststelle reagieren würde, denn dass etwas geschehen musste, war allen klar. Nur was? Das war die große Frage, und so brodelte seit Monaten die Gerüchteküche, und es kursierten die abenteuerlichsten Spekulationen. Es war daher gut, dass die Direktion der Feuerwehr den B-Dienst für ein klärendes Gespräch zu sämtlichen Wachen schickte, um die angespannte Situation zu entschärfen.

Wenn man einmal davon absah, dass sich beide Rettungswagen schon seit geraumer Zeit im Einsatz befanden, war es bislang ruhig geblieben. Überhaupt waren die letzten Wochen verdächtig ruhig. Unabhängig davon ging der Wachalltag seinen gewohnten Gang. Andreas Bothe, unser heutiger Koch, wirbelte in der Küche. Christoph Basting, der ihm als Hausdienst zur Seite stand, füllte in den Waschräumen die Papierspender auf, und die Maschinisten checkten draußen auf dem Hof immer noch ihre Fahrzeuge durch. Der Rest der Mannschaft beschäftigte sich mit all den mehr oder minder wichtigen Tätigkeiten, die jeden Tag an jeder Feuerwache anfielen. Der Wetterbericht hatte wieder einen heißen Tag prognostiziert und für den späten Nachmittag Sommergewitter angekündigt.

Pünktlich um zehn Uhr klingelte es. Der Kindergarten stand draußen vor dem Hoftor. Gunther Brings, seit einiger Zeit selbst stolzer Vater einer süßen Tochter, hatte die Brandschutzerziehung dieser Kindergartengruppe übernommen. In Zweierreihen, einander brav an den Händchen haltend, marschierten die Kleinen am DGL-Büro vorüber. Christoph kam just in diesem Moment mit seinen Papierhandtüchern bei uns an und warf der Gruppe einen außergewöhnlich langen Blick hinterher.

»Mh, bei denen würde ich auch noch mal gerne in den Kindergarten gehen.«

»Wegen der netten Kindergärtnerinnen, oder weil du dann beim Gunther noch was lernen kannst?«

»Natürlich nur, um was zu lernen«, versicherte Christoph lachend.

Wolfgang schüttelte demonstrativ missbilligend den Kopf. »Ja, ja, ich weiß schon, warum ich keine Junggesellen mit dieser Aufgabe betraue.«

»Stimmt doch gar nicht! Der Sebastian ist auch solo, und der hat schon öfters die Brandschutzerziehung durchgeführt.«

»Ist gut, ist gut.« Wolfgang wedelte mit der Hand, als wollte er lästige Fliegen verscheuchen. »Sieh du lieber zu, dass du deine Papierhandtücher verteilst.«

Nachdem Christoph wieder gegangen war, beugte Wolfgang sich vertraulich über den Schreibtisch und raunte mir zu: »Aber recht hat der Bursche ja, die Mädels sahen wirklich klasse aus.«

»Wolfgang!«, drohte ich. »Wir sind verheiratete Männer.«

»Glücklich verheiratet«, bestätigte er und richtete sich wieder in seinem Schreibtischstuhl auf. »Aber man wird ja trotzdem noch mal gucken dürfen. Oder machst du das etwa nicht?«

Ich schwieg.

»Sei ehrlich!«

»Okay, ich gucke.«

»Hab ich mir's doch gedacht. Und das in deinem Alter.«

»Eh, was soll das denn heißen?«

Wolfgang grinste mich spitzbübisch an. »Na, das soll heißen, dass du schon ganz schön alt bist.«

»Ich fass es nicht«, entrüstete ich mich künstlich.

Sterni, der das Büro unmittelbar nach Christoph verlassen hatte, kehrte in diesem Moment zurück.

»Eh, Sterni!«, rief ich sofort. »Weißt du, was der Wolfgang gerade zu mir gesagt hat?«

Aber Sterni schien das nicht zu interessieren. Er ignorierte meine Frage und zog einen Aktenordner aus dem Regal, in dem er geschäftig blätterte.

»Sterni, hörst du mir überhaupt zu? Ich hab dich gefragt, ob du weißt, was der Wolfgang gerade zu mir gesagt hat?«

»Und?«

»Der hat gesagt, ich sei ganz schön alt.«

»Na und?«

»Eh, Sterni!«, rief ich empört. »Wenn ich alt bin, bist du es doch auch.«

»Stimmt«, erwiderte Sterni, ohne von seinem Ordner aufzublicken. Bevor er wieder ging, warf er mir doch noch einen Blick zu und meinte vorwurfsvoll: »Habt ihr zwei eigentlich nichts anderes zu tun? Wir sind hier schließlich auf einer Feuerwache, also verschont mich mit eurer Kinderkacke.« Sprach's und verschwand.

Während ich noch völlig baff dasaß, konnte Wolfgang sich vor Lachen kaum mehr auf seinem Stuhl halten.

»Oh Mann, der hat's dir jetzt aber gegeben.«

»Wieso mir?«

»Na, das mit der Kinderkacke galt ja wohl dir.«

»Das seh ich aber genau anders.«

»Eh, Moment mal! Ich bin schließlich der DGL. Du glaubst doch wohl nicht, dass der Sterni mich damit gemeint hat.«

»Und ob er das hat!«

Wahrscheinlich hätten wir noch eine ganze Weile so weitergefappert, wenn Sterni jetzt nicht wieder zurückgekommen wäre. Er zog die Tür hinter sich zu, setzte sich auf einen Drehstuhl und verkündete: »Wir müssen reden.«

»Ah ja, und um was geht es?«

»Hm. Im Moment bin ich mir eigentlich gar nicht so sicher, ob ich mit euch Kindern darüber reden soll.«

»Eh, Sterni!«

»Na ja, wenn man euch so reden hört.«

Wolfgang pendelte bedenklich mit dem Oberkörper auf dem Bürostuhl hin und her. Irgendwie erinnerte er mich mit dieser

Bewegung an einen Bären im Duisburger Zoo, der einen Koller hatte, weil man ihn seit Jahren auf engstem Raum einsperrte.

Aber die Bemerkung, die ich schon auf der Zunge hatte, verkniff ich mir jetzt lieber und nörgelte stattdessen: »Mann, Sterni, das war doch nur Quatsch. Also, was liegt an? Rück schon raus mit der Sprache.«

Sterni lehnte sich zurück und verschränkte die Arme vor der Brust. Dann berichtete er davon, wie Jürgen Leineweber, unser Wachvorsteher, während der letzten Dienstschicht mit ihm über die demnächst anstehenden Umbaumaßnahmen gesprochen hatte. »Und jetzt sollen wir uns Gedanken machen und ihm mitteilen, welche Verbesserungsvorschläge und Ideen dazu von unserer Seite kommen.«

Mir fiel die unbefriedigende Schlafraumsituation ein. Offiziell hießen Schlafräume bei der Feuerwehr nicht Schlafräume, sondern Ruheräume, weil Feuerwehrleute ja angeblich nicht schlafen, sondern nur ruhen. Aber das war natürlich nur Wortklauberei. Fakt war hingegen, dass sich bei uns derzeit manchmal mehr als fünf Feuerwehrleute einen Schlafraum teilen mussten. Und die Situation hatte sich noch verschlechtert, seit die Feuerwache 7 Zugwache geworden war, denn seither mussten sich sogar 19 Mann die viel zu kleinen Räume teilen. Dazu kamen in manchen Zeiten bis zu drei Löschzugpraktikanten, die wir natürlich auch nicht auf dem Fußboden schlafen ließen. In heißen Sommernächten lagen dann fünf oder gar sechs schwitzende Feuerwehrmänner dicht beieinander, und trotz weit geöffnetem Fenster stand die Luft im Raum. Im Winter hingegen, wenn es draußen knackig kalt war, verlangte der eine nach frischer Luft und drehte die Heizung aus, während der andere am liebsten sämtliche Luken dicht machte und die Heizung auf volle Pulle stellte. Dass es hier ein ganz klein wenig nach Mensch roch, verwunderte da wohl niemanden. Lagen dazu noch Schnarcher im Zimmer, dann war das Glück nahezu perfekt.

Um eins hier klarzustellen: Es war nicht so, dass wir tagtäglich nur unsere beengte Situation bejammerten. Wir waren uns sehr wohl darüber im Klaren, dass wir in erster Linie Feuerwehrmänner waren, deren Aufgabe es war, 24 Stunden einsatzbereit zu sein. Aber auch der härteste Feuerwehrmann musste sich einmal ausruhen können, und mit zunehmendem Alter war man auch nicht mehr willens, sich die alarmfreien Nächte mit Wasserschlachten oder ähnlichen Jungfeuerwehrmannstreichen um die Ohren zu schlagen. Solche Streiche hatte ich natürlich in meinen jungen Jahren auch gemacht ... Okay, okay, ich geb's ja zu – nicht nur in jungen Jahren.

»Tja, die Schlafräume ...«, sinnierte Sterni. »Aber *daran* werden wir in absehbarer Zeit wohl nichts ändern können.« Er machte die unverwechselbare Geste des Geldzählens. »Um da wirklich etwas zu verbessern, müsste der Dachstuhl aufgestockt werden, und dazu fehlen derzeit die Mittel, so sagte mir der Leine. Was wir allerdings machen werden, das sind die Waschräume,, und wenn wir viel Glück haben, auch noch die Küche. Dann gibt es noch ein kleines Budget für die Muckibude im Keller, und letztlich sollten wir uns auch mal Gedanken darüber machen, wie wir unser Büro hier etwas freundlicher gestalten.« Bei dieser Erklärung ließ Sterni seinen kritischen Blick umherschweifen. »Ich finde, seit der Theo weg ist, hat sich hier nämlich schon wieder allerhand unnützer Krempel angesammelt. Wenn ich allein diese alten abgewetzten Aktenordner sehe. Martin, hast du nicht gesagt, du wolltest dich darum kümmern? Na ja, ist ja auch egal. Aber grundsätzlich denke ich, dass hier schon gründliches Ausmisten hilft. Oder wie seht ihr das?«

Gegen Nachmittag erhielten wir den angekündigten Besuch vom B-Dienst. Nach der Durchsage über die Rundspruchanlage versammelte sich die komplette Mannschaft erwartungsvoll im Nichtrauchertagesraum. Was uns Horst Kronenberg mitteilte, war nicht nur äußerst bemerkenswert, sondern auch höchst erfreulich.

Die gesamte Direktion stand wie ein Mann hinter dem 24-Stunden-Dienst. Das hatten wir nicht erwartet. Um zu retten, was kaum mehr zu retten war, hatte die Führungsspitze um unseren neuen Branddirektor Albers daher beschlossen, das gesamte Feuerwehrcorps an drei Tagen über sämtliche Hintergründe sowie alle Vor- und Nachteile einer Dienstzeitveränderung zu informieren. Anschließend sollte eine geheime schriftliche Abstimmung auf allen Wachen stattfinden, von deren Ergebnis abhängen würde, ob wir den 24-Stunden-Dienst vorerst beibehielten oder nicht. Außerdem stand eine Sonderzahlung für mehr geleistete Arbeitsstunden zur Disposition – ein Bonbon, mit dem wir, weiß Gott, nicht gerechnet hatten.

Im Nachhinein konnte man mit Fug und Recht behaupten, dass die Düsseldorfer Feuerwehr durch die gründliche Aufarbeitung des Themas viel besser dastand als so manche unserer Nachbarstädte, die sich nicht, oder nur unzureichend, auf die neuen Gegebenheiten eingestellt hatten. Alles in allem konnten wir sogar sehr zufrieden sein. Die Abstimmung auf den Wachen war ein 100-prozentiger Erfolg. Ohne Ausnahme hatten sich alle für die Beibehaltung des bisherigen 24-Stunden-Dienstes entschieden. Branddirektor Albers war hochzufrieden, und der Oberbürgermeister von Düsseldorf, der sich in dieser Sache voll hinter seine Feuerwehrmänner gestellt hatte, zahlte für die sogenannte Opting-out-Regelung pro geleistete Dienstschicht gerne das ausgehandelte Extrageld.

Allerdings sollte in diesem Zusammenhang aber auch nicht verschwiegen werden, dass eine Ablehnung des 24-Stunden-Dienstes die Stadt wesentlich teurer gekommen wäre, denn dann hätte man eine große Anzahl neuer Feuerwehrleute ausbilden und einstellen müssen. Und jeder Stadtkämmerer weiß, dass Personalkosten im Finanzhaushalt einer Stadt am kräftigsten zu Buche schlagen.

Natürlich war die anstehende Abstimmung das Thema des Nachmittags. An einen regulären Arbeitsdienst war jetzt nicht mehr zu denken. Aber wie pflegte ich gerne und oft zu sagen: »Die Feuerwehr ist schließlich kein Produktionsbetrieb.«

Solange man seinen originären Aufgaben vollständig nachkam, durfte man bei den weniger wichtigen Wacharbeiten auch ruhig mal die Zügel schleifen lassen.

Das galt umso mehr an einem Tag wie diesem, an dem das Quecksilber erneut die 30-Grad-Marke geknackt hatte und an dem die wichtigen Neuigkeiten geradezu nach einer ausgiebigen Nachbesprechung schrien. Damit uns diese Nachbesprechung besser über die Lippen ging, hatte unsere Kantine Eis für alle ausgegeben. Schließlich besaßen wir genug in der Kasse, sodass wir uns diese erfrischende süße Schleckerei leisten konnten.

Wir stellten die auberginefarbenen Kunstoffstühle auf die kleine Rasenfläche und versammelten uns wieder einmal unter dem Schatten spendenden Laubdach der alten Linde. Leider hielt unser ungetrübtes Glück nicht lange an. Kaum hatten wir es uns bequem gemacht, riss uns der Löschzugalarm wieder aus den Stühlen und ließ sämtliche zurückgelassenen Träume aus Vanille- und Schokoladeneis in der Hitze des bis dahin friedlich verlaufenen Spätnachmittags hinwegschmelzen.

Bei unserem Eintreffen an der vermeintlichen Einsatzstelle merkten wir, dass uns wieder einmal jemand verarscht hatte. Unser Ärger war umso größer, als wir 20 Minuten später zurückkamen und nur noch Flüssiges vorfanden. Nach den üblichen Drohungen im Stile von »Wehe, wenn wir den Kerl mal zu fassen kriegen!« und einer neuen, wenn auch kleineren Portion Eis beruhigten sich unsere Gemüter schnell wieder.

Im Grunde genommen ließ sich unsere Gemütslage recht gut mit der Pulsfrequenz eines Sportlers vergleichen. Dessen Puls durfte bei Höchstleistungen zwar rasch ansteigen, musste sich aber mit Beendigung der körperlichen Leistung auch schnell wieder beruhigen, ansonsten wäre das, nicht nur medizinisch betrachtet, äußerst kritisch.

Die Gemütslage von zwei anderen Personen war hingegen Lichtjahre davon entfernt, sich zu beruhigen. Zwischen Roswita Kaufmann und ihrem Lebensgefährten Rolf Pracker hatte es wieder einmal handfesten Zoff gegeben. Roswita war eine von der Sucht gezeichnete Mittvierzigerin, die auch gerne schon mal etwas anderes rauchte als gewöhnliche Zigaretten. Sie hatte ihrem versoffenen Schätzchen Rolf, nachdem der sich wieder einmal hoffnungslos zugedröhnt hatte, die Leviten gelesen, und weil Rolf jetzt nicht unbedingt der didaktisch geschulte Typ war und Roswitas langwierige Diskussionen hasste, hatte er ihr kurzerhand eine reingehauen. Oder um es präziser auszudrücken: Er hatte Roswita mächtig verprügelt. Roswita, die zwar derlei Handgreiflichkeiten von ihrem Lover gewohnt war, hatte sich dennoch nie so richtig mit dessen Argumentationsweise anfreunden können. Und weil sie ihrerseits auch nicht gerade zart besaitet war, entwickelte sich die Prügelei nicht so einseitig, wie Rolf es sich vorgestellt hatte. Roswita hatte ebenfalls kräftig ausgeteilt und Rolf war so vom Alkohol umnebelt gewesen, dass er unter ihren Krallen kräftig Federn lassen musste.

Diese unerfreuliche Szene hatte sich bereits am frühen Nachmittag abgespielt. Nachdem die beiden den Nachbarn noch ein lautstarkes verbales Intermezzo geliefert hatten, hatte Rolf seinen Rausch auf der Couch ausgeschlafen, während Roswita sich wütend in ihr Bett verkroch, wo ihr krankes Hirn einen perfiden Plan schmiedete.

Rolf konnte selbst schon nicht mehr sagen, wann er das letzte Mal richtig nüchtern gewesen war, und nach dem Aufwachen hatte er nur einen Gedanken: Bloß weg hier und ab in die nächste Kneipe, bevor die Alte wieder auftaucht und rumkeift.

Roswita hörte zwar, wie sich Rolf aus der Wohnung schlich, verspürte aber nicht die geringste Lust, ihn zurückzuhalten. Im Gegenteil, denn jetzt hatte sie doch freie Hand, ihren Plan in die Tat umzusetzen.

Aber zuerst ’nen Joint, sagte sie sich und kramte so lange in einer Schublade herum, bis sie schließlich fündig wurde. Überall in der Wohnung standen leere Schnaps- und Bierflaschen herum. Auf den Tischen, den Schränken, neben dem Sessel und der Couch – einfach überall. Dazu angerauchte Kippen und überquellende Aschenbecher. Jeder halbwegs normale Mensch, der diese vor Schmutz starrende Wohnung betrat, hätte schon beim ersten Atemzug einen eklig schalen Geschmack im Mund verspürt und wäre sofort drei Schritte zurückgewichen – ganz zu schweigen von den Empfindungen seiner Nase.

Sobald Roswita mit leicht zittrigen Fingern ihre Tüte in Brand gesteckt hatte, vermischte sich der süßliche Geruch des süchtig machenden Krauts mit dem Mief aus Schmutz, Fäkalien, Alkohol und abgestandenen Zigarettenkippen. Roswita störte das längst nicht mehr, und in ihrem Zustand war es ihr erst recht vollkommen schnuppe. Mit verklärtem Gesicht tanzte sie euphorisch so lange über Tische und Stühle, bis sie schließlich erschöpft auf die Couch niedersank. Eine Weile blieb sie dort wie versteinert sitzen, dann kramte sie umständlich das Feuerzeug aus ihrer Hosentasche und ließ das kleine helle Flämmchen aufflackern. Als sie von der Couch aufstand, hatten ihre Augen im Drogenrausch einen irren Blick angenommen, und ihr Gesicht verzerrte sich zu einer hässlichen Fratze.

Nachdem Roswita die Wohnung in Brand gesteckt hatte, machte sie sich nicht die Mühe, noch irgendetwas mitzunehmen. Nur mit dem, was sie am Leib trug, sowie einer kleinen Handtasche verließ sie das alte Eckhaus, ohne sich ein einziges Mal umzudrehen. Sollte der ganze Scheiß doch verbrennen, war eh alles nur Schrott. Sie verschwendete keinen Gedanken daran, dass außer ihr auch noch andere Menschen in diesem Haus wohnten, die sie möglicherweise in akute Lebensgefahr brachte.

Nach der langen Phase brandschutztechnischer Abstinenz war das heute schon der zweite Zugalarm. Nachdem ich meinem Maschinisten gegenüber eine Bemerkung darüber gemacht hatte, warf mir Andreas Bothe einen skeptischen Blick zu. Er war erst vor Kurzem von der Feuerwache 1 zu uns versetzt worden und andere Einsatzzahlen gewohnt.

Entsprechend fiel sein Kommentar aus. »Eh, Martin, das meinst du doch jetzt nicht ernst, oder?«

»Aber sicher doch. Immerhin ist das heute schon unser zweiter Alarm.«

»Na ja, den Fehlalarm von vorhin kannst du ja wohl nicht wirklich zählen.«

»Von wegen nicht wirklich zählen. Der hat uns schließlich um unser Eis gebracht.«

Andreas lachte. »So kann man sich seine Statistik natürlich auch schönreden.«

»Wieso schönreden? Alarm ist Alarm.«

Andy konzentrierte sich längst wieder auf den Verkehr. Die Ampel an der Kreuzung Karlsruher/Ecke Heidelberger Straße signalisierte Rot, aber wir fuhren mit eingeschalteten Sondersignalen. Der Verkehr stoppte. Das erste LF und die Drehleiter bogen rechts in die viel befahrene Heidelberger Straße ein. Wir verpassten den Anschluss, weil, ungeachtet des stehenden Verkehrs, plötzlich zwei wild gewordene Autofahrer vor uns über die Kreuzung rasten.

»Hast du diese Idioten gesehen?«, schimpfte Andreas. »Die sind doch nicht ganz dicht!«

Klar hatte ich die auch gesehen. »So wie die über die Kreuzung gebrettert sind, hatten die bestimmt ihre 80 bis 100 Sachen drauf.«

»Tiefergelegtes Fahrwerk, breite Schluppen. Die liefern sich garantiert ein Rennen.«

»Arschlöscher«, murmelte ich.

Inzwischen war die Ampel auf Grün umgesprungen, und Andy bog jetzt ebenfalls in die Heidelberger Straße ein. Der Straßenverlauf beschrieb eine lang gezogene Rechtskurve. Von den vorausfahrenden Fahrzeugen unseres Löschzugs war nichts mehr zu sehen.

»Kann nicht mehr weit sein«, sagte ich. »Irgendwo dahinten müssen wir gleich abbiegen.«

Andy nickte. »Die Ecke kenne ich, da waren wir erst letztens mit dem RTW.«

Es war kurz nach 18 Uhr, und immer noch waren die Straßen vom Berufsverkehr verstopft. Ich musste an die beiden Raser denken. Hoffentlich verursachten die keinen Unfall.

Dann hörten wir über Funk Wolfgangs Stimme. Er hatte die Einsatzstelle erreicht: »7-46-1 und 7-33-1 eingetroffen. Feuer im dritten Stock eines Wohnhauses. Flammen aus mehreren Fenstern. Zwei C-Rohre, fünf PA.«

Jeder Feuerwehrmann, der die Rückmeldung im Stadtgebiet über Funk mitgehört hatte, erkannte die Brisanz, die hinter den nüchtern gesprochenen Fakten steckte. Ein Feuer, bei dem die Flammen schon aus mehreren Fenstern eines Wohnhauses schlugen, ließ auf einen Vollbrand schließen. Selbst wenn man keine Hilferufe hörte, musste man davon ausgehen, dass sich Menschenleben in Gefahr befanden. Erschwerend kam hinzu, dass sich der Brand auf einer der oberen Etagen abspielte.

Fünf PAs! Wolfgang hatte also fünf Männer unter Atemschutz eingesetzt. Standardmäßig würde er zwei Trupps durch das Treppenhaus vorschicken, wovon der zweite Trupp das erste C-Rohr mitführte, während der ihm vorauseilende Trupp die Menschenrettung zu übernehmen hatte. Der fünfte Mann unter Atemschutz konnte demnach nur Sterni sein. Als Leiterführer stand er mit Sicherheit im Rettungskorb der Drehleiter und hatte das zweite C-Rohr vorgenommen. Es blieb also kein Mann mehr übrig, der den nächstgelegenen Hydranten suchen und die Schlauchleitung vom aufgestellten Standrohr zur Feuerlöschkreiselpumpe verlegen konnte.

Kein Mann mehr übrig! Zwar standen uns für den Erstangriff 1800 Liter Löschwasser im Wassertank unseres LF zur Verfügung, womit sich schon eine Menge ausrichten ließ, dennoch konnte es für die Kollegen zeitlich eng werden.

»Los, Andy, gib Gas!«, rief ich. »Der hat keinen Mann mehr für die Wasserversorgung.«

Auf der Straße hatten sich viele Schaulustige eingefunden. Wie gebannt starrte die Menge auf die langen Flammen, die gleichzeitig aus mehreren Fenstern schlugen und gierig an der hölzernen Fassade des Dachstuhls leckten. Die Eingangstür zum Brandobjekt war verschlossen. Gunther Brings und Christoph Basting betätigten sämtliche Klingeln – niemand öffnete.

Gunther wandte sich der Menge zu. »Wohnt jemand von Ihnen in diesem Haus?«

Keine Antwort.

»Aufbrechen!«

Wolfgang hatte die vergeblichen Bemühungen seines Angriffstrupps bemerkt und drängte auf einen raschen Zugang. Jetzt kam auch der Schlauchtrupp hinzu.

»Los, geht mal zur Seite.«

Wolfgang Stöcker machte kurzen Prozess. Seinem schweren Aufbruchwerkzeug konnte die Eingangstür nicht länger widerstehen. Unter lautem Krachen zerbarst das Holz rund um den Schließzylinder, der Türrahmen splitterte und die Tür schwenkte nach innen. Der Weg war frei. Beide Trupps machten sich sofort auf den Weg durch das Treppenhaus nach oben.

Inzwischen musste die Drehleiterbesatzung ihre Schlauchleitung vom Pumpenstand des LF zur Leiter selber verlegen. Thorsten kuppelte gerade den 30 Meter langen Spezialschlauch an den Kugelhahnverteiler, da erreichten wir mit unserem LF die Einsatzstelle. Mein Blick suchte den Gruppenführer vom 7-46-1.

Dann sah ich Wolfgang. Als ich das LF verließ, traf zeitgleich mit mir der C-Dienst von Wache 6 ein. Wir eilten beide auf Wolfgang zu.

»Mensch, Martin, wo bleibt ihr denn? Uns brennt hier gleich der Arsch ab.«

»Spart euch die Erklärungen für später«, unterbrach uns Hans-Peter. »Wir haben jetzt wirklich Wichtigeres zu tun. Also, Wolfgang, wie sieht's aus?«

Wolfgang erklärte uns mit wenigen Worten die Lage, und Hans-Peter Valdor übernahm ab jetzt das Kommando.

»Martin, du schickst deinen Angriffstrupp mit einem zweiten C-Rohr zur Brandbekämpfung über das Treppenhaus vor! Die Leitung sollen die sich selber verlegen, denn deinen Wassertrupp brauche ich, damit er die Wasserversorgung zum ersten LF aufbaut. Wolfgang, was ist mit deinen Trupps? Hast du schon irgendwelche Rückmeldungen erhalten?«

Wolfgang schüttelte den Kopf. »Noch nicht.«

»Dann frag nach! Ich muss unbedingt wissen, ob noch Menschen da oben sind.«

Die Drehleiter hatte sich inzwischen positioniert. Die Wasserversorgung über den 30 Meter langen Spezialschlauch war verlegt, und Sterni betrat in voller Montur den Korb. Er hatte sich, genau wie die durch das Treppenhaus vorgehenden Trupps, einen Pressluftatmer angezogen und den Lungenautomat angeschlossen. Das typische summende Geräusch ertönte, als die Öldruckpumpe den Leiterpark aufrichtete. Sterni steuerte vom Korb aus. Meter um Meter entfalteten sich die ineinandergeschobenen Leiterteile. Sekunden später hatte Sterni die Position erreicht, von der aus er Wasser über das angeschlossene Hohlstrahlrohr durch ein geborstenes Fenster in die brennende Wohnung geben konnte. Der erste Angriffstrupp war ebenfalls in die Wohnung eingedrungen und nahm vom Treppenhaus her die Brandbekämpfung auf.

Ich hatte vom C-Dienst den Auftrag erhalten, die rückwärtige Gebäudeseite zu kontrollieren. Das untere Treppenhaus war rauchfrei, so gelangte ich ohne Probleme bis zu einer alten hölzernen Hintertür. Sie war unverschlossen und führte direkt auf einen Hinterhof, der nicht sonderlich groß war und völlig im Dunkeln lag. An drei Seiten war er von einer außergewöhnlich hohen Mauer umgeben. Die vierte Seite bildete das Brandobjekt selber, an dessen schmuckloser grauer Fassade ich jetzt emporblickte. Fenster gab es erst ab der zweiten Etage. Hier hinten schien alles ruhig. Niemand zeigte sich an den Fenstern, und weder Feuerschein noch Brandrauch waren zu erkennen.

Schon wollte ich wieder umkehren, da hielt ich inne und lauschte einer Rückmeldung. Sie kam vom Schlauchtrupp des ersten LF. »Dachgeschosswohnung gewaltsam aufgebrochen und kontrolliert. Keine Feststellung.«

Sehr gut, sagte ich mir. Das bedeutete, dass sich da oben keine Personen mehr in der Wohnung aufhielten. Wenn die darunterliegende Wohnung, in der es brannte, ebenfalls leer war, würde das unsere Lage gewaltig entspannen.

Aber noch waren die Kollegen weit davon entfernt, solch eine Aussage treffen zu können, denn das Feuer wütete mit ungeheurer Macht und erschwerte dem ersten Angriffstrupp das Vordringen. Konkret wusste ich natürlich nichts von diesen Schwierigkeiten, aber ich wusste, dass mein eigener Angriffstrupp jeden Moment da oben eintreffen musste. Und mit zwei Strahlrohren würden sie dem Feuer schon den Garaus machen.

Noch ein letzter Blick in die Höhe. Okay, hier war anscheinend wirklich alles in Ordnung, daher sah ich keine Veranlassung, noch länger zu bleiben, insbesondere da meine Anwesenheit auf der Straßenseite sicher viel mehr vonnöten war. Ich hatte fast die Hoftür erreicht, da wurde draußen vor der Hauseingangstür der Hochdrucklüfter gestartet.

Oh, verflixt! Das hatte ich überhaupt nicht bedacht. Wenn der gewaltige Luftstrom des motorbetriebenen Lüfters erst einmal durch das Treppenhaus blies, konnte er mir die Tür zuschlagen, denn sie ging nach innen auf, und ich hatte sie dummerweise nicht verkeilt. Das Unheil ahnend sprintete ich um die Ecke. Zu spät. Ich sah zwar noch, wie die Tür zuschwang, aber als ich den Arm ausstreckte, um das Unheil zu verhindern, knallte sie unmittelbar vor meiner Nase zu.

Hastig drückte ich die Klinke. Na toll, das hätte ich mir denken können. Die Tür ließ sich von außen nicht öffnen. Ich hatte mich ausgesperrt. Natürlich hätte es nur eines kurzen Funkspruchs bedurft, und die Kollegen draußen hätten mich aus meiner peinlichen Lage befreit, aber genau diese Peinlichkeit wollte ich mir gerne ersparen. Wie würde sich das denn auch anhören: 7-2 an alle, die mich hören. Rettet mich! Ich habe mich selbst im Hinterhof ausgesperrt.

Oh, nein! Auf keinen Fall! Da musste es noch eine andere Lösung geben.

Die Mauer! Ich könnte einfach über die Mauer klettern. Am besten irgendwo weiter hinten, wo mich hoffentlich keiner sah. Also wieder zurück in den Hof.

Shit! Die Mauer war wirklich hoch, viel zu hoch, sodass ich deren obere Kante nicht einmal mit ausgestreckten Armen erreichen konnte. Vergeblich sah ich mich nach etwas um, dass mir als Kletterhilfe dienen konnte. Na gut, die Mauer war also keine Lösung, aber vielleicht ließ sich die Tür ja mit dem Dietrich öffnen, den ich immer in meiner Jackentasche hatte und der mir schon bei so mancher alten Tür gute Dienste geleistet hatte. Also kehrt marsch und noch einmal zurück.

Okay, die Idee war zwar nicht schlecht gewesen, hat mir aber trotzdem nichts gebracht, weil diese mickrige, altersschwache Hoftür doch tatsächlich einen Tropfenzylinder besaß.

Und jetzt? Eintreten? Ich konnte schließlich nicht ewig hier verborgen bleiben. Zerknirscht analysierte ich meine Situation und konstatierte, dass Eintreten wohl nicht so gut ankommen würde. Da blieb mir wohl doch nur das Funkgerät. Aber musste ich denn unbedingt um Hilfe rufen? Konnte ich das nicht auch geschickter anstellen?

Hmm, hmm, hmm … Ja klar! Das war die Lösung!

Erleichtert über meinen vermeintlich cleveren Gedanken betätigte ich die Sprechtaste. »Maschinist 7-2 für Gruppenführer 7-2, kommen!«

Keine Antwort.

»Maschinist 7-2 für Gruppenführer 7-2, kommen!«

Wieder nichts. Verdammt, wo steckte der Bursche?

Ich funkte ein drittes Mal. Immer noch nichts. Na gut, dann eben der andere. »Maschinist 7-1 für Gruppenführer 7-2, kommen!«

»Hier Maschinist 7-1. Wer ruft?«

»Gruppenführer 7-2 ruft.«

»Was gibt's, 7-2?«

»Hast du mal ’nen Mann frei?«

»Eigentlich nicht. Was Wichtiges?«

»Nööö, nicht direkt. Aber wenn du einen hast, schick ihn mir mal hinten zur Hoftür. Ende.«

So ein Mist. Einige Sekunden starrte ich wie gebannt auf das Funkgerät in meiner Hand, als würde mir das die erhoffte Hilfe bringen. Aber das Funkgerät schwieg.

Okay, noch ein Versuch. Vielleicht war 7-2 jetzt wieder erreichbar.

»Maschinist 7-2 für Gruppenführer 7-2, kommen!«

»Maschinist 7-2 hört, kommen!«

Gott sei Dank!

»He, Andy, schick mir mal ’nen Mann zum Hinterhof.«

»Sorry, kann ich nicht. Da musst du schon den DGL ansprechen.«

Verdammt!

Plötzlich hörte ich Schritte im Treppenhaus. Irgendwer stapfte mit schweren Schritten die Holztreppe hinunter. Das konnten nur Leute von uns sein. Egal, sollten die doch lachen.

Ich hämmerte gegen die Tür. Die Schritte entfernten sich. Resigniert startete ich einen weiteren Funkruf. Diesmal wendete ich mich direkt an Wolfgang. »7-1 für 7-2, kommen!«

»Hier 7-1, was gibt’s?«

»Äh, ja, hier hinten ist so weit alles in Ordnung, aber wenn du einen Mann frei hast, schick den doch mal vorbei.«

»Was Wichtiges?«

»Na ja ...« Stille. »Wolfgang! Bist du noch dran?«

»Ja, ja, ich höre. Also du brauchst einen Mann, hab ich das richtig verstanden?«

»Genau.«

»Wenn du noch eine Minute Zeit hast, schick ich dir meinen Schlauchtrupp. Die müssen gleich rauskommen. Reicht das?«

»Ja, das wäre sehr gut.«

»Hm, sonst noch was?«

So harmlos, wie es mir eben möglich war, antwortete ich: »Nein, das wäre alles. Ende.«

Puh! Ich atmete tief durch. Das wäre geschafft. Nur, was sollte ich gleich dem Schlauchtrupp erzählen, wenn er mir die Tür öffnete?

Die ganze Zeit, während ich hier unten im Hinterhof stand und wartete, kämpften drei Etagen über mir die Angriffstrupps beider Löschfahrzeuge einen harten Kampf gegen das Feuer. Gunther und Christoph mussten zunächst die Flammen in dem lang gestreckten Flur löschen, ehe sie die Tür der im Vollbrand stehenden Küche erreichen konnten. Dabei durften sie den Bereich hinter sich nicht aus den Augen lassen, denn aus einem weiteren Raum schlugen ebenfalls immer wieder Flammen in den Flur. Die Entscheidung des C-Dienstes, einen weiteren Angriffstrupp mit einem zweiten Rohr vorzuschicken, war daher absolut gerechtfertigt.

Roberto Schmidtke, der Angriffstruppführer vom zweiten LF, war ein erfahrener Hauptbrandmeister, der schon so manchen Wohnungsbrand niedergekämpft hatte. Aber die vernichtende Kraft des hier wütenden Feuers und die hohen Temperaturen forderten selbst ihm einiges ab. Frank Hinsen, sein Angriffstruppmann, war ihm beim Vordringen ein ebenbürtiger Partner. Dank ihres unerschrockenen Einsatzes bekamen sie die Flammen im Wohnzimmer erstaunlich schnell in den Griff. Aber in dem dahinterliegenden Schlafraum brannte es ebenfalls. Mit der heutzutage gerne propagierten sparsamen Sprühstrahlstoßtechnik war hier allerdings nichts mehr zu gewinnen. Und so pflügten sich die beiden Feuerwehrmänner mit ihrem Strahlrohr regelrecht durch Glut und Flammen. Heller Wasserdampf stieg zischend aus dem Brandgut auf und vermischte sich mit dem schmierig-rußigen Brandrauch.

»Los, Vollstrahl!« Krachend stürzten die Wände des ehemaligen Kleiderschranks in sich zusammen. Hellrote Funken stoben auf, und Roberto und Frank kämpften sich weiter durch das verkohlte Brandgut vor. Die extreme körperliche Belastung verlangte einen vermehrten Sauerstoffverbrauch. Noch waren die letzten Flammen nicht gelöscht, aber der Luftvorrat in den Flaschen ihrer Pressluftatmer ging zur Neige. Die eigene Sicherheit verlangte es, dass sich die Männer zurückzogen.

Wolle hatte erst vor wenigen Minuten mit dem Halligan-Tool die Hauseingangstür aufgebrochen und sollte nun mit Sebastian die Wohnung im Dachgeschoss kontrollieren. Nachdem auf ihr lautstarkes Klopfen niemand reagierte, mussten sie auch diese Tür gewaltsam öffnen. Schnell aber gründlich inspizierten sie die Räumlichkeiten, dann gab Wolle eine Rückmeldung: »7-1 für Schlauchtrupp, kommen!«

»7-1 hört, kommen.«

»Dachgeschosswohnung aufgebrochen und kontrolliert. Keine Feststellung.«

»Sehr gut. Ihr geht runter und unterstützt den Angriffstrupp, kommen.«

»Verstanden, wir unterstützen den Angriffstrupp. Ende.«

Nachdem es den beiden gelungen war, die aufgebrochene Tür der Dachgeschosswohnung zumindest wieder so weit zu verschließen, dass kein Brandrauch eindringen konnte, öffneten sie das einzige vorhandene Giebelfenster. Dadurch erhielt der durch das Treppenhaus aufsteigende, extrem heiße Brandrauch einen Abzug, und die Gefahr einer Brandausweitung verringerte sich erheblich.

Wenige Minuten später übernahmen sie das Strahlrohr des Angriffstrupps. Roberto und Frank stapften abgekämpft die Treppe hinunter. Unterwegs erhielt Roberto einen Funkspruch. Wenige Sekunden darauf öffnete er mir die Tür.

Wir blickten uns nur ganz kurz schweigend in die Augen, dann verzog sich Robertos verschwitztes Gesicht mehr und mehr zu einem wissenden Grinsen.

»Na, so etwas! Sollte sich mein allerliebster Gruppenführer etwa hier ausgesperrt haben?«

»Sei bloß still! Kein Wort zu denen da draußen, sonst ...«

Robertos Grinsen verwandelte sich in eine Unschuldsmiene. Ohne ein Wort zu sagen, drehte er sich einfach um, kicherte in sich hinein und ging mir im Flur voraus. Zwei, drei Meter bevor wir die weit offen stehende Haustür erreichten, stoppte er plötzlich und drehte sich erneut um.

»Was?«, schrie ich, denn der Lüfter vor dem Eingang machte solch einen Höllenlärm, dass man sich nicht in normaler Lautstärke unterhalten konnte. Außerdem blies er uns seinen kräftigen Luftstrom entgegen.

»Iiich sag nix«, prustete Roberto scheinheilig heraus und deutete dabei auf einige Kollegen, die draußen in unmittelbarer Nähe der Tür standen. »Aber was sagst du denen, wenn die dich gleich fragen, wo du die ganze Zeit gesteckt hast?«

Ich stieß ihn weiter und zischte: »Los, raus, und wehe! Keinen Muckser!«

Roberto hatte tatsächlich dichtgehalten, allerdings nur so lange, bis ich die ständige Fragerei mehrerer Kollegen bezüglich meiner seltsamen Funksprüche leid war und schließlich selber mit der Wahrheit rausrückte.

Die Lage oben auf der Brandetage hatte sich inzwischen entspannt. Ich stand mit Wolfgang und Hans-Peter neben der Drehleiter und beobachtete, wie der Leiterpark gerade wieder eingefahren wurde.

Nachdem sich die Leiterspitze mit einem seitlichen Schwenker schräg gegen den geteerten Straßenbelag neigte, entstieg Sterni dem Rettungskorb und kam auf unsere Dreiergruppe zu. Er zog die schwarze Atemschutzmaske vom Gesicht und lachte.

»Na, machen die Herren schon ein Päuschen?«

Hans-Peter winkte nur ab und fragte: »Wie sieht es aus da oben, Sterni?«

»Soweit ich das von außen sehen konnte, ganz gut.« Er wischte sich den Schweiß aus den Augen und erklärte: »Der

Wolle und der Sebastian machen gerade die letzten Flammen aus, aber diese verdammte Bude wird uns trotzdem noch allerhand Arbeit machen.«

»Inwiefern?«

Sterni ließ sich von Wolfgang aus dem Atemschutzgerät helfen und sprach dabei weiter: »Also da oben ... Ne!« Er schüttelte missbilligend den Kopf. »Das scheint mir so eine richtig vermüllte Bude zu sein. Am besten schickst du einen von uns hoch oder machst dir selber ein Bild.« Er deutete mit dem Daumen in die Höhe. »Da türmen sich Berge von Brandschutt, den können wir unmöglich da oben lassen.«

»Hmm ... Okay, wir machen Folgendes: Martin, du gehst hoch und siehst dir die Sache an. Nimm am besten gleich zwei Mann mit, die schon mal anfangen können, den Schutt zu beseitigen. Und du, Wolfgang, teilst die Mannschaft hier unten ein. Das muss jetzt zack, zack, zack gehen. Sieh zu, dass die Trupps so ablösen, dass kein Stillstand aufkommt.«

Wolfgang nickte und begab sich zu seinem LF, um die Männer zusammenzutrommeln.

»Und, Wolfgang, wenn es platzmäßig durchführbar ist, sollen immer gleich vier Leute oben arbeiten. Sonst stehen wir nämlich morgen früh noch hier.«

Etwas weiter die Straße rauf stand der Atemschutzgerätewagen. Wohl wissend, dass wir an dieser Einsatzstelle viele Atemschutzgeräte benötigen würden, hatte unser C-Dienst die Umweltschutzwache frühzeitig alarmiert. Leider war die enge Straße auf beiden Seiten von Autos wieder einmal so zugeparkt, dass es für den großen Atemschutzgerätewagen vor einer Kurve kein Durchkommen mehr gab. Notgedrungen musste der Gerätetausch daher weit entfernt von der Einsatzstelle stattfinden. Und weil fast alle Atemschutzgeräte, die sich auf unseren Löschfahrzeugen befanden, leer geatmet worden waren, trotteten die Ersten ziemlich abgekämpft mit ihren leeren Geräten auf dem Buckel erst die 200 Meter zum Gerätewagen hin, um danach mit einem frischen Gerät, nicht aber mit einem frischen Körper, dieselben 200 Meter wieder zurückzutrotten.

Die nicht gerade übereilte Hin- und Herlauferei entsprach allerdings überhaupt nicht der Vorstellung unseres C-Dienstes. Wenn das so weiterging, konnte von einem zügigen Abarbeiten der Einsatzstelle keine Rede mehr sein. Und weil wir oben auf der Brandetage noch immer Atemschutzgeräte benötigten, ließen die vier Mann, die Hans-Peters Weisung zufolge gleichzeitig den Brandschutt beseitigen sollten, auf sich warten.

Derweil stieg ich mit zwei Kollegen in der Brandwohnung über mächtig qualmenden Brandschutt. An einigen Stellen türmte sich die bis zur Unkenntlichkeit verbrannte und glimmende Einrichtung kniehoch. Frank stieß mich an und deutete auf eine Ecke des ehemaligen Wohnzimmers. Ich hatte es auch bemerkt und nickte. Unmittelbar neben dem Fenster flackerte es wieder auf. Frank zerrte das Hohlstrahlrohr, das der Angriffstrupp im Flur liegen gelassen hatte, ins Zimmer und hielt kurz drauf. Es zischte, dann fielen die Flammen in sich zusammen. Aber sofort waren wir erneut in eine Wolke aus hellem Wasserdampf und schmutzig grauem Brandrauch eingehüllt.

Wir drei trugen natürlich Atemschutzgeräte, denn gerade in der Phase der Nachlösch- und Aufräumungsarbeiten bildeten sich aufgrund unvollständiger Verbrennungen hochgefährliche Atemgifte. Ungeschützt durfte man hier auf keinen Fall arbeiten. Einmal eingeatmet, würden die Atemgifte mit Reiz- und Ätzwirkung im harmlosesten Fall nur Tränenfluss und Hustenreiz auslösen. In einer hoch toxischen Umgebungsluft, wie sie hier vorherrschte, bestanden jedoch weit höhere Gefahren.

Die Gefahr einer Rauchgasintoxikation war extrem hoch. Dioxine, Furane, Blausäureverbindungen und andere Ultragifte entwichen dem kokelnden Brandschutt. Einige dieser Gifte verbanden sich mit der Feuchtigkeit der Schleimhäute, zerstörten die Alveolen der Lungenflügel und führten oft noch Stunden später zu weiteren lebensbedrohlichen Erkrankungen. Andere Gifte konnten, ähnlich wie radioaktive Strahlung, das menschliche Erbgut schädigen oder Krebserkrankungen hervorrufen.

Wir waren daher gut beraten, nur mit den schweren umluftunabhängigen Atemschutzgeräten weiterzuarbeiten. Zwar besaßen wir auch Filter, die an den Atemanschluss unserer Masken angeschraubt werden konnten, sodass wir in bestimmten Situationen auf die schweren umluftunabhängigen Atemschutzgeräte verzichten konnten, aber so weit waren wir hier oben noch nicht. Zu viele Schwebstoffe hingen in der Luft, deren rußige Partikel die Schraubfilter ruck, zuck zugesetzt hätten. Und die Menge der Atemgifte, die aus dem Brandschutt aufstiegen, verdrängte immer noch den Luftsauerstoff unter das unbedingt notwendige Mindestmaß, das der Mensch zum Überleben benötigt.

Ich gab daher eine Rückmeldung an den C-Dienst: »Hier oben sind noch weitere Nachlöscharbeiten durchzuführen. Der Brandschutt türmt sich teilweise über einen halben Meter hoch, und nach wie vor benötigen wir Atemschutzgeräte. Aber ich habe 'ne Idee, wie wir den Brandschutt leichter nach unten bekommen, als ihn mühsam mit Schuttmulden durch das Treppenhaus zu schleppen.«

»Und?«

»Wir könnten den ganzen Dreck durch das Küchenfenster in den Hof hinunterschaufeln. Da muss dann nur einer mit 'nem C-Rohr stehen … für alle Fälle. Was hältst du davon?«

»Wartet noch. Ich komm hoch, will mir das selber mal ansehen.«

Zwei Minuten später stand Hans-Peter Valdor neben mir in der Küche und warf einen Blick aus dem besagten Fenster. Wie bereits erwähnt, bestand die Fassade zum Hinterhof lediglich aus dem ungestrichenen alten Verputz. Balkone gab es keine, und die beiden einzigen hoch angebrachten Fenster lagen weit ab von unserer möglichen »Schusslinie«.

HP nickte. »Das sieht gut aus, und da unten ist auch nichts, das wir beschädigen könnten. Teil deine Leute ein. Für größere

Teile könnt ihr auch die Drehleiter nutzen. Ich hab den Sterni angewiesen, dass er drüben am Fenster anleitern soll.«

Während wir hier oben noch einige Details besprachen, hatten die Kollegen unten auf der Straße ebenfalls eine gute Idee gehabt und den C-Dienst-Wagen zum Transportfahrzeug für gebrauchte und neue Atemschutzgeräte umfunktioniert. Dadurch entfiel der lange, mühsame Weg mit den schweren Geräten, und schon bald erhielten wir oben Verstärkung von zwei weiteren Kollegen, sodass die Arbeit jetzt zügig voranschreiten konnte.

»Also, wir machen Folgendes: Zwei Männer lösen sich hier am Küchenfenster mit Schaufeln ab. Wer macht den Anfang?«

Frank und Sebastian schnappten sich je eine Schaufel.

»Okay, wir anderen schaffen euch den ganzen Mist ran. An die Arbeit.«

Was sich hier so leicht liest, wurde eine riesige Plackerei. Mit Dungharken mussten wir das Brandgut mühsam auseinanderzerren und immer wieder ablöschen, bevor wir es in die Küche schleppen konnten. Dort wurde es durch das kleine Küchenfenster hinausgeschaufelt, damit es in den Hinterhof fiel.

Nachdem Hans-Peter die anderen über unser Vorgehen unterrichtet hatte, ließ Wolfgang Licht in den Hinterhof legen. Schon bald erhellten zwei Scheinwerfer auf je einem Stativ den vormals dunklen Hof. Jedes Mal wenn eine neue Ladung herabrauschte, zeichneten sich bizarre Schatten auf der Hauswand ab. Nicht alles, was hier angesegelt kam, war schon vollständig gelöscht. Manchmal tankten die glühenden Reste während ihres Fluges Sauerstoff und entzündeten sich dadurch aufs Neue. Kaum unten aufgeschlagen, erhielten die Flammen eine ernüchternde Dusche aus dem bereitgehaltenen C-Rohr, und wieder füllte eine übel riechende Dunstwolke den engen ummauerten Hofbereich. Es war der typische Gestank, der uns nach jedem Brand in den Kleidern steckt und sich in besonders schlimmen Fällen auch in den Haaren und auf der Haut festsetzt: der Mief von abgelöschtem kaltem Brandschutt. Nach dieser Nacht war er wieder einmal besonders hartnäckig.

Bevor wir die Einsatzstelle verließen, versiegelte die Polizei die ausgebrannte Wohnung. Die Tür ließ sich, nachdem wir sie aufgebrochen hatten, nicht mehr zuschließen, und das Siegel konnte natürlich einen potenziellen Dieb nicht davon abhalten, hier einzubrechen. Aber hinter dieser Tür war ohnehin nichts mehr zu holen. Der Brandschutt lag größtenteils im nun wieder dunklen Hinterhof, und das Wenige, das sich in den rußgeschwärzten Zimmern befand, konnte bestenfalls noch als minderwertige Röstkohle bezeichnet werden. Der Putz von Wänden und Decken war unter dem Einfluss von Flammen und Hitze weitgehend abgeplatzt. In einigen Räumen hingen die blanken Kupferkabel, deren Ummantelung restlos verbrannt war, wie traurige, abgewrackte Girlanden quer unter der Decke, und die alten Dielenböden wiesen partiell tiefschwarze verkohlte Stellen auf.

Trotzdem durften wir mit unserer Arbeit hochzufrieden sein. Hans-Peter Valdor sah das genauso. Kurz bevor wir wieder einrücken konnten, versammelte er die komplette Mannschaft noch einmal um sich und richtete einige Worte an uns. Schweißnass und abgekämpft, aber zufrieden drängten wir uns zusammen und bildeten einen engen Halbkreis um unseren C-Dienst.

»Das war gute Arbeit, Männer. Nach den ersten Startschwierigkeiten … Nicht war, Martin?« Schon wollte ich etwas erwidern, da winkte er lächelnd ab. »Ich weiß, ich weiß. Ihr konntet nichts dafür, dass ihr erst später eingetroffen seid. Und danach lief ja auch alles wie geschmiert.« Verhaltenes Gemurmel. »Nein, ernsthaft, wenn ihr nicht alle so gut gearbeitet hättet, wäre uns der Dachstuhl und auch noch die darunterliegende Wohnung abgefackelt. Also, das war gute Arbeit. Trotzdem möchte ich euch für den Rest der Nacht nicht mehr sehen. So, und jetzt hab ich noch eine Bitte. Das Baby-LF muss um drei Uhr noch einmal zur Brandnachschau hierherfahren. Martin, du bist der Gruppenführer auf dem 7-44er?«

»Ja.«

»Okay, hier sind die Haustürschlüssel, und dann gebe ich dir auch noch diese Siegelmarken.«

Er reichte mir einen Umschlag, der den Schlüssel und mehrere amtliche Siegelmarken enthielt. Alle trugen den aufgedruckten Polizeistern und die Aufschrift »Amtssiegel der Polizei« mit dem Hinweis, dass das Aufbrechen des Siegels für Unbefugte verboten sei.

Nachdem ich den Umschlag an mich genommen hatte, erklärte er mir: »Den Schlüssel und die amtlichen Siegelmarken hat mir die Polizei für den Fall gegeben, dass wir heute Nacht noch einmal hier rein müssen. Wenn ihr also nachher da reingeht, musst du das Siegel aufbrechen, und wenn ihr die Wohnung wieder verlasst, bringst du bitte wieder ein Siegel an.«

Ich schaute in den Briefumschlag. »Da sind aber wesentlich mehr drin, als ich für die eine Tür benötige. Was soll ich mit dem Rest machen?«

»Die, die du nicht brauchst, gibst du morgen früh der Polizei zurück. Die wollten sowieso noch mal zu euch auf die Wache kommen. Ansonsten pack die, die übrig sind, zusammen mit dem Schlüssel wieder in den Umschlag und leg alles dem Leine ins Fach. Morgen früh kann der sich dann darum kümmern, dass die Sachen wieder zur Polizei zurückgehen.«

»Von wegen beim Leineweber ins Fach legen!«, mischte sich da unser Küchenchef ein. »Die Siegel bekomme natürlich ich, und dann kleb ich sie ab sofort an die Tür unserer Kantine, damit von euch Säcken keiner mehr seine Nase da hineinstecken kann.«

Die Aufräumungsarbeiten auf der Wache beschäftigten uns noch lange. Nach und nach hatte jeder die Dusche aufgesucht und sich von dem stinkenden Mief befreit, und dennoch roch es fast überall auf der Feuerwache nach Brandrauch. Einige

Kollegen vertraten die Ansicht, dass die uns verbleibende kurze Zeit nicht mehr lohne, um sich noch einmal hinzulegen.

»Gehst du noch mal schlafen?«, wurde ich gefragt.

»Na klar, jede Minute zählt.«

»Ach! Das bringt doch nichts. Komm, setz dich zu uns und trink einen Kaffee.«

Ich war da anderer Ansicht. »Nee, lass mal. Kaffee ist eh nichts für mich, und bis zur Brandnachschau ist es noch über 'ne Stunde hin. Da lohnt es sich allemal, sich hinzulegen.«

Es war drei Uhr in der Nacht, als wir mit dem Baby-LF noch einmal die Einsatzstelle aufsuchten, um die Brandnachschau durchzuführen. Als die Leitstelle ihre Durchsage machte, fühlte ich mich allerdings zerschlagener als vorher. Es war wohl doch nicht so gut gewesen, sich nur für die kurze Zeit hinzulegen.

Im Gegensatz zu mir waren die »Jungs« trotz der nachtschlafenden Zeit richtig gut drauf. Ich konnte nicht sagen, ob ihre aufgedrehte Munterkeit nur auf den Kaffee zurückzuführen war oder ob die sich wirklich so fit fühlten. Auf jeden Fall steckte mich ihre ausgelassene Munterkeit an, und so erreichten wir vergnügt die noch relativ junge Einsatzstelle.

Wir fuhren über dieselben Straßen wie noch vor wenigen Stunden, aber jetzt waren sie menschenleer. Kaum ein Auto war unterwegs. Vor dem Brandhaus änderte sich das jedoch plötzlich. Mehrere Pkws parkten kreuz und quer auf der Straße, bei einigen lief der Motor und sämtliche Türen standen sperrangelweit offen.

Unmittelbar vor dem Hauseingang hatte sich ein Grüppchen von nicht mehr ganz jungen Leuten versammelt. Zwischen ihnen schien sich ein handfester Streit anzubahnen, oder klang er gerade schon wieder ab? Auf jeden Fall ging es zwischen denen recht lautstark zur Sache.

»Frank, kommst du mit mir hoch?«

»Geht klar.«

Einige andere wollten mich ebenfalls begleiten, aber ich entschied anders. Einer Intuition folgend bestimmte ich, dass Roberto mit dem Rest der Mannschaft dafür Sorge trug, dass niemand von den Streithähnen uns nach oben folgen konnte. Mit meinem Verdacht lag ich wohl richtig, denn wir waren kaum dem Löschfahrzeug entstiegen, da stürmten auch schon einige der Versammelten auf mich zu. Sie wollten ebenfalls ins Haus.

Ich schüttelte energisch den Kopf. »Tut mir leid, aber das geht leider nicht.«

Ein besonderer Hitzkopf wollte sich anscheinend mit meiner Weigerung, jemanden einzulassen, nicht abfinden. Der aufbrausende junge Mann machte ernsthafte Anstalten, handgreiflich zu werden. Nur gut, dass ihn zwei Besonnenere gerade noch festhalten konnten.

Nach diesem Beinahezwischenfall blieb ich von weiteren Attacken verschont und schloss die Haustür auf. Gemeinsam mit Frank betrat ich das düstere Treppenhaus. Strom gab es nicht mehr. Wir hatten unsere Handscheinwerfer eingeschaltet und ließen die weißen Lichtkegel über die hölzernen Treppenstufen gleiten. Hier drinnen stank es penetrant nach kaltem Brandrauch. Oben an der Tür zur eigentlichen Brandwohnung klebten gleich mehrere Siegel mit der Aufforderung, dass die Wohnung von Unbefugten nicht betreten werden durfte.

»Na und?«, meinte Frank trocken und stieß die Tür mit einem diebisch bösen Lächeln auf.

Die Papiersiegel zerrissen, und wir blickten in ein stinkendes schwarzes Loch. Unsere Handscheinwerfer beleuchteten den angekokelten Dielenboden, auf dem noch überall Reste von Brandschutt lagen. Die Einsatzstelle war kalt, darüber waren wir uns schnell einig. Trotzdem leuchteten wir in sämtliche Ecken und Winkel der Wohnung, wobei wir die alten Rabitzdecken besonders gründlich kontrollierten.

Schließlich erklärte Frank mit überzeugendem Tonfall: »Also in *der Bude* brennt garantiert nix mehr.«

»Seh ich auch so.«

Demonstrativ trat ich mit dem Stiefel auf ein paar am Boden liegende Stofffetzen. Es quatschte unter meinen Sohlen.

»Alles gut durchnässt. Wenn hier niemand nachhilft, fangen die schäbigen Reste des Gerümpels bestimmt nicht mehr von selber an zu brennen. Kommt, wir gehen.«

Inzwischen war draußen auf der Straße die Polizei eingetroffen. Es waren dieselben Polizisten, die schon während des Brandeinsatzes hier gewesen waren. Vermutlich hatte sie irgendein Anwohner wegen nächtlicher Ruhestörung gerufen. Obwohl sie die Krakeeler im Griff hatten, konnte die Sache immer noch eskalieren. Die beiden befürchteten das wohl auch und hatten vorsorglich einen weiteren Wagen nachgefordert.

Für uns gab es hier eigentlich nichts mehr zu tun, aber wir waren uns alle einig, den Polizisten unsere Unterstützung anzubieten. »Wenn ihr wollt, bleiben wir so lange hier, bis eure Kollegen eintreffen.«

Sie lehnten dankend ab und versicherten uns, dass sie alles unter Kontrolle hatten. »Fahrt ruhig rein. Wir kommen nachher noch mal auf die Wache. Ihr seid doch noch da, oder?«

»Klar, unsere Schicht geht noch bis sieben Uhr, aber sollen wir nicht doch besser …«

Aber da kam auch schon die angeforderte Verstärkung, und ich war beruhigt. »Aufsitzen, Männer, wir rücken wieder ein!«

Als wir schon fast die Wache erreicht hatten, fiel mir ein, dass ich den Polizisten ja auch eben schon den Schüssel und die restlichen Siegel hätte geben können.

Na, was soll?, sagte ich mir. Die wollten ja eh noch mal bei uns vorbeikommen.

Als wir die Wache erreichten, verließ gerade wieder ein Rettungswagen mit eingeschalteten Blaulichtern den Feuerwehrhof. Das große Rolltor stand offen. Ich sah auf meine Uhr. Jetzt lohnte es sich wirklich nicht mehr, sich hinzulegen. Um sechs Uhr wurde ohnehin geweckt, und so setzte ich mich diesmal zu den anderen und schlürfte einen heißen Kaffee. Natürlich benötigte ich wieder viel, viel Milch und noch mehr Zucker.

Gegen halb sechs betätigte jemand die Klingel am Hoftor.

»Ah, ich schätze, das werden die Grünen seid. Geh mal einer nach vorne.«

Es waren die Polizisten, und wir luden sie auf eine Tasse Kaffee ein.

»Aber nur ganz kurz, wir haben wirklich nicht viel Zeit.«

Für eine schnelle Tasse im Stehen reichte es dann aber doch. Dabei erzählten sie uns, wie sie recht schnell die Hauptübeltäter der nächtlichen Ruhestörung ausgemacht hatten. Es handelte sich dabei um Rolf und Roswita, die Mieter der ausgebrannten Wohnung. Nach einem ausgedehnten Zechgelage hatten sie sich eher zufällig zur selben Zeit vor ihrer Haustür wiedergetroffen. Dort tauschten sie anfänglich nur lautstark verbale »Zärtlichkeiten« aus, ehe sie sich schließlich handfest in die Haare gerieten. Das Ende vom Lied war, dass unser »herzallerliebstes« Pärchen nicht nur wegen dieses lautstarken Streits den Rest der Nacht in Polizeigewahrsam verbringen durfte.

Eine verdammt lange Nacht

Zu den Aufgaben eines Dienstgruppenleiters gehören leider auch lästige Büroarbeiten. Innerhalb des immer umfangreicher werdenden Verwaltungsmolochs ist das Erstellen des täglichen Dienstplans eine vergleichsweise harmlose, wenn auch absolut notwendige Tätigkeit. Wie viele Feuerwehrmänner jeden Tag auf den einzelnen Feuerwachen ihren Dienst verrichten müssen, legt der Rat der Stadt Düsseldorf fest. Diese Vorgaben sind für uns bindend. Auf meiner Wache, der Feuerwache 7, die ja bekanntlich eine Zugwache ist, müssen jeden Tag 19 Mann im Dienst sein. Diese 19 Mann reichen zahlenmäßig jedoch nicht aus, um alle Positionen besetzen zu können. Folglich erhalten verschiedene Kollegen Doppelfunktionen. Welche das im Einzelnen sind, und wer diese Funktionen übernimmt, wird in einem Dienstplan festgelegt, den die Dienstgruppenleiter für jede 24-Stunden-Schicht neu erstellen. Dabei muss der Dienstgrad, die fachlichen Qualifikationen, das Alter, ja sogar die physische und psychische Kondition und Konstitution der eingesetzten Kollegen berücksichtigt werden. So mancher Kollege hat da schon mal seine eigene Wunschvorstellung, die er zwar kundtut, die wir allerdings nur bedingt berücksichtigen können. Da ist oft Fingerspitzengefühl gefragt, will man denjenigen nicht vergällen.

An diesem Tag war ich der DGL, und den Plan für diese Schicht hatte ich selber schon eine Schicht zuvor geschrieben und wie gewohnt ausgehängt. Letztendlich oblag die Entscheidung, wen ich wo einsetzte, natürlich mir, und im Großen und Ganzen funktionierte dieses System auch recht gut, aber manchmal traten doch Probleme auf. So auch heute.

Der Grund dafür war in erster Linie der extrem hohe Krankenstand, mit dem wir uns seit geraumer Zeit herumschlagen mussten. Krank im eigentlichen Sinne waren diese Männer allerdings nicht. Sie fehlten auch nicht, weil sie den Belastungen des Berufs nicht mehr gewachsen waren oder gar schwächelten – nein, wir waren von einer geradezu unheimlichen Unfallserie heimgesucht worden.

Es begann damit, dass sich der Erste beim Sport verletzte, dann stürzte ein Weiterer bei morgendlichem Blitzeis auf die Schulter, und schließlich brach sich ein Dritter den dicken Zeh. Und als hätte das alles noch nicht genügt, wurde einer unserer jüngeren Kollegen in seiner Heimatstadt von einem polizeibekannten Schläger grundlos mit einer abgebrochenen Bierflasche so heftig attackiert, dass er operiert und stationär ins Krankenhaus aufgenommen werden musste. Diese Serie von dicht aufeinanderfolgenden Unfällen führte dazu, dass wir für so gut wie jede Schicht den V-Dienst aktivieren mussten, also den Verfügungsdienst.

Wie bereits erwähnt, benötigte ich jeden Tag 19 Mann. Vier alleine schon, um unsere beiden Rettungswagen fest zu besetzen. Die anderen verteilten sich auf den Löschzug und die Sonderfahrzeuge. Damit das System auch bei einem plötzlichen Ausfall noch funktionierte, wurden jeden Tag zwei Kollegen, eben die sogenannten V-Männer, eingeteilt. Morgens bei Dienstbeginn um sieben Uhr las der Dienstgruppenleiter den ausgehängten Plan noch einmal vor, sodass auch diejenigen, die eine Schicht zuvor frei gehabt hatten, ihre ihnen zugewiesenen Positionen erfuhren.

Sollten zum Zeitpunkt der Wachablösung einer oder gar zwei Männer fehlen, so musste ich als DGL je nach Bedarf den ersten oder auch noch den zweiten V-Mann aktivieren. Im Klartext sah das dann so aus: ab ins Büro, Telefonhörer in die Hand nehmen, Nummer wählen und den oder die Kollegen auffordern, zum Dienst zu kommen. Bis acht Uhr war ein Anruf möglich, danach erlosch die Zeit, in der die V-Männer am Telefon verfügbar sein mussten – daher der Ausdruck Verfügungsdienst.

Die Zeit bis zu deren Eintreffen mussten wir natürlich irgendwie überbrücken. Da kam es dann schon mal vor, dass ich anordnete: »Frank, bei Zugalarm bleibst du auf dem ersten Fahrzeug. Falls das 7-44er aber als Verstärkungs-LF alleine rausfährt, springst du rüber und wechselst, bis der V-Mann eingetroffen ist. Danach läuft alles wieder wie gehabt.«

Der Löschzugpraktikant würde in einem solchen Fall aufrücken und solange Franks Position übernehmen. Vorausgesetzt, man war in der glücklichen Lage und hatte einen Löschzugpraktikanten. Wenn nicht, fuhr man notgedrungen unterbesetzt zum Einsatz.

An diesem Tag war ich daher froh, nicht nur über einen, sondern gleich über zwei Löschzugpraktikanten in meiner Mannschaft zu verfügen. Die jungen Burschen zählten zwar nicht in die offizielle Wachstärke der geforderten 19 Mann, was an anderer Stelle immer zu Ärger führte, aber dafür konnte ich mir auch nichts kaufen. Statistik hin oder her, für mich war einfach nur wichtig, dass ich mit ihnen die entstandenen Lücken in der Mannschaft schließen konnte. Und was noch viel mehr zählte: Ein guter Löschzugpraktikant war beinahe genauso wertvoll wie ein fertig ausgebildeter Feuerwehrmann!

Zurzeit hatten wir zwei von diesen Prachtexemplaren auf der Wache. Der eine, Timo Bergrath, kam von der RWE Werkfeuerwehr, der andere, Stefan Jachmann, würde in Düsseldorf bleiben. Jungs, wie gut, dass ihr da wart! Ich wusste wirklich nicht, wie wir diese schwere Zeit sonst überstehen sollten, denn obwohl ich schon beide V-Dienste aktiviert hatte, fehlten mir ohne die Löschzugpraktikanten immer noch zwei Mann.

Es war kurz nach acht Uhr. Ich saß zusammen mit Sterni im DGL-Büro, der sich gerade abmühte, den Dienstplan für die nächste Schicht zusammenzustellen.

Er stöhnte: »Verflixt, in der nächsten Schicht sind wir schon wieder zwei Mann unter.«

»Was ist mit den Löschzugpraktikanten?«

Sternis Schreibtisch stand meinem vis-à-vis. Er stützte den Kopf in die linke Hand und rieb sich stirnrunzelnd das Kinn. »Ich hab leider nur einen, der andere hat frei.«

»Tja, Sterni, da hilft nichts. Dann muss eben wieder der V-Mann kommen.«

Sterni warf sich zurück in den Stuhl. »Ach, das ist doch Mist! Seit Wochen geht das jetzt schon so. Die Jungs haben langsam die Nase voll. Ständig werden sie morgens von uns angerufen und zum Dienst zitiert.«

Ich zuckte hilflos mit den Schultern. »Ja, klar ist das Mist, aber was willst du machen? Freiwillig kommt keiner zusätzlich. Die schieben doch sowieso schon wesentlich mehr Dienste als gewöhnlich, und unser Überstundenkonto wächst auch ständig weiter an.«

»Weiß ich, weiß ich. Es wird Zeit, dass wir endlich mehr Personal bekommen.«

Sterni beugte sich ein wenig vor. »Es ist ja schließlich nicht so, dass wir nur die kranken Kollegen ersetzen müssen. Immerhin hatten wir ja auch einige Abgänge ... und das nicht erst seit gestern.«

Das war leider nur zu wahr. Seit bekannt war, dass durch einen Beschluss des Europaparlaments mit Beginn des Jahres 2010 der 24-Stunden-Dienst zur Disposition stand, hatten sich einige Kollegen umorientiert und sich, ihrem Wohnort entsprechend, näher liegende Arbeitsplätze bei anderen Feuerwehren gesucht. Ich konnte die Kollegen ja verstehen, aber nach ihrem Weggang bekamen wir schmerzlich die Folgen zu spüren.

Ich klagte ebenfalls: »Ja, ja, das alte leidige Problem. Aber du weißt ja, was der Leine dazu gesagt hat. Vor Ablauf dieses Jahres werden wir keine zusätzlichen Leute mehr bekommen. Es bleibt also noch eine ganze Weile so eng wie heute.«

Nach dieser düsteren Prognose schwiegen wir und starrten

uns resigniert an. Das ging so eine ganze Weile, bis Sterni das Schweigen brach, indem er laut sinnierte: »Der Theo hat das schon richtig gemacht. Vielleicht sollte ich ebenfalls in den Vorruhestand gehen.«

Sogleich wurde meine Haltung wieder straffer. Sternis Worte hatten mich aus meiner Lethargie gerissen. Ich protestierte heftig. »Eh, Sterni! Fang jetzt nicht wieder damit an. Ich dachte, du hättest dich entschieden, genau wie ich, bis zum regulären Ende zu bleiben. Denk dran, ich brauch dich hier!«

»Nee, nee, das Thema ist noch nicht durch.«

»Und was mach ich, wenn du nicht mehr da bist und der Computer wieder mal streikt?«

»Aaach, dann holst du dir eben den Carsten Heine. Der hat das alles bestens drauf.«

»Carsten ist aber kein DGL«, warf ich ein.

»DGL, DGL.« Sterni fuchtelte mit den Händen in der Luft. »Ist doch völlig unwichtig. Der Mann ist Hauptbrandmeister, der kann so was.«

Ich bin auch Hauptbrandmeister und sogar DGL, und ich kann trotzdem nicht alles.«

»Wer kann schon alles? Ich hab auch meine Lücken.«

»Aber nicht am Computer.«

Sterni gab sich genervt. »Komm, vergiss das Thema einfach. Wahrscheinlich bleib ich ja doch. Wenn ich mir vorstelle, *jeden Tag* zu Hause den Hausmann machen zu müssen ...« Er lachte in sich hinein. »Na ja, was soll's? Irgendwann ist für uns beide sowieso Schluss. Ich sag nur 2010. Da werden die Karten eh neu gemischt, und dann sollen sich doch andere mit dem Kindergarten hier rumquälen.«

»Oh Mann, Sterni, das klingt aber ziemlich pessimistisch. Ich finde, wir können uns nicht beklagen. Uns geht es doch immer noch recht gut.«

»Ja, findest du es denn gut, dass uns das Urlaubsgeld gestrichen wurde, das Weihnachtsgeld inzwischen fast ganz weggefallen ist und wir seit etwa vier Jahren keine Gehaltserhöhung mehr bekommen haben, von den Zuzahlungen zur Beihilfe und anderen Streichungen ganz zu schweigen. Also wenn du *das* alles gut findest, dann weiß ich es nicht.«

»Okay.« Ich lenkte ein. »So gesehen hast du natürlich recht. Was du sagst, stimmt ja alles, aber zumindest in Düsseldorf geht es uns doch immer noch recht gut. Allein unser Stellenplan. *Hier* werden die Jungs wenigstens noch Hauptbrandmeister. Wenn ich dagegen andere Städte sehe …«

Sterni winkte ab. »Lass gut sein, Martin. Ich kenne doch deine Diskussionsfreudigkeit. Wenn du so weitermachst, endest du wieder in der großen Weltpolitik.«

Wahrscheinlich hatte er recht, und bevor ich etwas einwenden konnte, gab es Löschzugalarm.

»Einsatz für Zug 7 und den C-Dienst Feuerwache 7. Objekt xxx, Heinrich-Heine-Universität, medizinische Vorklinik, Gebäude xxx.«

Inzwischen hatte sich unsere Personalsituation etwas entspannt. Markus Beuke, unser zweiter V-Mann, der wie Sterni in der Nachbarstadt Hilden wohnte, war längst eingetroffen. Somit fehlte nur noch einer. Dieser eine war Carsten Heine, der Kollege, den mir Sterni eben so fürsorglich als Computerspezialist angepriesen hatte. Carsten hatte eine wesentlich weitere Anfahrt als Markus, und erfahrungsgemäß waren die Autobahnen rund um Düsseldorf um diese Zeit brechend voll. Auf ihn würden wir noch eine ganze Weile verzichten müssen. Zumindest fehlte er bei diesem Einsatz. Aber na ja, eine telegrafische Feuermeldung. Die kam alle Nase lang vor, aber so lange sie durch keine telefonischen Anrufe bestätigt wurde …

Wie erwartet bestätigte sich meine Vermutung. Es war wieder nur eine Belanglosigkeit, ein Fehler in der hochkomplizierten elektronischen Alarmanlage, sodass wir uns 15 Minuten später schon wieder auf dem Rückweg zur Wache befanden. Unmittelbar vor dem Tor trafen wir mit Carsten zusammen, der ebenfalls gerade mit seinem Wagen auf den Feuerwehrhof fahren wollte. Somit war die Mannschaft vollzählig, und der Rest des Vormittags verstrich ohne besondere Vorkommnisse.

Es war bereits Dezember. Das gesamte christliche Abendland bereitete sich auf das größte Fest des Jahres vor. Weihnachten stand vor der Tür, und der Einzelhandel wurde nicht müde, auch all diejenigen, die den Anlass der frohen Botschaft, nämlich die Geburt unseres Heilands Jesus Christus, nicht mehr kannten, in einen unkontrollierten Kaufrausch zu stürzen. Seit Jahren bombardierte man uns immer früher mit Spekulatius, Dominosteinen und anderen weihnachtstypischen Leckereien wie Printen, Lebkuchen und Marzipankartoffeln. Und in jedem Geschäft dudelte einem das Liedchen über die rote Nase von Rudi dem Rentier in den Ohren. Selbst jene Radiosender, die gewöhnlich eher Hardrock oder Heavy Metal spielten, kamen an »Jingle Bells« und »White Christmas« nicht vorbei. Dabei waren wir Rheinländer vom Schneefall mindestens so weit entfernt wie der nächste Fixstern von der Erde.

Der Kalender zeigte den 20. Dezember an. Wer jetzt noch kein Geschenk hatte, für den wurde es langsam kritisch. Anscheinend betraf das viele Menschen, denn das halbe Volk schien in kollektive Hektik zu verfallen. Zumindest gewann ich diesen Eindruck, als ich die abendlichen Nachrichten sah. Auf der Jagd nach dem ultimativen Geschenk schoben sich wahre Menschenmassen durch die Innenstädte. Und wir? Wie gestaltete sich das vorweihnachtliche Leben auf unserer Feuerwache?

Eigentlich lief alles seinen gewohnten Gang. Klar, ein Christbaum stand auch in unserem Aufenthaltsraum – in dem für die Nichtraucher ein echter und im Raucherraum ein künstlicher. Ein echter Baum hätte in den verbliebenen vier Tage bis Heiligabend vermutlich eh keine Überlebenschance gehabt – nicht in dem Nikotindunst.

So, genug der Lästerei. Das letzte Stündlein hatte eh für unsere rauchenden Kollegen geschlagen, wobei ihnen nicht mal ein Raucherraum zugebilligt wurde. In Ordnung fand ich das nicht, schließlich waren wir lange 24 Stunden auf der Wache!

Das änderte natürlich nichts an unserem Brauch, dass die Löschzugpraktikanten den Christbaum schmücken mussten. Deshalb hatte der Tagesdienst Timo und Stefan angewiesen, den großen, leicht angestaubten Karton mit dem Weihnachtsschmuck schon am frühen Nachmittag aus dem oberen Fach des Wandschranks im Flur hervorzukramen.

»Und macht das ja anständig«, mahnte er. »Ihr wisst ja: Sonst gibt es nichts vom Christkind.«

Die beiden grinsten daraufhin zwar frech, schmückten den Baum aber dennoch sehr schön.

Am späten Nachmittag klagte Sterni über Kopfschmerzen und Übelkeit.

»He, du wirst mir doch nicht etwa schlappmachen?«

»Nein, nein, keine Sorge.« Er lächelte matt, aber es war ein gequältes Lächeln, mit dem er mich nur beruhigen wollte. Am Abend erklärte er dann, dass es ihm gar nicht gut gehe und er sich nur mal für ein halbes Stündchen aufs Bett legen wolle.

Jetzt machte ich mir ernstlich Sorgen. Sterni krank? So kannte ich ihn gar nicht, wo er doch selbst bei Wind und Wetter mit dem Fahrrad zur Arbeit kam. Allerdings grassierte in unserer Region zurzeit eine Magen-Darm-Grippe. Hatte ihn etwa ein Virus befallen?

»Hör zu, Sterni, wenn dein LF alarmiert werden sollte, bleib liegen. Ich übernehme das solange. Sollte danach allerdings noch was kommen, musst du bei mir draufspringen. Oder soll ich dich lieber ganz rausnehmen?«

Er schüttelte energisch den Kopf. »Nein, nein, das schaffe ich schon ... und danke.«

Das war doch selbstverständlich. Als es mir mal in einer ähnlichen Situation auch so schlecht ging, hatte er mir genauso geholfen. Ich schloss leise die Tür und ließ ihn im Dämmerlicht schlafen. Es war ungefähr halb acht.

Um kurz nach acht alarmierte es: »Feuermeldung, Carl-von-Ossietzky-Straße x, vermutlich Kellerbrand. Es rücken aus: von Feuerwache 6 das LF, die Drehleiter, der RTW und die Freiwillige Feuerwehr Garath; von Feuerwache 7 das 7-44-1 und der C-Dienst. Carl-von-Ossietzky-Straße x, vermutlich Kellerbrand.«

Der Alarm galt also in erster Linie der Feuerwache 6, jener Wache, auf der ich 20 Jahre lang meinen Dienst verrichtet hatte. Die Carl-von-Ossietzky-Straße kannte ich daher noch sehr gut. Sie war nicht weit von der Wache entfernt, man musste nur nach links die Frankfurter Straße überqueren und an der nächsten großen Ampelkreuzung rechts in die Carl-Friedrich-Goerdeler-Straße einbiegen. Die Erste rechts war dann schon die Carl-von-Ossietzky-Straße. Bis dahin benötigten die Kollegen nicht einmal drei Minuten. Wenn der Angriffstrupp in der knappen Zeit, die ihm bis zum Eintreffen an der Einsatzstelle blieb, fertig ausgerüstet sein wollte, musste er schon verdammt fix sein. Und falls dort wirklich ein Keller brannte, sollten wir uns ebenfalls beeilen, denn unser mitalarmiertes LF war das Verstärkungsfahrzeug, also *das* Löschgruppenfahrzeug, das den Sicherheitstrupp für die unter Atemschutz eingesetzten Kollegen der Wache 6 stellen musste. Und es war *das* Fahrzeug, auf dem eigentlich Sterni jetzt vorne rechts als Gruppenführer hätte sitzen sollen.

Aber ich hatte ihm ja zugesagt, ihn im Alarmfall zu vertreten. Folglich rannte ich zuerst in die Fahrzeughalle, um zu sehen, ob er nicht doch aufgestanden war, aber von Sterni war nichts zu sehen. Er war also tatsächlich liegen geblieben, da musste es ihm wirklich schon sehr schlecht gehen.

Am liebsten hätte ich noch einmal nach ihm gesehen, aber es ging nicht. Die Zeit lief mir davon, und ich musste mich noch ausrüsten. Schon fuhr das Rolltor in die Höhe. Ich spurtete quer über den Hof zum Vorraum unseres Büros, wo meine Sachen hingen. Mir blieben nur anderthalb Minuten, denn das war die Zeitvorgabe, egal ob es Tag oder Nacht war. Nach diesen anderthalb Minuten mussten wir die Wache verlassen haben. Für gewöhnlich rannte ich auch nicht erst in die Fahrzeughalle, sondern direkt zu meinen Sachen, aber ich wusste, wie gesagt, nicht, ob Sterni aufgestanden war.

Schon ertönte das tiefe Brummen des vorfahrenden LF. Diesmal wurde die Zeit wirklich eng. Also nichts wie raus aus den Schuhen und rein in die bereitstehenden Stiefel, schnell die über die Schäfte gestülpte dicke Hose hochgezogen, die Jacke vom Haken gerissen und ab nach draußen. Das LF 44 wartete mit laufendem Motor.

»Hier, das Alarmschreiben!«

Die RTW-Besatzung hatte kurz nach unserer Alarmierung ebenfalls einen neuen Einsatz erhalten. Im Hinauslaufen drückte mir einer der Roelofs-Zwillinge das Papier in die Hand.

»Danke.«

Frank Hinsen war Maschinist. Ich schmiss mich auf den Beifahrersitz, und er warf mir einen erstaunten Blick zu.

»Äh ... Sterni!? Kann es sein, dass du dich vielleicht ein ganz klein wenig verändert hast?«

Vor der Kreuzung Ickerswarder Straße und Kölner Landstraße schaltete Frank das Starktonhorn ein. Gnadenlos übertönte die Pressluftfanfare alle anderen Straßengeräusche. Der Verkehr stand. Nachdem wir die stark frequentierte Kreuzung überquert hatten, schaltete Frank das Starktonhorn wieder aus.

»Bis zur nächsten Kreuzung«, grinste er. So lange fuhren wir mit normalen Sondersignalen weiter.

»Was denkst du, ob das wieder eine Fehlalarmierung ist?«

»Ph, keine Ahnung, Frank. Wir werden's ja erleben. Warum fragst du?«

»Na ja, in der letzten Zeit sind wir öfters nach Garath alarmiert worden. Immer in die gleiche Ecke, und immer war nichts.«

»Ist wahrscheinlich wieder so ein Spinner, der Spaß daran hat, uns rollen zu sehen.«

Nach dem zweiten Mal Pressluftfanfare und dem Einbiegen in die Münchener Straße hörten wir über Funk die erste Rückmeldung von Feuerwache 6.

»6-46-1 und 6-33-1 eingetroffen. Rauch aus Keller. Ein C-Rohr, zwei PA.«

Diesmal war es also ernst.

»Na denn, gib Gas!«

Frank beschleunigte. Die autobahnähnliche Schnellstraße ließ das zwar zu, trotzdem hatte ich das Gefühl, wir kamen nicht so richtig in die Pötte.

»Was ist Frank? Geht das nicht schneller?«

»Tut mir leid, ich steh schon fast in der Ölwanne. Das ist ein Tauschfahrzeug. Mehr gibt die alte Kiste nicht her.«

Es ging jetzt leicht bergab. Frank holte raus, was rauszuholen war, und so donnerten wir mit annähernd 100 Sachen über die nach Süden führende Schnellstraße.

»Achtung, da vorne kommt gleich die Radaranlage! Alle mal lächeln!«

Blitzzz!

»Das war's, meine Herren. Ich hoffe, Sie sind gut getroffen!«

Der Bußgeldbescheid würde unserer Dienststelle genau wie jedem Normalbürger, der geblitzt wurde, zugestellt werden. Allerdings würde die Geschwindigkeitsübertretung für uns keine Folgen haben, da wir uns auf einer Einsatzfahrt mit eingeschalteten Sondersignalen befanden.

Frank warf mir einen kurzen Blick zu. »Du kennst dich aus, Martin?«

»Ja, erst kommt die Rostocker, dann die Stettiner und dann die Carl-Friedrich-Goerdeler-Straße. Da müssen wir links abbiegen.«

»Ach ja, jetzt weiß ich wieder. Und danach die Erste oder die Zweite rechts, richtig?«

»Die Erste.«

Nur wenige Hundert Meter bevor wir die Ampelkreuzung erreichten, an der wir die Schnellstraße verlassen mussten, kam uns auf der anderen Straßenseite die Freiwillige Feuerwehr von Garath entgegen. Ihre eingeschalteten Blaulichter waren schon von Weitem gut zu erkennen.

»Für eine FF, die erst zu ihrer Wache fahren muss, sind die Jungs aber ziemlich schnell«, meinte Frank anerkennend.

Und diese »Jungs« gewannen das »Rennen«. Unmittelbar vor uns bogen sie in die Carl-Friedrich-Goerdeler-Straße ein.

»Ich hoffe, von euch ist jetzt keiner beleidigt? Wir sind leider nur Zweiter geworden!«

Die Kollegen der Feuerwache 6 hatten den Brand relativ gut unter Kontrolle. Die Freiwillige Feuerwehr von Garath baute die Wasserversorgung auf, und ich war lediglich mit zwei Trupps unter PA in Bereitschaft. Ich hatte mich mit meinen Trupps in der Nähe des Haupteingangs dieses riesigen Wohnblocks platziert, die Florentine am Ohr, um ja nichts zu verpassen, falls man unsere Hilfe benötigte. Nach einigen Minuten kam die Rückmeldung vom Angriffstrupp: »Feuer aus.«

Sehr gut, das Feuer war also gelöscht, aber der Brandrauch, der immer noch durch die weit verzweigten Flure des Treppenhauses zog, bereitete wie so oft die größeren Probleme.

Peter Küpperbusch hatte C-Dienst. Unmittelbar nach der Rückmeldung kam er zu mir. »Okay, ihr könnt ablegen und einrücken. Die Lüftungsmaßnahmen mach ich mit der FF.«

»Alles klar, Pitter, dann eine ruhige Nacht noch. Tschüss.«

Bis auf Stefan, unseren Löschzugpraktikanten, war niemand böse darüber, dass wir nicht zum Einsatz gekommen waren.

»Wieder nix«, schimpfte er, und die anderen lachten.

»Nun halt mal die Hufe still. Du wirst dein Feuer schon noch kriegen.«

Wie schnell sich diese Aussage bewahrheiten sollte, konnte zu diesem Zeitpunkt niemand ahnen, doch die Nacht sollte verdammt lang werden. In dieser Nacht würden unsere beiden Löschzugpraktikanten wahrlich nicht zu kurz kommen!

Es war exakt 21:56 Uhr, als sich gleich an mehreren Feuerwachen die Alarmlichter einschalteten. Gleichzeitig ertönte aus sämtlichen Lautsprechern die Durchsage: »Telefonische Feuermeldung! DRK-Zentrum Reisholz, Potsdamer Straße x. Es rücken aus: von Feuerwache 1: 1-05-6, 1-06-6, 1-10-1, 1-11-1, 1-12-1, 1-44-1, 1-33-1! Von Feuerwache 6: 6-46-1, 6-33-1, 6-82-1, 6-87-1! Von Feuerwache 7: 7-11-1, 7-46-1, 7-44-1, 7-33-1, 7-83-1, 7-83-2! Von Feuerwache U: 10-11-1, 10-56-1, 10-59-1!«

Wir befanden uns immer noch auf dem Rückweg, waren aber schon ganz in der Nähe unserer Wache, als wir die Feuermeldung über Funk erhielten.

»Oha, 'ne telefonische! Wenn das ernst ist.«

»Hoffentlich nicht«, antwortete ich. »Wenn es da knistert, bekommen wir richtig zu tun. Das Altenpflegeheim hat, glaube ich, 150 Betten und etwa 120 Liegendkranke.«

Frank pfiff durch die Zähne. Die Leitstelle hatte ihre lange Aufzählung von ausrückenden Fahrzeugen beendet. Noch bevor sie bei Wache 7 angekommen war, war uns schon klar, dass wir ebenfalls mit von der Partie sein würden. Das DRK-Zentrum lag ziemlich genau auf der Schnittstelle zwischen unserem Wachbezirk und dem der Wache 6. Die hatte sich erst vor einer Minute wieder frei gemeldet, konnte ihre Wache also noch nicht erreicht haben.

»Was meinst du, Frank, ob die erst reinfahren und ihre Atemschutzgeräte tauschen?«

»Ich denke eher nicht. Wahrscheinlich werden die sofort losdonnern.«

»Hmm.«

»Was, hmm?«

»Ich überlege nur gerade. Wenn die wirklich, wie du meinst, sofort losfahren, müssten die sich am GWA erst neue Geräte besorgen, da ihre mit Sicherheit fast leer sind. Wurde der Gerätewagen Atemschutz auch alarmiert?«

»Ja, ja, den haben die auch aufgerufen. Fragt sich nur, wer diesmal zuerst ankommt. Die von Wache 6 oder wir?«

Auf der Hauptfeuerwache an der Hüttenstraße schoben sich die Rolltore in die Höhe. Dirk Leisten, der die Ampel für die Großfahrzeuge auf Grün schaltete und damit den öffentlichen Verkehr zum Stillstand brachte, hatte zuvor schon die Schranke und das breite Ausfahrttor für zwei VW-Busse geöffnet. In dem ersten saß Oliver Schulz, der C-Dienst der Feuerwache 1, in dem zweiten saß Horst Kronenberg, der heutige B-Dienst. Mit sorgenvollem Gesicht lauschte er einer erneuten Funkmeldung der Rettungsleitstelle, die ihm mitteilte, dass es weitere Anrufe von Personen gab, die aufsteigenden Rauch über dem Dach des DRK-Zentrums gesehen hatten.

Horst Kronenberg griff zum Funkhörer. »Welche Wache trifft zuerst ein?«

»Schwer zu sagen. Wache 6 und Wache 7 sind in etwa gleich weit entfernt. Aber Wache 6 kommt gerade von einem Kellerbrand. Bevor die Männer erneut eingesetzt werden können, müssen sie erst zum GWA, ihre Atemschutzgeräte tauschen.«

»Okay, dann informieren Sie umgehend Wache 7. Die sollen nach den Standardeinsatzregeln Hochhauskonzept vorgehen.«

»Verstanden«, antwortete der Disponent auf der Leitstelle. »Wache 7 wird informiert.«

Wir waren längst an unserer Wache vorbeigefahren. Irgendwo nicht allzu weit voraus musste sich unser LF mit der Drehleiter und den Rettungswagen befinden. Inzwischen hatten neue Meldungen ergeben, dass es nicht im DRK-Zentrum brannte, sondern in dem Dachgeschoss eines Hochhauses auf der Potsdamer Straße. Die Anfahrt war fast dieselbe, allerdings wurde die Lage durch die veränderte Einsatzstelle nicht unbedingt leicher.

»Sämtliche Einsatzkräfte sollen weiter durchfahren«, ordnete der B-Dienst an.

Danach hörte ich deutlich, wie Sterni die Anweisung von der Leitstelle erhielt, das Hochhauskonzept durchzuführen. Nachdem er die Anweisung quittiert hatte, funkte er mich über 4-Meter-Band an: »7-2 für 7-1, kommen.«

»7-2 hört. Sterni, komm über die Florentine, wir sind unmittelbar hinter euch.«

Drei Sekunden später erklang seine Stimme aus dem Lautsprecher meines Handsprechfunkgeräts. »Hast du das mitbekommen, Martin?«

»Das mit dem Hochhauskonzept?«

»Genau. Wir fahren jetzt nicht mehr zum DRK-Zentrum, sondern Potsdamer Straße und gehen exakt nach Standardeinsatzregel vor.«

»Ja, hab ich mitgekriegt. Und, wie geht es dir?«

»So la la, könnte besser sein.«

»Pass auf, Sterni, jetzt zu tauschen wär ja wohl bescheuert. Wir lassen unsere Positionen, wie sie jetzt sind. Ich rüste mich mit meiner Gruppe aus, wir gehen nach oben. Einverstanden?«

»Einverstanden. Viel Glück!«

Nachdem jetzt klar war, wie wir vorgehen sollten, rief ich nach hinten: »Habt ihr das gehört? Unsere neue Einsatzstelle heißt Potsdamer Straße, das Hochhaus. Wir werden die erste Gruppe sein, die geschlossen nach oben geht! Nur der Maschinist bleibt unten, alle anderen ziehen sich einen Pressluftatmer an!«

Genau wie die Sitze hinten im Mannschaftsraum besaß auch mein Sitz ein in die Rückenlehne integriertes Atemschutzgerät. Während ich die Gurtbänder stramm zog, erklärte ich meinem Maschinisten das weitere Vorgehen: »Pass auf, Frank, wenn wir ankommen, geh ich sofort vor und erkunde. Ich geb dir hier eine Liste mit den Gegenständen, die die Jungs mitnehmen müssen. Du sorgst dafür, dass das komplette Equipment zum Haupteingang gebracht wird. Dort treffen wir uns.«

Ich drückte ihm ein laminiertes DIN-A5-Papier in die Hand. Es enthielt die Liste der Zusatzausrüstung, die wir mit nach oben nehmen mussten. Daran würden wir ganz schön zu schleppen haben, aber das ließ sich leider nicht vermeiden. Hochhauskonzept bedeutete Schwerstarbeit!

Wir trafen an der Einsatzstelle ein. Inzwischen war sogar

der A-Dienst informiert worden. Dann sah ich Sterni, der mit Peter Küpperbusch vor dem Haupteingang stand. Seine Gruppe bereitete die Einspeisung in die Steigleitung des Hochhauses vor. Etwas weiter seitlich, sodass sie zwei Hausfronten bestreichen konnte, brachte sich die Drehleiter in Stellung. Die Atemschutzmaske baumelte wild vor meiner Brust, als ich auf Sterni und Peter Küpperbusch zueilte.

»Und, schon irgendwelche Erkenntnisse?«

»Bis jetzt noch nicht. Sind deine Leute soweit?«

»Müssen jeden Moment kommen, Pitter.«

»Okay, pass auf. Du gehst ja mit deinen Leuten hoch.«

»Ja, klar.«

»Ihr nehmt das Treppenhaus. Unterhalb der Rauchgrenze richtet ihr das Depot ein.«

»Ich weiß, und wenn es rauchfrei ist, bis zwei Etagen unterhalb des Brandgeschosses. Ah, da kommt meine Truppe!«

Schwer bepackt kamen sie in ihren dicken Klamotten angelaufen. Ein Feuerwehrmann mit einem Körpergewicht von 80 Kilogramm wiegt, voll ausgerüstet in Schutzbekleidung mit Helm, Stiefeln und Handschuhen, dem Atemschutzgerät, seiner Handlampe und den diversen Kleinigkeiten, die er immer mitnehmen muss, circa 110 Kilogramm! Aber hier erwartete uns kein normaler Zimmerbrand in einem normalen Wohnhaus, sondern das hier war eine Feuermeldung für ein Hochhaus. Da mussten wir eine gewaltige Zusatzausrüstung mitschleppen. Dadurch kamen noch einmal an die 30 bis 40 Kilogramm pro Person dazu!

Es verstand sich von selbst, dass ich meinen Männern dieses gewaltige Zusatzgewicht nicht alleine aufhalsen durfte. Ich selbst trug in der linken Hand das amerikanische Halligan-Tool, das schwere Aufbruchwerkzeug. Außerdem griff ich mir mit der rechten einen der Schlauchtragekörbe. Insgesamt mein doppeltes Körpergewicht! Die anderen waren nicht minder bepackt.

»Hier, nimm die noch mit.«

Es war der wohlmeinende Pitter, der mir die Wärmebildkamera auch noch um den Hals hängte. Nur zu gerne hätte ich diesen schweren Klotz an Oliver Schulz abgegeben. Aber der C-Dienst von Wache 1, der uns auf dem beschwerlichen Weg nach oben begleiten würde, war uns schon vorausgeeilt. Natürlich trug auch er den unverzichtbaren Pressluftatmer, aber im Gegensatz zu mir und meiner Mannschaft musste er sich nicht mit der schweren Zusatzausrüstung abrackern. Im Übrigen war Oliver ein sportlich gestählter Mann in den besten Jahren und topfit bis in die Haarspitzen. Ich hatte von mir auch angenommen, immer noch topfit zu sein, aber nach der zehnten Etage spürte ich, wie meine Kräfte nachließen. Bevor wir losgingen, hatte ich meinen Männern noch eingeschärft, kein zu schnelles Tempo vorzulegen.

»Denkt daran, wenn wir oben sind, geht der Tanz erst richtig los. Also schön gemächlich und immer zusammenbleiben.«

Bis zur achten Etage war das noch kein Problem. Mir war zwar mächtig warm, und der Schlauchtragekorb zog auch schon recht schwer an meiner Hand, aber noch ging es. Dann erreichten wir die zehnte Etage. Mein Arm schien länger geworden zu sein, denn ich stieß mit dem Schlauchtragekorb jetzt immer häufiger gegen die Oberkante der Treppenstufen. Etage elf. Hatte ich mich vorhin noch im Mittelfeld befunden, fiel ich jetzt doch stark ab. Etage zwölf. Inzwischen waren alle an mir vorbeigezogen.

Ich atmete tief und schnell. Boah, ich brauchte unbedingt eine kurze Verschnaufpause und setzte den Korb ab. Andreas Treichel, der mehrere Meter vor mir die Stufen hinaufstapfte, sah sich besorgt nach mir um. Ich versuchte, möglicht relaxt auszusehen, aber mehr als ein verkrampftes Lächeln brachte ich nicht zustande. Er trug genau wie ich einen Schlauchtragekorb, den er jetzt aber absetzte, und kam die halbe Treppe zu mir zurück.

»Geh ruhig weiter«, keuchte ich. »Ich komm schon klar.«

»Red nicht, wir bleiben zusammen, den Korb trage ich.«

Ohne auf meinen todesmutigen Widerspruch zu achten,

nahm er meinen Korb und drückte mir dafür ein Hohlstrahlrohr in die Hand.

»Hier, du bist schließlich mein DGL und 30 Jahre älter als ich.«

Na ja, das mit dem DGL ging schon in Ordnung, aber dass er mir mein Alter so knallhart unter die Nase reiben musste …

14. Etage. Am liebsten hätte ich ihm die Wärmebildkamera auch noch gegeben. Oh Mann, wann kam denn endlich die Rauchgasgrenze? 15. Etage. Andreas hatte recht: Ich fühlte mich wirklich wie 57! 16. Etage. Die Jungs standen vor einer verschlossenen Dachgeschosstür. Von Oliver war nichts zu sehen.

Ich stützte mich schwer atmend auf das Geländer und fragte: »Wo ist der C-Dienst?

»Holt ’nen Schlüssel«, antwortete Stefan Jachmann, einer unserer Löschzugpraktikanten. Der Junge sah noch verdammt fit aus. Ich hörte, wie sich irgendwo unterhalb unserer Position eine Tür öffnete, und drehte mich um. Oliver Schulz kam mit schwungvoll federnden Schritten die Stufen hinaufgelaufen, und im Schlepptau hatte er … Sterni!

Äh … Wie war das denn möglich? Der kranke Sterni. Vor zwei Stunden auf der Wache noch elend im Bett und jetzt hier oben auf der 16. Etage? Und ohne PA!

Bevor ich eine Erklärung erhielt, hatte Oliver uns erreicht.

»Hier, schließ mal auf.« Er gab den Schlüssel an einen meiner Männer weiter. Ich starrte immer noch Sterni an, als sähe ich einen Geist.

»Ja, da staunst du, was? Ich bin auch hier oben.« Er legte mir die Hand auf den Arm. »Aber sei ganz beruhigt. Bis zur zehnten sind wir im Aufzug gefahren.«

»Im Aufzug?«, entrüstete ich mich.

»Ja, ja, jetzt reg dich nicht auf, wir haben längst Entwarnung. Die Leute haben wahrscheinlich nur Wasserdampf aus einer Heizung gesehen.«

»Willst du damit etwa sagen, dass wir uns die ganze Plackerei hier hätten sparen können?«

»Wie man's nimmt.«

»Und seit wann weißt du das?«

»Hab ich auch erst vorhin erfahren, deshalb bin ich euch ja hinterher.«

»Ihr hättet uns doch anfunken können.«

Sterni winkte ab. »Haben wir versucht, aber du kennst das ja, der Stahlbeton und so. Na ja, das ewig leidige Thema. Ab der zehnten bin ich auch zu Fuß gelaufen. Hab den Hausmeister getroffen und wusste ja nicht, auf welcher Etage ihr seid.«

Ich wollte noch etwas erwidern, aber da rief Oliver nach mir. »Martin! Kannst du mit der Wärmebildkamera mal hochkommen! Wenn wir schon mal hier oben sind, möchte ich mich doch wenigstens etwas genauer umschauen.«

Ich löste den Riemen von meinem Hals und gab sie Andreas. Der reichte sie weiter hoch, bis sie bei Oliver ankam. Ahh! Endlich war ich das Ding los, und ich war fest entschlossen, das schwere Teil nicht mehr an mich zu nehmen.

Die robuste Kamera mit dem stabilen Handgriff funktionierte ähnlich wie ein Nachtsichtgerät mit Restlichtverstärker. Das Bild auf dem in seiner Grundtendenz grünlichen Monitor zeigte sämtliche Wärmequellen an. Selbst solche, die unserem Auge verborgen blieben. Menschliche Körper, deren Wärme sich ebenfalls von der Umgebung abhob, konnten damit genauso aufgespürt werden wie Glutnester über abgehängten Decken oder hinter geschlossenen Schranktüren.

Die Tür zum Dachgeschoss war inzwischen aufgeschlossen worden. Das Kuriose an diesem Hochhaus war, dass sich sein Keller oben befand. Weil unter dem Gebäude eine Tiefgarage war, hatten die Erbauer aus Platzmangel hier oben lauter Lattenverschläge errichtet. Auf das eigentliche Flachdach gelangte man über eine Luke in der Decke, hinter der sich eine Auszugstreppe verbarg, wie man sie von vielen Speichern kannte.

»Aufmachen!«, befahl Oliver.

Kurz darauf stand er selber oben und überzeugte sich davon, dass hier wirklich keine Gefahr bestand.

»Okay, macht die Luke wieder dicht. Wir brechen den Einsatz hier ab und gehen runter. Ihr könnt den Aufzug nehmen!«

In der Eingangshalle des Hochhauses warteten Horst Kronenberg und Peter Küpperbusch.

»Och nee, der Martin! Sag bloß, du bist mit dem ganzen Gerödel auch da oben gewesen?«

»Hochhauskonzept ist Hochhauskonzept, da bleib ich doch nicht unten.« Ich schüttelte meinem alten Lehrgangskameraden die Hand. »Hallo Horst.«

»Hallo Martin.«

Er taxierte mich mit einem abschätzenden Blick. »Ganz schön anstrengend, was? Du siehst ziemlich verschwitzt aus.«

»Das kannst du laut sagen, und verschwitzt ist gar kein Ausdruck. Ich bin klatschnass.«

Horst lachte. »Scheint aber alles gut geklappt zu haben, oder, Oliver? So wie ich das sehe, haben die Jungs alles dabeigehabt.«

»War aber völlig umsonst. Es hat ja gar nicht gebrannt.«

»Ach, völlig umsonst will ich nicht sagen. Verbucht das Ganze doch einfach als eine gelungene Übung. Ich bin mit eurer Leistung jedenfalls zufrieden.«

Eigentlich hatte er recht. Und wenn er als B-Dienst mit unserer Leistung zufrieden war, dann durften wir es auch sein. In dieser Nacht hatten wir zumindest erneut unter Beweis gestellt, dass wir jederzeit in der Lage waren, das aufwendige und anstrengende Hochhauskonzept konsequent umzusetzen.

Die ersten heldenhaften Töne spuckte ich 20 Minuten später unter der Dusche. Allerdings hatte ich den anderen auch nicht verschwiegen, dass ich die 16. Etage nur »lebend« erreicht hatte, weil Andreas mir irgendwo über der zehnten den Schlauchtragekorb abgenommen hatte.

Und Sterni? Wie ging es dem eigentlich? Als ich ihn darauf ansprach, sagte er mir, dass sich sein Magen zwar immer noch etwas kodderig anfühlte, es ihm ansonsten aber zu seiner eigenen Überraschung schon wesentlich besser ging.

»Weiß der Kuckuck, was das war. Ich bin heilfroh, dass es nicht die befürchtete Magen-Darm-Grippe gewesen ist.«

Schließlich war es kurz vor Mitternacht, als ich unseren kleinen Ruheraum aufsuchte. Sterni hatte sich bereits hingelegt. Wie fast immer stand das Fenster sperrangelweit offen. Es war eine kalte, sternenklare Winternacht, in der man sich in seine warme Decke einmummelte und am besten nicht mehr rausfuhr. Ich drehte mich mit dem Gesicht so zur Seite, dass ich den nachtschwarzen Himmel sehen konnte. Durch die kahlen Äste des alten Baumes vor unserem Fenster funkelten die Sterne.

»Heute Nacht kriegen mich keine zehn Pferde mehr aus dem Bett«, murmelte Sterni.

»Mich auch nicht. Gute Nacht.«

»Gute Nacht.«

Wie kurzlebig war doch des Menschens Wille!

Als der nächste Alarm uns weckte, hatte ich das Gefühl, als hätte ich schon ziemlich lange gelegen, dabei war nicht einmal eine Viertelstunde vergangen, seit mir die Augen vor Müdigkeit zugefallen waren.

»Einsatz für den Löschzug 7, den RTW 7-83-1 und den C-Dienst! Kölner Landstraße x! Vermutlich Kellerbrand!«, dröhnte es aus dem Lautsprecher.

Sofort schoss mir das Adrenalin ins Blut. Die Decke flog zur Seite, und schon saß ich auf der Bettkante. Blitzschnell rein in Hose und Schuhe, ruck, zuck den Pulli übergestreift und raus aus dem Zimmer. Überall öffneten sich die Türen der Ruheräume. Die Kollegen eilten den Gang hinab in Richtung Fahrzeughalle. Ich musste mich durch sie hindurchkämpfen, also genau entgegengesetzt nach vorne, dorthin, wo der Alarmdrucker stand und meine Sachen hingen. Der kürzeste Weg führte draußen am Gebäude vorbei. Ich riss die Tür auf. Ein eisig schneidender Wind wehte mir entgegen und bließ die letzten Reste von Müdigkeit aus meinem Gesicht.

Besorgt drückte Monika Lauch ihrer erkälteten Tochter einen Kuss auf die Wange. Die 4-jährige Nele hatte sich wieder einmal frei gestrampelt. Den ganzen Abend hatte sie gehustet, und ihre Mutter war ständig zu ihr ins Zimmer gekommen. Jetzt schlief sie endlich tief und fest. Fürsorglich deckte sie ihren kleinen Liebling zu und schlich leise aus dem Zimmer. Die Tür ließ sie einen Spaltbreit geöffnet, sodass sie das kleinste Geräusch hören würde. Eine gute Mutter wurde ohnehin sofort wach, wenn das eigene Kind krank war und nach ihr weinte. Ob Väter das auch konnten, darüber hatte sie sich nie Gedanken gemacht. Der Vater ihrer Tochter liebte Nele zwar genauso sehr wie sie, dennoch schlief er den Schlaf des Gerechten und schnarchte leise. Monika fand das bemerkenswert. Sie musterte ihren Mann einige Sekunden lang, bevor sie selber wieder unter die Bettdecke kroch. Eine Weile starrte sie auf die fluoreszierenden Zeiger des Weckers, der neben ihr auf dem Nachttisch stand. Es war fast Mitternacht. Sie lauschte angestrengt auf Geräusche, aber es blieb still. Alles im Haus war ruhig. Nur das gleichförmige Schnarchen ihres Mannes unterbrach die nächtliche Stille. Monika hatte sich längst daran gewöhnt. Andere Männer sollten ja weitaus heftiger schnarchen. Mit diesem tröstlichen Gedanken schlief die junge Mutter ein.

Die Feuermeldung war um 00:26 Uhr eingegangen. *Rauch aus Kellerschacht* stand auf dem Alarmschreiben. Die Adresse kam mir irgendwie bekannt vor.

Als ich das meinem Maschinisten gegenüber erwähnte, sagte er: »Ja, richtig! Jetzt, wo du es sagst. Ich hatte vorhin schon den Eindruck, dass wir da schon einmal gewesen sind.«

Na ja, wir würden es ja gleich sehen. Die Einsatzstelle war nur wenige Minuten von unserer Wache entfernt. Bis jetzt waren wir der einzige Löschzug, der dorthin unterwegs war.

Das ließ darauf schließen, dass bislang keine weiteren Notrufe in der Leitstelle eingegangen waren.

Vielleicht war es ja auch wieder eine Fehlmeldung. In eisigen Winternächten wie dieser stieg immer wieder Dampf aus unterirdischen Kanälen und Schächten auf. Da kam es manchmal vor, das spät Heimkehrende oder extreme Frühaufsteher darin ein Feuer vermuteten, und schon waren wir im Geschäft. Vielleicht war es das jetzt auch. Ich hoffte sehr darauf, denn dann käme ich schnell wieder in mein warmes Bett.

Aber daraus sollte nichts mehr werden. Stattdessen erwartete uns an der Einsatzstelle ein überaus warmer Keller. Ein Keller, in dem es brannte und der so warm, oder besser gesagt, so heiß war, dass sich mein Angriffstrupp ohne die schützende Flammschutzhaube garantiert seine Ohrmuscheln verbrannt hätte.

Anfänglich sah alles nach einem ganz normalen Kellerbrand aus. Ich schickte den Angriffstrupp mit einem C-Rohr unter PA zur Brandbekämpfung über die vom Treppenhaus hinunterführende Kellertreppe vor. Parallel dazu erkundete mein zweiter Trupp, ebenfalls mit Atemschutzgeräten ausgestattet, das Treppenhaus. Die Drehleiter hatte sich, wie bei allen anderen Einsätzen, auch hier in Stellung gebracht. Ich hörte, wie der Maschinist die seitlichen Pratzen ausfuhr und sich der schwere Leiterwagen daraufhin aus den Federn drückte.

Sterni hatte seine Männer ebenfalls eingeteilt. Wir waren ein gut eingespieltes Team, da bedurfte es zwischen uns keiner besonderen Absprachen, zumindest nicht bei solch einem Standardeinsatz. Im Grunde kannte jeder seine Aufgabe, und in den ersten Minuten lief auch alles wie am Schnürchen, aber dann eskalierte die Sache!

Wir hatten beide Lüfter eingesetzt, um den Brandrauch, der aus dem Keller aufstieg, so gut es ging vom Treppenhaus fernzuhalten. Der kräftige Luftstrom aus den benzinbetriebenen Verbrennungsmotoren funktionierte allerdings so gut, dass der dichte schwarze Malm jetzt mit aller Macht aus sämtlichen

Kellerlöchern hervorquoll und kerzengerade an der Hausfassade in die Höhe stieg.

Jeder normal denkende Mensch hätte in dieser Situation seine Fenster geschlossen gehalten – aber ein Brand in einem Wohnhaus war keine normale Situation. Und in Extremsituationen taten Menschen Dinge, die sie gewöhnlich nicht machen würden. Anders war es wohl nicht zu erklären, dass sich in den oberen Etagen jetzt gleich mehrere zur Straße gewandte Fenster öffneten. Neugierig, was sich unten auf der Straße abspielte, streckten gleich mehrere Anwohner ihre Köpfe mitten in den pechschwarzen heißen Brandrauch hinein.

Gerade wurde ich vom Angriffstrupp angefunkt, da zog mich der Sicherungstrupp, der voll ausgerüstet neben mir bereitstand, am Ärmel und deutete auf die geöffneten Fenster. Ich dachte, ich krieg die Krise! Das durfte doch wohl nicht wahr sein!

Ich rief, ich brüllte geradezu nach oben: *»Gehen Sie sofort zurück in Ihre Wohnungen und schließen Sie die Fenster!«*

Später sagten mir die Kollegen, die in diesem Moment mit mir auf der Straße standen, dass ich selbst mit unserem Megafon nicht noch lauter zu hören gewesen wäre. In diesem Moment war mir das, offen gestanden, vollkommen egal. Hauptsache, die Leute atmeten nicht länger den giftigen Brandrauch ein.

Aber leider folgten nicht alle meiner Anordnung, und so nahm das Unglück seinen Lauf. Lediglich ganz oben schloss sich ein Fenster, in dem darunterliegenden verschwand zwar ein Kopf, aber das Fenster selbst blieb weiterhin offen. Am schlimmsten erwischte es jedoch den Mann auf der zweiten Etage. Er hustete sich die Seele aus dem Leib, machte aber keine Anstalten, sich zurückzuziehen.

»Fenster zu!«, brüllte ich ein zweites Mal – ohne Erfolg.

Der Mann hustete und keuchte, als läge er in den letzten Zügen, und dann verschwand er plötzlich. Von hier unten sah es aus, als hätte ihm jemand ruckartig die Beine weggezogen.

Mein Gott, von diesem Qualm reichten mit Sicherheit wenige Atemzüge. Ich war mir sicher, dass der Mann da oben an seinem Fenster bewusstlos zusammengebrochen war.

Monika Lauch wurde von den lauten Geräuschen auf der Straße geweckt. Schlaftrunken drehte sie sich um und erschrak, als ein dunkler Schatten an ihrem Fenster vorbeizog. Ängstlich zuckte sie zusammen und zog sich die Bettdecke bis über die Nasenspitze. Dann lugte sie vorsichtig darunter hervor, bis ihr klar wurde, was sich da draußen abspielte.

Mein Gott, ging dieser Albtraum etwa schon wieder los? Vor einigen Jahren hatte es gleich mehrere Male hintereinander in ihrem Haus gebrannt. Seither waren viele Mieter ausgezogen. Unter den Wenigen, die geblieben waren, befanden sich auch Monika und ihr Mann. Inbrünstig hatte sie seit jener Zeit gehofft, dass das nun endgültig vorbei wäre und sie die schrecklichen Ereignisse irgendwann vergessen könnte, besonders seit sie die kleine Nele bekommen hatten.

Nele! Voller Panik rüttelte sie ihren Mann wach. »Wach auf! Wach auf! Es brennt wieder!«

Ehe der so richtig verstanden hatte, was seine Frau ihm zurief, stürzte sie auch schon kopflos in das Zimmer ihrer kleinen Tochter, riss sie aus dem Bettchen und rannte barfuß zur Wohnungstür.

Der Schlüssel! Wo war der Schlüssel? Monika geriet immer mehr in Panik. Raus! Raus, nur raus hier!, dachte sie und rappelte wie wild an der Klinke. Vergeblich, die Tür war verschlossen, der Weg ins Treppenhaus war ihr versperrt. Als sie den Schlüssel endlich gefunden hatte, hielt ihr Mann sie zurück.

»Halt, Monika, warte! Wo willst du denn hin? Du hast ja nicht mal was an den Füßen!«

»Wir müssen hier raus!«, keuchte seine Frau mit schreckensbleichem Gesicht. »Es brennt schon wieder. Ich muss mein Kind in Sicherheit bringen.«

»Aber nicht so. Das Treppenhaus ist bestimmt wieder verqualmt. Komm schon, wir müssen ans Fenster und uns bemerkbar machen.«

Verzweifelt versuchte sich die junge Mutter aus dem Griff ihres Mannes zu befreien, der aber zerrte sie von der Wohnungstür weg und zurück in ihr Schlafzimmer. Als er das Fenster öffnete, zog dichter schwarzer Rauch daran vorbei. Monika zitterten die Knie, sie wollte um Hilfe rufen, brachte aber keinen Ton heraus. Die Angst schnürte ihr die Kehle zu.

Unten auf der Straße schrie jemand, sie sollten sofort die Fenster wieder schließen. Monikas Mann hätte das auch ohne diese Aufforderung getan. Als er sich umdrehte und in Monikas angstvoll aufgerissene Augen sah, war sein Gesicht rußgeschwärzt. Das war zu viel. Monika brach in Tränen aus.

»Los, rauf! Brecht einfach die Tür auf! Ich schicke die Drehleiter zum Fenster.«

Mein Befehl galt dem Sicherungstrupp, der immer noch in Bereitschaft stand und alles genauso mitbekommen hatte wie ich. Udo und Bernd waren fix und fertig ausgerüstet und eilten unverzüglich los. Ein kurzer Blick hinüber zur Drehleiterbesatzung, wo Thorsten van Es mir signalisierte, dass sie genau wussten, was ich von ihnen erwartete. Die Kommunikation funktionierte auch ohne nähere Anweisung.

Plötzlich stand Peter Küpperbusch, mein C-Dienst, neben mir. »Wie hast du deine Männer eingesetzt, und wie viele hast du noch frei?«

»Carsten Heine und Michael Müller sind mit dem Löschzugpraktikanten im Keller. Meico Rosendahl und Marcus Roelofs kontrollieren das Treppenhaus. Udo Karis und Bernd Busch hab ich gerade auf die zweite Etage geschickt. Die brechen die Tür auf, weil …«

»Hab ich mitgekriegt, weiter!«

»Bleibt eigentlich nur noch der Angriffstrupp vom zweiten LF mit dem anderen Löschzugpraktikanten.«

»Gut, schick die auch noch rein. Die sollen sämtliche Wohnungen überprüfen. Wo keiner aufmacht, wird aufgebrochen. Und sprich den Angriffstrupp an, der schon drin ist. Die sollen ganz oben nachsehen.«

»Ist schon erledigt, Peter. Die bringen gleich mehrere Leute mit Fluchthauben runter.« Es war Sterni, der uns diese Mitteilung machte.

»Sehr gut. Alle Bewohner kommen erst einmal in unseren Feuerwehrbus. Der parkt da drüben.« Peter deutete mit dem Daumen über seine Schulter. »Ich hab die Straße zwar sperren lassen, trotzdem müssen wir die Leute da rüberleiten. Das kann die RTW-Besatzung übernehmen.«

»Sollen wir uns nicht lieber um die Leute im Bus kümmern?«

Peter schüttelte den Kopf. »Das ist nicht nötig, Mario. Im Bus sind Kollegen von Wache 6. Außerdem denk ich, dass ich euch als RTW-Besatzung noch brauchen werde.«

»Okay«, sagte Mario Schneider. »Solange wir nicht besonders gefordert werden, koordiniere ich mit dem Thorsten die Evakuierung. Ich schlage aber vor, noch weitere Rettungswagen kommen zu lassen.«

»Einverstanden. Du bist der HBM-Rett., kümmere dich darum.«

Unsere strategische Besprechung lief übrigens bei Weitem nicht so ruhig und gelassen ab, wie man es meiner Schilderung nach vielleicht vermuten könnte. In Wirklichkeit standen wir unter einem wahnsinnigen zeitlichen und personellen Druck. Menschen befanden sich in akuter Lebensgefahr. Auf gleich drei der oberen Etagen standen die Fenster auf, und immer noch zog der tödliche Brandrauch in diese Wohnungen. Wir hatten vier Trupps unter PA im Einsatz, dazu die Drehleiterbesatzung und zwei Löschzugpraktikanten.

Sterni koordinierte jetzt den Einsatz vom vorderen Hauseingang aus, während ich den hinteren Hofbereich überprüfte. Oh, oh, schon wieder ein Hinterhof – aber dieses Mal musste ich nicht befürchten, ausgesperrt zu werden. Eine breite garagenähnliche, torlose Durchfahrt ermöglichte mir den direkten Zugang auf den unbeleuchteten Hof.

Ich hatte mir eine Atemschutzmaske mit Filter übergezogen. Für die Menge Qualm, die sich in dem engen Hof angesammelt hatte, reichte das vollkommen. Eine ziemlich steile Betontreppe führte hinab zu einer zweiten Kellertür. Hinter einer rußgeschwärzten, schwer vergitterten Drahtglasscheibe flackerte ein unruhiges Licht. Von außen war es unmöglich zu erkennen, ob das Flackern von Flammen verursacht wurde oder nur von den Lichtkegeln der Handscheinwerfer meiner im Keller eingesetzten Kollegen. Eines war auf jeden Fall klar: Wir mussten diese Tür unbedingt öffnen.

Es hätte nichts gebracht, meine Feststellung nach vorne zu funken. Es war eh niemand mehr frei für diese Aufbrucharbeit. Also ging ich wieder zurück zur Durchfahrt und auf die Straße. Aus der Dunkelheit kommend fühlte ich mich regelrecht geblendet, denn hier vorne erstrahlte die Einsatzstelle in grellem Scheinwerferlicht.

»Und, wie sieht es aus da hinten?«

»So weit in Ordnung, Pitter. Aber es gibt eine zweite Kellertür, die wir aufbrechen müssen.«

«Hm. Kann man die nicht von innen öffnen?«

Zu meiner Schande musste ich gestehen, dass ich daran überhaupt nicht gedacht hatte. Aber das Versäumte ließ sich ja nachholen. Ich funkte den Angriffstrupp an.

Die Evakuierung der Hausbewohner lief auf Hochtouren. Vier Personen waren bislang über die Drehleiter gerettet worden. Andere hatten meine Kollegen mit Fluchthauben durch das Treppenhaus vor dem gefährlichen Brandrauch in Sicherheit gebracht. Sie und noch weitere Hausbewohner, die das Gebäude ohne unsere Hilfe selber verlassen konnten, wurden in unserem Feuerwehrbus von den Rettungsassistenten der Wache 6 betreut und mit Decken und heißen Getränken versorgt.

Die kleine Nele und ihren Vater hatte es leider schlimmer erwischt. Beide mussten nach einer spektakulären Rettungsaktion mit einer Rauchgasintoxikation ins Krankenhaus gefahren werden. Wie war es dazu gekommen?

Monika Lauch weinte nicht mehr. Völlig apathisch stand sie in ihrem Schlafzimmer, ihre kleine Tochter Nele an sich gedrückt, und starrte auf den dunklen Rauch, der immer noch an ihrem Fenster vorbeizog. Zuerst der familiäre Stress in den letzten Wochen, dann die schwere Erkältung ihrer Tochter und jetzt die nächtliche Aufregung angesichts dieses Feuers, bei der alle Emotionen der vergangenen Jahre wieder in ihr aufstiegen, als hätten die letzten Brandanschläge erst gestern stattgefunden. Denn dass es seinerzeit Brandstiftung gewesen war, daran zweifelte hier inzwischen niemand mehr. Schließlich konnten die damals im Keller abgestellten Fahrräder nicht von selbst Feuer gefangen haben. Am quälendsten aber war, dass die Polizei den Brandstifter bis heute noch immer nicht überführt hatte.

Vor diesem Hintergrund raubte die Angst um das Leben ihrer Tochter Monika die Besinnung. Ihre Beine versagten ihr den Dienst, und dann brach sie dort, wo sie stand, zusammen. Jetzt konnte auch ihr Mann nicht mehr länger an sich halten und warf sich schluchzend über Frau und Kind. Wie lange sie so dagelegen hatten, wusste er nicht zu sagen. Auf jeden Fall rappelte er sich irgendwann wieder hoch und öffnete erneut das Fenster. Er wollte um Hilfe rufen. Dann hörte er lautes Pochen und Klopfen an seiner Tür.

»Hallo! Ist da noch jemand drin? Hier ist die Feuerwehr!«

»Monika, sie kommen! Sie sind da, sie retten uns!«

Aber Monika antwortete nicht. Ihr Mann stolperte zur Tür.

»Hallo!«

»Ja, ja, wir sind hier drin. Bitte helfen Sie uns!«

»Können Sie die Tür öffnen?«

Die Tür, ja, natürlich. Hektisch suchte er nach dem Schlüssel. Der Schlüssel! Hatte seine Frau ihn nicht eben noch in der Hand gehalten?

»Hallo! Sind Sie noch da?«

»Ja, ja! Ich find nur den Schlüssel nicht.« Scheiße, wo sind die bloß?

»Ist bei Ihnen sonst alles in Ordnung?«

In Ordnung? Die fragen ihn, ob bei ihm alles in Ordnung sei! Nichts war in Ordnung! In seinem Haus brannte es, seine Frau lag bewusstlos am Boden, seine Tochter weinte, und er konnte die Wohnungsschlüssel nicht finden. Dann bemerkte er, dass der dunkle Brandrauch sich in seine Wohnung eingeschlichen hatte.

Verdammt, das Fenster! Er hatte vergessen, das Fenster zu schließen. Voller Verzweiflung trat er gegen die Tür. Schließlich ließ er sich entkräftet zu Boden sinken und verbarg sein Gesicht in den Händen.

»Hallo, sprechen Sie mit uns! Hallo!«

Keine Antwort.

Meico und Marcus sahen sich an.

»Gehen wir rein?«

»Wir gehen rein!«

Die lange Feuerwehraxt krachte gegen den Schlosskasten.

Peter Küpperbusch erhielt die Nachricht als Erster.

»Wohnung auf der dritten Etage aufgebrochen. Alles verqualmt. Bis jetzt eine Person gefunden, männlich. Schickt uns Verstärkung und die Drehleiter zum Fenster. Wir suchen weiter. Ende.«

Peter Küpperbusch hätte liebend gerne weitere Trupps in die Einsatzstelle geschickt, aber zumindest für die nächsten Minuten konnte unsere Wache nicht auf Verstärkung hoffen. Das Verstärkungs-LF rollte zwar, aber die Zeit wurde knapp. Bis die Kollegen hier eintreffen würden, mussten die gefährdeten Menschen unbedingt aus den giftigen Rauchgasen befreit worden sein.

Der Türrahmen splitterte. Ein letzter kräftiger Schlag, dann leistete die Tür keinen Widerstand mehr. Meico und Marcus drangen in die Wohnung ein. Schnell stülpte Meico dem kraftlosen Mann die Fluchthaube über den Kopf.

»Geht's?«

Ein müdes Nicken. »Meine Frau, mein Kind.«

»Keine Sorge, wir kümmern uns drum. Marcus.«

»Bin schon unterwegs.«

Zweimal leiterte Thorsten van Es den Rettungskorb der Drehleiter am Schlafzimmerfenster der Lauchs an. Beim ersten Mal wurden Herr Lauch und seine Tochter Nele nach unten gebracht. Mario Schneider nahm das Kind in Empfang. Beim zweiten Mal brachten sie Monika Lauch. Sie hatte ihr Bewusstsein wiedererlangt, stand aber unter einem schweren Schock und musste ebenfalls in die Klinik gefahren werden.

»Und, Doc, wird er es schaffen?«

»Ich denke schon.«

Thorsten Heuer bereitete mit fliegenden Händen die zweite Infusion vor. Die Sauerstoffzufuhr des Beatmungsgeräts lief auf 100 Prozent. Mit Marios Assistenz hatte er den Patienten selber intubiert. Der nachgeforderte Notarzt kontrollierte die korrekte Lage des Endotrachealtubus und klopfte ihm anerkennend auf die Schulter.

»Saubere Arbeit. Wie lange hat der Mann die Rauchgase eingeatmet?«

»So etwa zwei, drei Minuten.«

»Bestimmt nicht länger?«, fragte der Mediziner ungläubig.

Thorsten lächelte. »Wir sind schnell, Doc. Das sollten Sie doch wissen.«

»Na ja, aber *nur* zwei, drei Minuten …?«

»Wie ich gehört habe, war ein Trupp unter Atemschutz sofort bei ihm, kurz nachdem er am Fenster zusammengebrochen war. Und der Rettungskorb von unserer Drehleiter fuhr unmittelbar danach bis vors Fenster. Das ging alles unheimlich schnell. Und dann ist uns der Mann übergeben worden.«

»Ja, dann. Doch, das hört sich sehr gut an. Aber jetzt wird es Zeit, dass wir den Patienten in die Klinik fahren. Haben Sie die Infusion?«

Thorsten nickte.

»Und was ist mit der Familie? Da war doch noch die Frau mit dem Kind, das ihr Kollege in Empfang genommen hat. In welches Krankenhaus sind die gebracht worden?«

»In die Uni-Klinik.«

»Okay, dann fahren wir ins EVK.«

Ich schaute auf meine Uhr. Wir waren jetzt schon eine ganze Zeit hier zugange, und Menschen befanden sich nicht mehr in Gefahr. Einige Hausbewohner waren längst in die nahe gelegenen Kliniken gefahren worden. Diejenigen, die noch einmal davongekommen waren, und das waren, Gott sei Dank, die meisten, saßen immer noch in unserem gut beheizten Bus und warteten darauf, dass sie endlich wieder in ihre Wohnungen durften. Aber das sollte noch einige Zeit dauern.

»Kommt das Verstärkungs-LF eigentlich noch, oder müssen wir die ganze Scheiße alleine aus dem Keller räumen?«

»Das ist keine Scheiße, Herr Meyer-Pyritz. Ich muss mich doch sehr über deine Ausdrucksweise wundern.«

»Na gut, dann eben Gerümpel. Einverstanden?«

»Schon besser.«

»Und was ist jetzt mit dem Gerümpel?«

»Ja, rausholen natürlich.«

»Pitter ... Verstärkungs-LF!?«

»Martin ... gibt es nicht.«

»Echt nicht?«

»Echt nicht!«

»Aber wieso? Ich denke, die wollten eins schicken.«

»Die haben selbst einen Einsatz bekommen.«

Als ich das hörte, machte ich wohl kein überglückliches Gesicht, denn mein C-Dienst legte mir väterlich die Hand auf die Schulter und meinte: »Die Nacht ist doch eh gelaufen. Also was soll's? Ach, und noch was. Ihr braucht mich ja hier nicht mehr. Ich fahr dann mal schon rein.«

Ach, der Herr Küpperbusch! Was hörte ich? Jetzt, wo die richtige Maloche begann, verließ uns der Herr?

In Wirklichkeit fuhr er natürlich noch nicht, sondern kümmerte sich um andere Dinge. Unter anderem sprach er mit den Hausbewohnern und bereitete sie auf das vor, was sie erwarten würde, wenn wir wieder abzogen.

Der Gerümpelbrand im Keller war so heftig gewesen, dass wir sogar Schaum durch die Kellerschächte einlaufen lassen mussten, um Herr der Lage zu werden. Jetzt war das Feuer zwar aus, aber unter den Bergen von angehäuftem Zeug konnten sich überall noch Glutnester verbergen, die leicht wieder ein Feuer entfachen konnten.

Es half daher nichts – wir mussten zumindest einen Großteil davon nach draußen schaffen. Dafür eignete sich der Hinterausgang ideal, wenn man in dieser Situation überhaupt von ideal reden durfte. Wir hatten die Kellertür, die auf den dunklen Hinterhof führte, übrigens längst aufgebrochen. Ein Scheinwerferstativ war schnell aufgestellt, ein C-Schlauch hierher verlegt, und schon wurde unser emsiges nächtliches Treiben in helles Kunstlicht getaucht.

Wieder einmal konnten die Arbeiten nur unter Atemschutz ausgeführt werden, was überaus belastend war. Überhaupt war die ganze Arbeit sehr anstrengend. Wegen des engen Kellergangs konnten immer nur zwei Mann gleichzeitig dort unten arbeiten. Also lösten wir alle zehn Minuten ab. Bergeweise schleppten meine Männer das Zeug heraus. Und tatsächlich musste einiges hier draußen noch einmal mit dem bereitgehaltenen C-Rohr abgelöscht werden.

Endlich! Schlagkaputt konnten wir unsere Gerätschaften wieder einräumen, und dann ging es ab zur Wache, wo die Arbeit noch lange nicht zu Ende war. Jetzt begann das eigentliche große Aufrödeln und spät, ganz, ganz spät, es war schon früh am Morgen, da schrubbte sich der Letzte noch den schwarzen schmierigen Brandrauch unter der Dusche von den müden Knochen.

Die meisten von uns hatten sich aber schon längst wieder im Tagesraum eingefunden. Die unvermeidliche Kaffeetasse mit beiden Händen umklammernd schlürften wir genüsslich die heiße schwarze Brühe und … schwiegen. Ja, wir schwiegen tatsächlich, denn diese verdammt lange Nacht hatte es wirklich in sich gehabt und allen eine Menge Kraft abverlangt.

Trotzdem, allzu langes Schweigen war nicht unsere Sache. Und so unterbrach Berni als Erster die Stille.

»Äh, bin ich hier im falschen Film, oder was ist mit euch los? Ihr seid alle so still.«

Keine Antwort.

Bernd wedelte mit der Hand. »Hallo! Lebt hier noch jemand?«

»Berni, halt einfach den Schnabel und trink deinen Kaffee.«

Bernd lachte daraufhin nur trocken. »Na ja, ich dachte, es gäbe vielleicht noch einiges zu bereden. Also ich weiß zum Beispiel ein paar Dinge, die ihr bestimmt nicht wisst.«

»Du willst uns doch nur locken.«

»Weiß man's?«, konterte er, wohl wissend, dass er bei einigen schon die Neugierde erweckt hatte.

»Okay, red schon.«

»Nö, so nicht. Ihr müsst mich schon bitten.«

»Waaas! Du hast ja 'n Rappel.«

»Na gut, dann behalte ich es eben für mich.«

Berni stützte die Ellbogen auf, legte das Kinn auf die gefalteten Hände und grinste uns zufrieden an.

»Komm, jetzt erzähl schon.«

»Na gut.« Nach einer kleinen Kunstpause, die die Spannung möglichst erhöhen sollte, fragte er: »Hat sich eigentlich keiner von euch gewundert, wieso unser Pitter direkt den Feuerwehrbus mit zur Einsatzstelle gebracht hat?«

»Hmm, das ist in der Tat eine interessante Frage.«

»Nicht wahr, Martin?«

Berni schaute herausfordernd in die Runde. »Aber ich hab ihn gefragt. Und wisst ihr, was er mir geantwortet hat? Na?«

»Mensch Berni, mach's nicht so spannend.«

»Also, der Pitter hat gesagt, dass es in dem Haus schon mehrmals gebrannt hat.«

»Bhh … war das etwa alles?«

»Nee, nee, das Beste kommt ja noch. Also, der Pitter war schon mehrmals als C-Dienst dort und hat sich, clever wie er ist, gesagt, da nehm ich doch gleich den Bus mit.«

»Gähn! Tolle Geschichte.«

»Moment, Moment! Und dann hat er mir noch gesagt, dass das wahrscheinlich jedes Mal Brandstiftung gewesen ist.« Bei dieser Aussage hob er demonstrativ den Zeigefinger.

»Hat er dir vielleicht auch gesagt, *wer* der Brandstifter ist?«

»Ja sicher, aber das verrate ich euch nicht. Das könnt ihr vielleicht im nächsten Buch von Martin lesen.«

Sofort sahen alle Augen zu mir.

»Was guckt ihr mich so an? Iiich weiß von nichts!«

Genau in diesem Moment kam Sterni rein. Er hatte bis jetzt unter der heißen Dusche gestanden. »Wovon weißt du nichts? Ihr habt wohl wieder Seemannsgarn für Feuerwehrleute gesponnen, wie? Seht mal lieber auf die Uhr. Ein Fahrzeug muss noch mal raus zur Brandnachschau.«

Bei seinen Worten sah er mich irgendwie herausfordernd an. »Nee, nee, ich nicht. Ich bin der DGL.«

»Von wegen DGL, wir haben getauscht, mein Lieber. Das hast du in deinem kurzlebigen Gedächtnis wahrscheinlich schon wieder vergessen, wie?«

»Wir haben ja gar nicht getauscht!«, entgegnete ich. »Ich hab mich lediglich bereit erklärt, für dich einzuspringen, weil es dir so schlecht ging. Mehr nicht.«

Sterni fasste sich theatralisch an Kopf und Magen und zog eine Leichenbittermiene. »Au, oh! Mir geht es auf einmal wieder hundeelend. Ich glaube, ich muss mich wieder hinlegen.«

»Okay, hab schon verstanden. Ich fahre. Aber dann hab ich beim nächsten Mal einen gut bei dir.«

Sterni setzte sich zufrieden auf seinen Platz, und ich stand auf. »Los geht's, Männer! Wer kommt mit?«

Wer mitmusste, stand natürlich fest, und so fuhren wir in den frühen Morgenstunden noch einmal mit dem Baby-LF zur Einsatzstelle. Um in den Keller zu gelangen, brauchten wir niemanden wachzuklingeln. Wir marschierten einfach durch den breiten Durchgang. Der Hinterhof lag wieder im Dunkeln. Ich leuchtete die Betontreppe hinunter. Die von uns aufgebrochene Kellertür stand weit offen, und es stank fürchterlich nach erkaltetem Brandschutt.

Wir hatten die Treppe zuvor gegen die Eisbildung abgestreut. Als wir nun die Stufen hinunterschritten, knirschte der Split unter den Sohlen unserer Stiefel. Im Keller stand das Wasser mehrere Zentimeter hoch, und an manchen Stelle türmte sich das Gerümpel bis fast unter die Decke. Eine Gefahr ging von dem nassen Zeug nicht mehr aus. Ich war zufrieden. Wir hatten ganze Arbeit geleistet.

»Kommt, Jungs«, forderte ich unsere beiden Löschzugpraktikanten auf, die mich hier herunter begleitet hatten. »Der nächste Einsatz wartet schon auf euch. Und dann werden wir wieder retten, bergen, löschen und schützen.«

HEAT

Liebe Leserinnen und Leser,

immer wieder werden mir Fragen gestellt wie: »Ist es im Brandeinsatz wirklich so heiß, wie Sie es in Ihren Büchern beschreiben?« Und wenn ich die Frage bestätige, folgt für gewöhnlich die nächste Frage: »Und Ihre HuPF-Bekleidung hält das wirklich aus?«

Die Skepsis ist bei einigen Fragestellern nur zu deutlich herauszuhören, besonders dann, wenn ich erkläre, dass unsere Schutzbekleidung sogar einer mehrere Sekunden andauernden Vollbeflammung standhält. Die 100-prozentig korrekte Trageweise natürlich immer vorausgesetzt. Im Klartext heißt das: die dünnere Arbeitshose stets zusammen mit der Überhose anziehen und den Reißverschluss *und* den Klettverschluss der Jacke gut verschließen und beide Ärmelbunde sorgfältig zukletten. Das Gleiche gilt für den hochgeschlagenen Kragen. Unter dem Feuerwehrhelm muss eine Flammschutzhaube getragen werden, und das Hollandtuch, das unser bisheriges Nackenleder ersetzt hat, muss dicht um den Hals abschließen. Dass bei solchen Brandeinsätzen Feuerwehrstiefel und Feuerwehrhandschuhe obligatorisch sind, versteht sich von selbst.

Nur dann, und ich betone es ausdrücklich, *nur* dann, wenn man sich so ausrüstet, ist man wirklich geschützt! Jede Leichtsinnigkeit, wie das Vergessen eines Bekleidungsstücks oder eine kleine Nachlässigkeit wie ein nicht korrekt zugezogener Reißverschluss, kann schlimme Folgen mit unter Umständen tödlichen Verletzungen nach sich ziehen. Bei den meisten Einsätzen muss zu dieser persönlichen Schutzausrüstung auch noch ein Atemschutzgerät getragen werden.

So professionell ausgestattet, darf jeder Feuerwehrmann und jede Feuerwehrfrau – die entsprechende körperliche Gesundheit und Fitness vorausgesetzt – ohne Sorge um Leib und Leben in einer Brandübungsanlage oder einem Flash-over-Container trainieren. Nur wo, und das werde ich ebenfalls oft gefragt, wo gibt es eine solche Anlage?

Die wenigsten Feuerwehren können sich schließlich solch ein aufwendiges und kostspieliges Trainingszentrum leisten. Aber selbst wenn eine Stadt oder Gemeinde über das nötige »Kleingeld« verfügen würde, so gäbe es doch für viele Kommunen zusätzliche, zum Teil unüberwindbare Hindernisse. Abgesehen davon, dass man hoch qualifizierte Ausbilder benötigt, sind auch diverse Gesetze und Verordnungen zu beachten, woran die meisten vermutlich scheitern würden. Und ohne hämisch klingen zu wollen, so ist das meiner Meinung nach auch richtig und notwendig.

Oder möchten Sie, liebe Feuerwehrmänner und Feuerwehrfrauen, in einem nicht genehmigten Flash-over-Container von unprofessionellem Personal in einer Anlage, die möglicherweise nicht den erforderlichen Sicherheitsbestimmungen entspricht, verheizt werden?

Ich jedenfalls nicht, und ich denke, Sie auch nicht. Nun, in diesem Punkt wären wir uns also einig.

»Aber was machen wir, die wir nicht über eine Brandsimulationsanlage verfügen, wie Sie sie in einem Ihrer Bücher beschrieben haben?«, werde ich weiter gefragt, und den meisten fällt die Antwort auch selbst schon ein: »Ach ja, da gibt es doch dieses riesige Brandschutzzentrum in Holland, das aber auch schweineteuer sein soll.«

Ich nicke beipflichtend, lächle und antworte: »Darf es vielleicht auch eine Nummer kleiner sei? Ich kenne eine Brandschutzanlage, die all unseren Forderungen genügt. Eine Anlage, die von Berufs- wie von Werkfeuerwehren genutzt wird, und auch Feuerwehrleute mit einem schmalen Budget nicht überfordert.«

»Wie? So etwas gibt es?«

Ich nicke.

»Und wo?«

»Bei uns in Düsseldorf. Genauer gesagt, im Düsseldorfer Hafen. Hier liegt die Brandübungsanlage von HEAT, wo seit 2003 schon zig Feuerwehrleute aus ganz NRW und weiteren Bundesländern unter der fachkundigen Leitung von professionellen Brandschutzausbildern all das erlernt und trainiert haben, was anderswo nicht durchführbar ist.

Für diejenigen, die diese Brandübungsanlage gerne aufsuchen möchten, steht am Ende des Buches eine Internetadresse. Mit etwas Glück trifft man hier sogar Personen, die vielen meiner Leserinnen und Leser bekannt sein dürften. Zum Beispiel meinen geschätzten Freund Herbert Fettweis (siehe »Löschzug 7«), den Erfinder der genialen ICONOS-Schlauchkupplung und des inzwischen legendären Düsenschlauchs. Im Trainingszentrum HEAT werden seine Erfindungen unter härtesten Bedingungen auf ihre Feuerwehrtauglichkeit geprüft. Materialien, die das überstehen, bestehen überall! Denn bei HEAT spielt man nicht, sondern hier arbeitet man ausschließlich mit Realbränden!

Aber deshalb keine Sorge. HEAT ist weder eine verkappte »Heldenschmiede« noch eine wirklichkeitsfremde Trainingsanlage. HEAT ist schlichtweg die praxisbezogene Antwort auf die vielfältigen und oft gefahrvollen Herausforderungen unseres Feuerwehralltags. Dazu gehört die Einführung in das erforderliche Basiswissen genauso wie die Gewöhnung an hohe Temperaturen. Oder weiß wirklich jeder, dass man unter bestimmten Voraussetzungen in einem geschlossenen Raum mit dem Vollstrahl einen gefährlichen Flash-over auslösen kann?

Fragen wie »Ab wann sollte ich bei einem Brand in die Knie gehen?« werden genauso logisch erklärt wie unter praktischen Realbedingungen ausprobiert. Dabei wird man, seinem Leistungsstand entsprechend, behutsam an die Gefahren herangeführt, sodass man lernt, Vertrauen in die Funktion der eigenen Schutzbekleidung zu gewinnen, ohne dabei leichtsinnig zu werden. Letzteres würden aber auch die Ausbilder verhindern, die jederzeit jedem Teilnehmer im wahrsten Sinne des Wortes zur Seite stehen. Denn es ist ausschlaggebend, als Team, aber auch für sich als Einzelner seine Fähigkeiten zu erfahren und punktgenau einzusetzen.

Dazu bietet die HEAT-Brandübungsanlage alle Möglichkeiten: Wohnungsbrände, Garagenbrände (natürlich mit Pkw), eine Atemschutzübungsstrecke sowie Brände in dem maßstabsgetreuen Teilmodell einer Boing 747 bieten nebst anderen Besonderheiten ein breites Spektrum an Ausbildungsmöglichkeiten. In diesem stilisierten Nachbau des gängigsten Flugzeugtyps hat inzwischen jede Flughafenfeuerwehr aus NRW ihr Training absolviert.

Bevor es jedoch richtig zur Sache geht, muss getrunken werden. Und das gilt für alle! Nein, nicht: Heidewitzka, hoch die Tassen! Es gibt Mineralwasser für jeden. Schließlich verliert der Körper bei solch einem Training enorm viel Flüssigkeit, und das belastet erheblich den Kreislauf. Also wird vorher getrunken ... und hinterher ... und zwischendurch. Wer solch eine Belastung noch nie erlebt hat, wird sich wundern, wie begierig man sehr schnell auch größere Mengen Wasser freiwillig trinken kann.

Ach ja, sauber verlässt nur selten ein Teilnehmer die Brandcontainer. Aber dafür gibt es natürlich Duschen. Wäsche zum Wechseln, Handtuch und Seife muss man allerdings selber mitbringen. Im Übrigen gibt es eine strenge Schwarz-Weiß-Trennung. Oder würden Sie mit Ihrer rauchgas- und rußverseuchten HuPF-Kleidung in das Wohnzimmer ihrer Mutter stapfen und sich auf deren heller Couch niederlassen?

Als ich die Anlage zuletzt im Sommer besuchte, trainierte dort gerade die Werkfeuerwehr von DaimlerChrysler. Die Jungs kamen hoch motiviert an und fuhren nach einem erfolgreich absolvierten Programm begeistert zurück auf ihre Wache. Meines Wissens ist HEAT derzeit Deutschlands einzige genehmigte Anlage, die alle strengen Sicherheitsstandards bezüglich der Arbeitsschutzverordnungen und der Feuerwehr-Unfallkasse erfüllt.

Dies ist mit einer der Gründe, warum auch andere Institutionen diese außergewöhnliche Anlage von HEAT nutzen. Polizisten, Personenschützer und Spezialkräfte der Bundeswehr werden hier genauso geschult wie sämtliche Grundausbildungslehrgänge der Düsseldorfer Berufsfeuerwehr.

Sie alle vereint ein großes Ziel: der Dienst am Nächsten. Ganz besonders trifft das natürlich auf uns Feuerwehren zu.

Getreu dem Motto »Retten – Löschen – Bergen – Schützen« ist jeder bestrebt, sein Bestes zu geben. Und um diesem hohen Ziel gerecht zu werden, heißt es für uns immer wieder: üben und trainieren. HEAT bietet dazu eine besondere Möglichkeit. Aber egal ob man einer Freiwilligen Feuerwehr, einer Werkfeuerwehr oder wie ich einer Berufsfeuerwehr angehört, es gilt, ständig wachsam zu sein, denn die Gefahr lauert zu jeder Zeit und an jedem Ort.

Danksagung

An dieser Stelle möchte ich allen danken, die dazu beigetragen haben, dass die letzten zwei Jahre zu etwas ganz Außergewöhnlichem wurden. Außergewöhnlich deshalb, weil sich das Konzept der »Tour Infernale« zu einer deutschlandweit einmaligen Bustour entwickelte, die Teilnehmer begeistert hat. Danke an Thomas Helbig, den Geschäftsführer der Wuppertaler Buchhandlung Koendgen, der diese Tour in gleich zwei aufeinanderfolgenden Jahren ausgerichtet hat, sowie an Siegfried Brötsch, den Chef der Wuppertaler Feuerwehr, nebst Ulrich Zander und Thomas Deckers, seine Stellvertreter.

Danke auch an Peter Schnell, den Leiter und Pressesprecher der FF-Dönberg, sowie an Axel Frieß, den Geschäftsführer der FF-Wuppertal. Und natürlich danke ich allen Wuppertaler Feuerwehrkameraden. Euch gehört meine ganze Hochachtung! Ohne euch und euer außergewöhnliches Engagement hätte die »Tour Infernale« nie das werden können, was sie geworden ist: ein überwältigender Erfolg, der euch zwar sehr viel Arbeit, aber, wie ich selber sehen konnte, auch sehr viel Freude bereitet hat.

Mein besonderer Dank gilt Peter Fichte, unserem Tourmoderator. Er sagte (verkürzt) in einem Interview: »Ich möchte unseren Gästen einen spannenden und außergewöhnlichen Abend bereiten, an dem sie etwas erleben, das sie sonst nicht zu sehen bekommen. Aber ich möchte auch etwas bewegen: Die Freiwillige Feuerwehr ist unverzichtbarer Bestandteil für die Sicherheit Wuppertals. Ich möchte zeigen, was die Freiwilligen Feuerwehrleute leisten. Und wenn durch die Informationen während der ›Tour Infernale‹ auch nur ein einziges Leben gerettet, schwere Verletzungen oder Sachschäden vermieden werden, leistet dieses bundesweit einmalige Event sogar einen wichtigen Beitrag zur Sicherheit.« Diesen Worten schließe ich mich gerne an. Informationen und Fotos zur »Tour Infernale« finden Sie im Internet unter www.tourinfernale.de, oder Sie schreiben an infernale@koendgen.de.

Mein Dank gilt auch Sabine Gross, der Geschäftsführerin der Brandübungsanlage HEAT, für die freundliche Bereitstellung des fantastischen Coverfotos, die fachkundige Führung durch die Anlage und die ausführlichen Hintergrundinformationen. Alles Wissenswerte zu HEAT finden Sie unter www.heat-duesseldorf.de.

Danke auch an meinen Freund Herbert Fettweis. Meine Besuche in deiner erstaunlich aufgeräumten Werkstatt gestatten mir immer wieder hochinteressante Einblicke in dein geniales Erfindergehirn. Informationen zu dem in diesem Buch beschriebenen Düsenschlauch finden Sie unter www.iconos-system.com.

Zum Schluss noch etwas in eigener Sache. Mir fällt das Schreiben der letzten Kapitel immer besonders schwer. Es ist ja allgemein bekannt, dass es wohlhabende Schriftsteller gab (und anscheinend immer noch gibt), die sich zum Schreiben auf die fernen Gestade ihrer eigenen Inseln zurückzogen. Da mir für ein solches Unterfangen jedoch noch einige unwesentliche pekuniäre Kleinigkeiten fehlen, galt es, eine Alternative zu suchen.

Ich fand meine Insel in der freundlichen hellen Küche unserer geschätzten Freundin Barbara Norbisrath. Während sie zur Arbeit fuhr, schrieb ich in Ruhe und Abgeschiedenheit hoch über den Dächern von Ratingen-Ost dieses Buch zu Ende, und ich hoffe, es hat Ihnen gefallen.

Wer gerne mit mir persönlich Kontakt aufnehmen möchte, kann mich ganz einfach anrufen, mir eine E-Mail schicken an meyer-pyritz@ish.de oder mich auf meiner Homepage unter www.rmpverlag.de besuchen.

Fachbegriffe

A-Dienst: Feuerwehrbeamter der Branddirektion mit höchster Entscheidungskompetenz an Einsatzstellen.
ABC-Alarm: Einsatz bei atomaren, biologischen oder chemischen Gefahren.
Aufrödeln: Feuerwehrausdruck für das Wiederherstellen der Einsatzfahrzeuge nach einem Einsatz.
Baby-LF: Scherzhafter Kosename für das kleinere Löschfahrzeug (LF 16) an Feuerwache 7.
B-Dienst: Leitender Feuerwehrbeamter an größeren Einsatzstellen.
BF: Berufsfeuerwehr.
B-Rohr: Auch B-Strahlrohr. Gerät zur Wasserabgabe über einen B-Schlauch.
B-Schlauch: Feuerwehrschlauch von 75 Millimeter Durchmesser und meist 20 Meter Länge.
C-Dienst: Wachvorsteher in der Funktion eines Zugführers. Ist verantwortlich für einen Brandschutzabschnitt mit zwei Wachen.
CSA: Chemikalienschutzanzug. Spezialanzug zum Schutz gegen äußerlichen Kontakt mit gefährlichen Stoffen.
C-Rohr: Auch C-Strahlrohr. Gerät zur Wasserabgabe über einen C-Schlauch.
C-Schlauch: Feuerwehrschlauch von meist 55 Millimeter Durchmesser und meist 15 Meter Länge.
Dekontamination: Äußere Verunreinigung mit gefährlichen Stoffen. Kontaminierte Personen und Sachen werden auf dem Dekontaminationsplatz, kurz Dekonplatz, dekontaminiert, d. h. gereinigt.

DGL: Dienstgruppenleiter. Leitet die Wachbereitschaft einer Feuerwache für jeweils 24 Stunden.
Disponent: Hier Leitstellendisponent. Feuerwehrbeamter mit Spezialausbildung auf einer Rettungsleitstelle.
Düsenschlauch: Spezialschlauch der Feuerwehr zum Erzeugen einer schützenden Wasserwand.
Endotrachealtubus: Medizinischer Fachausdruck für einen Kunststoffschlauch, der Beatmungspatienten in die Luftröhre geschoben wird (Intubation).
EVK: Evangelisches Krankenhaus.
FF: Freiwillige Feuerwehr. Hoch motivierte Feuerwehrmänner und -frauen, die den Feuerwehr- und teilweise auch den Rettungsdienst ehrenamtlich verrichten.
Florentine: In Anlehnung an St. Florian, den Schutzpatron der Feuerwehren, eine oft verwendete Bezeichnung für Handsprechfunkgeräte.
Fluchthaube: Rettungsgerät der Feuerwehr, um Menschen aus verrauchten Räumen zu retten. Die Fluchthaube wird der zu rettenden Person über den Kopf gezogen, ist aber kein Ersatz für ein Atemschutzgerät.
Führungsstab: Hier ein medizinisches Hilfsgerät. Biegsamer Kunststoffstab, der zum Zweck des erleichterten Einführens in den Endotrachealtubus gesteckt wird.
GWA: Gerätewagen Atemschutz. Sonderfahrzeug der Feuerwache Umweltschutz, beladen mit Atemschutzgeräten und entsprechendem Zubehör. Kommt zu größeren Einsatzstellen, an denen mehr Atemschutzgeräte benötigt werden, als auf den gängigen Löschfahrzeugen vorhanden sind.
HBM-Rett.: Hauptbrandmeister mit besonderen Zusatzaufgaben im Rettungsdienst.
HuPF-Bekleidung: Schutzbekleidung für den normalen Feuerwehreinsatz, die besondere Sicherheitsanforderungen erfüllen muss.
Inkubationszeit: Zeitspanne zwischen Ansteckung und Ausbruch einer Krankheit.

Intubieren: Siehe Endotrachealtubus.
KEF: Kleineinsatzfahrzeug. Bei der BF-Düsseldorf ein Mercedes Sprinter mit zwei Mann Besatzung und umfangreicher Beladung, geeignet für meist technische Hilfeleistungen geringeren Umfangs.
Laryngoskop: Medizinisches Hilfsgerät zum Einführen eines Endotrachealtubus.
LF: Löschgruppenfahrzeug.
Maschinist: Fahrer eines Feuerwehrfahrzeugs. Feuerwehrmann mit umfangreicher Spezialausbildung.
PA: Pressluftatmer. Umluftunabhängiges Atemschutzgerät.
Pratzen: Hydraulisch betriebene Abstützungen, die seitlich unter dem Fahrgestell der Drehleiter angebracht sind. Sie heben das Fahrgestell aus der Federung und ermöglichen so einen sicheren Stand der Drehleiter.
Rauchgasintoxikation: Von toxisch, d. h. giftig. Rauchgasvergiftung.
RTW: Rettungstransportwagen.
Steckleiter: Tragbare Feuerwehrleiter, bestehend aus vier Leiterteilen, die einzeln zusammengesteckt werden können.
TLF: Tanklöschfahrzeug.
Verteiler: Gerät zur Löschwasserfortleitung. Verteilt eine ankommende B-Leitung auf drei ankuppelbare Abgänge für Feuerwehrschläuche.

Der historische Rückblick im Kapitel »Keine Gnade den Brandstiftern« basiert teilweise auf dem Sonderdruck »100 Jahre Berufsfeuerwehr der Landeshauptstadt Düsseldorf 1872-1972«.